O QUE FEZ MINHA MELHOR AMIGA

LUCY DAWSON

O QUE FEZ MINHA MELHOR AMIGA

Tradução de
MARILUCE PESSOA

1ª edição

EDITORA RECORD
RIO DE JANEIRO • SÃO PAULO
2013

CIP-BRASIL. CATALOGAÇÃO NA FONTE
SINDICATO NACIONAL DOS EDITORES DE LIVROS, RJ

D313q
Dawson, Lucy
O que fez minha melhor amiga / Lucy Dawson; tradução de Mariluce Filizola Carneiro Pessoa. – Rio de Janeiro: Record, 2013.

Tradução de: What my best friend did
ISBN 978-85-01-08741-6

1. Romance inglês. I. Pessoa, Mariluce. II. Título.

13-4280

CDD: 823
CDU: 821.111-3

Título original em inglês:
What my best friend did

Copyright © Lucy Dawson, 2009
Copyright da tradução © 2013, Editora Record

Texto revisado segundo o novo Acordo Ortográfico da Língua Portuguesa.

Todos os direitos reservados. Proibida a reprodução, no todo ou em parte, através de quaisquer meios. Os direitos morais da autora foram assegurados.

Direitos exclusivos de publicação em língua portuguesa somente para o Brasil adquiridos pela
EDITORA RECORD LTDA.
Rua Argentina, 171 – Rio de Janeiro, RJ – 20921-380 – Tel.: 2585-2000, que se reserva a propriedade literária desta tradução.

Impresso no Brasil

ISBN 978-85-01-08741-6

Seja um leitor preferencial Record.
Cadastre-se e receba informações sobre nossos lançamentos e nossas promoções.

EDITORA AFILIADA

Atendimento e venda direta ao leitor:
mdireto@record.com.br ou (21) 2585-2002.

Para Jay, Luke e Guy

Agradecimentos

Meus sinceros agradecimentos a Sarah Ballard e Joanne Dickinson por suas sugestões, apoio e confiança. Tanto as equipes da United Agents como as da Little, Brown trabalharam incansavelmente e com entusiasmo neste projeto, mas, em particular, gostaria de agradecer a Jessica Craig e Lettie Ransley, da UA, e a Emma Stonex e Jennifer Richards, da Little, Brown.

A ajuda de Lee Tomlinson, Sally Dawson e Camilla Dawson foi inestimável, mas, como todos aqueles com formação médica poderão constatar, segui os conselhos deles apenas no tocante ao enredo. Agradeço também aos outros integrantes da minha família, a meus amigos e a James por estarem sempre presentes quando precisei.

Agradeço, finalmente, a Ruth Easton por seu incentivo e sua generosidade.

Capítulo Um

— Pode me dizer o que aconteceu, Alice? — pergunta a voz calma, do outro lado da linha. Meu coração bate forte e se comprime no peito, dificultando minha respiração. Posso ouvir o *bum, bum.*

— É a minha melhor amiga — engasgo, meu tom de voz subindo involuntariamente num guincho de medo. — Acho que ela tentou se matar. — Olho para a garrafa de uísque quebrada aos pés de Gretchen, cacos de vidro misturados a comprimidos espalhados. — Por favor, alguém precisa ajudá-la!

Consigo ser bem clara para dar-lhes o endereço e, em seguida, com dedos inúteis como tubos de borracha, que, segundos antes, ao ligar para a emergência, pareciam não se firmar nas teclas, desligo o telefone, arrastando o aparelho sobre a base. Então estamos apenas Gretchen e eu, no silêncio de sua sala de estar. Embora seja início da noite e as pessoas nos apartamentos e casas ao redor provavelmente estejam voltando do trabalho, cansadas, jogando para o lado os sapatos e colocando no fogo as chaleiras, não há qualquer som aqui — tudo se encontra num silêncio assustador. Sem televisão, sem rádio, sem sinal de vida.

Recuo, sem desviar o olhar dela, e quando sinto a parede atrás de mim, escorrego até o chão. Tudo o que escuto é minha respiração entrecortada enquanto tento controlá-la.

Gretchen está sentada, não com sua petulância habitual, mas jogada num canto onde duas paredes se encontram. Um dos joelhos está dobrado, a cabeça, pendente à frente do corpo, e um dos braços, estendido e rígido. Parece ter bebido demais e deslizado graciosamente parede abaixo até parar.

Há um cheiro pegajoso e enjoativo de álcool no ar e uma poça escura da bebida, pontilhada de pequenos comprimidos brancos que lembram confetes, aos pés de Gretchen. Não consigo ver seu rosto: os cabelos louros, cacheados e longos, lhe cobrem as faces. Ela está calada e imóvel. Não sei se inconsciente ou — *oh, Deus!* — morta. Sinto o gosto de vômito na boca e começo a bater os dentes. Sei que deveria fazer algo, tentar acomodá-la numa posição lateral de segurança, mas não consigo, de forma alguma, lembrar qual seja, e tenho medo de tocá-la. Ela parece a menina de um pôster advertindo a respeito da heroína que me mostraram quando eu estava na sexta série — exceto que aquela garota já estava morta havia três dias no momento em que foi encontrada.

Puxo os joelhos firmemente contra o peito, afundo minha cabeça, fecho bem os olhos e visualizo a ambulância forçando motocicletas e também automóveis a se deslocarem para as faixas de ônibus ao vir nos resgatar. Tenho consciência de oscilar de leve naquele canto e estar lamentando, mas não consigo parar.

Depois do que parece uma eternidade, escuto sirenes gritando a distância, cada vez mais alto. As luzes azuis refletem na parede acima da cabeça de Gretchen.

A campainha da porta sobressalta-me de forma violenta, embora já a estivesse esperando tocar. Sem jeito, ponho-me de pé rígida e atravesso a sala depressa. Uma voz masculina pronuncia meu nome pelo interfone, e pressiono o botão para abrir a portaria, dizendo apressada:

— Terceiro andar; estamos aqui em cima!

Em seguida, devolvo o aparelho à base e abro a porta do apartamento. Logo escuto passos subindo a escada de ferro, e então eles chegam. Um homem e uma mulher, ambos mais velhos que eu, usando uniformes verdes, aproximam-se dela com rapidez, assumindo o comando. O alívio é imenso, mas então tudo se torna um emaranhado de perguntas: "Você sabe se ela tomou todos esses comprimidos, Alice?", "Ela já fez isso alguma outra vez, Alice?".

Posso ver o que estão fazendo, repetindo meu nome, mantendo-me conectada à realidade, e tento ser útil. Digo-lhes tudo o que sei.

Estamos, então, na parte traseira da ambulância. A mulher está ao volante, o que me surpreende, embora eu não entenda por quê; o homem permanece calado, sentado atrás da cabeça de Gretchen, ajustando um tubo, enquanto seguro firme na lateral do veículo com uma das mãos e tento não cair do assento. Procuro também não olhar para o corpo dela, preso à maca, balançando com o movimento do veículo, que segue em alta velocidade pelo tráfego, todas as sirenes gritando.

Meus dedos começam a tremer, e de repente está muito quente nesse pequeno espaço cheio de máquinas e fios estranhos. Deixo escapar um soluço involuntário, e o paramédico olha para mim de imediato. Acho que ele disse que o nome dele era Joe — não consigo lembrar.

— Está tudo bem, Alice — diz ele, me tranquilizando. — Estamos bem perto.

Acho que isso deve ser o que chamam de choque.

— Então Gretchen é sua melhor amiga? — Ele levanta a voz acima do barulho das sirenes, como se estivéssemos conversando em um bar. — Da escola? Universidade?

— Humm. — Tento me concentrar. — Não, nos conhecemos no trabalho. — Lembro-me de Los Angeles: nós duas rindo como loucas ao entrar no Sky Bar, de braços dados, enquanto Gretchen sussurrava, alegre: "Você precisa ver isso!"

— Em que você trabalha? — ele me pergunta.

— Sou fotógrafa.

— Então Gretchen trabalha com você também?

Que importância isso tem?

— Não, mas a conheci em um trabalho — digo, esforçando-me para ser bem-educada, e instintivamente olho para Gretchen, deitada ali naquela maca, toda amarrada.

A ambulância parece desacelerar e dá solavancos. Acho que estamos enfrentando tráfego pesado, mas de repente acelera outra vez.

Minha cabeça é jogada para a esquerda. Gretchen permanece completamente imóvel, embora a maca em que está deslize um pouco, cerca de 2 a 3 centímetros em minha direção. Se viesse a se soltar a essa velocidade, me esmagaria contra a lateral do veículo. O paramédico estende a mão para evitar que se desloque.

— Opa! — exclama ele.

O veículo desacelera e para. As portas se abrem, e o ar frio de janeiro atinge-me como um tapa no rosto, mas faz com que eu me sinta um pouco melhor. Vejo a enorme abertura das portas duplas que conduzem ao setor de emergência e a equipe de enfermagem à nossa espera, observando-nos. Fico quieta enquanto Gretchen é retirada, primeiro, e depois desço da ambulância aos tropeços.

Ela é transportada diante de olhos curiosos de pessoas entediadas e apáticas, com pequenas torções nos tornozelos, pancadas leves na cabeça e que já estão ali há horas, condenadas a ler exemplares antigos de revistas femininas repletos de cartas de leitores sobre as peripécias "hilariantes" dos netos, dicas de como tirar manchas de óleo de uma blusa de seda, pontos de tricô e receitas de cheesecake sem gordura. Insegura, sigo a maca, então sinto uma mão leve e firme no meu braço, conduzindo-me para o lado, enquanto Gretchen é levada para dentro de outra sala, e as portas se fecham assim que ela passa. Olho pela janela na porta: as cabeças da equipe médica movem-se apressadas pela sala.

— Alice? — chama a enfermeira. — Pode me acompanhar? Precisamos de algumas informações.

A enfermeira me leva para uma sala pequena, que tem uma cadeira, uma mesa e uma pia, acima da qual se lê: POR FAVOR, LAVE AS MÃOS. Pergunta-me quem é o parente mais próximo de Gretchen e se há alguém para quem eu deseje que eles telefonem.

— Hum, o irmão dela, Bailey... meu namorado... Tom — balbucio, confusa e de forma automática. Lembro, então, que aquela informação não é mais verdadeira e que deveria dizer ex, mas o momento passou. — Bailey está em Madri... no aeroporto, ou ao menos estava. Ele me telefonou de lá mais cedo pedindo que eu fosse até a casa de Gretchen. Tom está a trabalho em Bath...

— Você tem um número de contato de Bailey? — pergunta ela.

Começo a procurar os números na minha cabeça.

— Ele tem um celular do trabalho. Mas nem sempre está ligado. É 079... não, espere... 0787... Desculpe, não consigo me lembrar, não consigo...

— Não tenha pressa — diz a enfermeira com delicadeza.

Por fim, lembro-me, e ela, após anotar, ergue o olhar do bloco e diz:

— E o de Tom?

— 07... — começo, mas depois hesito. — Será que eu mesma posso ligar para ele, por favor? Se for possível?

— Claro — responde ela. — E você sabe como entrar em contato com os pais de Gretchen?

Balanço a cabeça negativamente.

— Ela não se dá muito bem com eles. Bailey é quem...

A enfermeira me interrompe:

— Os pais dela realmente precisam ser avisados — insiste com gentileza, e é então que percebo o que ela está dizendo... sem de fato dizê-lo.

— Não tenho o número do telefone deles — respondo desesperada. — Sequer os conheço! Onde está Gretchen agora? O que está acontecendo com ela?

— Está no ressuscitador — responde a enfermeira tentando me acalmar. — Vou passar essas informações para outra pessoa e já volto. Um segundo.

Assim que fico sozinha, pego minha bolsa e tiro de lá meu telefone, mas naquela salinha não há sinal e, de qualquer forma, não sei se tenho permissão para usá-lo dentro do hospital. Coloco-o de volta na bolsa. Vou ter de esperar até que a enfermeira volte. Cravo o olhar no POR FAVOR, LAVE AS MÃOS e tento não entrar em pânico.

Ela não demora. Encontraram Bailey no aeroporto, na lista de espera de um voo de volta a Londres. O celular estava ligado, mas, como é característico, a bateria estava no final, e aparentemente desligou segundos depois que a enfermeira lhe disse que eu estava com Gretchen e para qual hospital ele deveria ir. Imagino-o esperando, sozinho, aterrorizado, naquelas cadeiras de aeroporto, nas quais é impossível ficar confortável, sem qualquer poder para apressar a espera — ou talvez naquele momento ele já estivesse embarcando. Pergunto se é permitido usar meu celular para falar com Tom, e ela lamenta com um gesto negativo de cabeça.

— Sinto muito, só lá fora.

Digo que volto logo e, resoluta, atravesso o setor de emergência em direção ao estacionamento. É uma típica noite fria e escura de janeiro. Sinto um calafrio com as calças de ginástica de tecido leve que estou usando, procuro o número de Tom e espero pela conexão, minha respiração condensada, um braço em torno da cintura e uma das mãos dentro da manga para me aquecer.

Cai direto na caixa postal. Ou está desligado ou ele recusou a chamada.

— Oi, sou eu — digo após o sinal, com voz trêmula. — Tom, estou no hospital com Gretchen. Você precisa vir para cá. Estamos no setor de emergência. Preciso voltar para lá em um minuto e não posso deixar meu celular ligado, então não vai conseguir me ligar... Mas, por favor, venha imediatamente...

Deixo o endereço, mais ou menos, e desligo. Eu disse a coisa certa? Deveria ter contado o que aconteceu? Ou é melhor ele não saber detalhes até chegar? Não quero que saia dirigindo cego devido ao pânico, como se estivesse numa desenfreada corrida contra a morte e acabe sofrendo um acidente. Percebo, então, por que esses telefonemas são feitos por funcionários habilitados do hospital. Espero um pouco — o suficiente para que ele tenha tempo de verificar sua caixa postal —, mas Tom não retorna a ligação de imediato, assim, relutante, desligo meu celular e volto para dentro.

Quarenta minutos depois recebo um recado informando que Tom telefonara para o hospital dizendo que estava a caminho, e às 21 horas Gretchen é levada para a unidade de terapia intensiva, ou UTI, como costumam chamar. Ainda está inconsciente, mas sou informada de que Bailey pediu para eu ficar ao lado da irmã. Há três enfermeiras cuidando dela com eficiência, murmurando entre si, numa linguagem técnica que não faz sentido para mim e que inclui palavras como bombas, sondas, saturação e queda de pressão.

Sento o mais longe possível do leito hospitalar, deixando o nome de Gretchen desfilar por minha língua em silêncio, como um mantra, para manter a concentração da minha mente caótica. É um nome que faz lembrar uma bonequinha com rosto de porcelana, tranças em torno da cabeça e olhos que não fecham quando ela se deita. Sem dúvida, a boneca parece quebrável agora, deitada naquela cama de hospital, presa a máquinas e tubos, silenciosa, a não ser pelos bipes emitidos pelos aparelhos eletrônicos.

Sua pele está um pouco brilhante, e sua face, que sempre apresentava certo rubor, está pálida. Gretchen parece mais Coppélia do que um brinquedo infantil, aguardando na oficina até que adquira vida. Uma garota de tamanho real, de tez creme, que pode a qualquer momento sentar-se na cama e remover as cobertas. Mas suas pálpebras não se levantam, ela não se mexe e sua boca permanece forçosamente escancarada pelo tubo que mantém sua garganta em fogo aberta, levando-me a imaginar uma boneca de plástico inflável sendo forçada a realizar um ato obsceno.

Olho para as mãos dela. Polegares, dedos. Com unhas pequenas, asseadas, quadradas. Elas não se movem — nem um milímetro. Seus longos cabelos soltos foram presos atrás da cabeça por alguém, e foram tirados do caminho, o que, bem sei, a deixaria irritada. Gretchen gostaria que eles fossem espalhados sobre o travesseiro. Ela se divertiria com o potencial dramático da situação em que se encontra. Ainda assim, tem um ar etéreo. Gretchen tem o tipo de beleza que não é reduzida por um penteado sem graça ou ausência de maquiagem.

Há uma tela que vi, talvez na National Gallery. Uma moça é transportada por um rio para a morada final, segurando junto ao peito, com gélidos dedos entrelaçados, flores rosa-claro. Seu cabelo louro ondulado se espalha por trás dela como algas, e seu vestido verde límpido margeia a pira funerária e boia suavemente causando pequenas ondas. É dessa forma que Gretchen parece estar agora.

Fico horrorizada ao me pegar imaginando se ela ficará tão linda assim quando estiver morta, ou se no momento final algo sutil e invisível vai se esvair dela e subir em direção ao teto a caminho da versão de paraíso de Gretchen. As lágrimas surgem em meus olhos, e sinto um leve tremor outra vez. Uma das enfermeiras me olha com curiosidade, e ensaio um sorriso tímido e assustado. Ela retribui meu sorriso com complacência, e me pergunto se pode ver tudo estampado em meu rosto. Acho que não, porque se vira e anota algo — há apenas o bipe ritmado das máquinas que ajudam Gretchen a respirar. De fora, parece uma cena sob controle.

Exceto em minha cabeça, embora esteja tentando ignorar o pensamento, empurrá-lo para baixo d'água e mantê-lo ali até que pare de respirar, não consigo parar de repetir:

Por favor, não acorde, por favor, não acorde, por favor, não acorde.

Capítulo Dois

Tenho um sobressalto quando uma das enfermeiras interrompe esse pensamento tenebroso e diz, gentilmente:

— Pode segurar a mão dela, se quiser... sem problema. E pode conversar com ela, também.

Recuso, balançando a cabeça com veemência, enquanto observo outras duas enfermeiras deslizarem para fora da sala, sem ruído.

— Não vou escutar — diz a que ficou na sala, com um sorriso sincero. Ela aparenta ter nossa idade, uns 29 anos, mais ou menos.

— Estou bem, obrigada — consigo falar, e ela faz um gesto com a cabeça, compreensiva.

— Bem, se mudar de ideia, sinta-se à vontade. Sei que parece meio estranho, mas várias pessoas conversam... Estamos muito acostumados a isso. Desculpe-nos por toda essa correria de hoje e por não termos tido tempo para lhe explicar o que estamos fazendo, o que está acontecendo. — Ela se senta a meu lado. — Não há muito que eu possa lhe dizer, Alice, porque você não é parente de Gretchen, então, não tenho permissão para lhe dar detalhes específicos neste momento, mas é bastante óbvio que ela ainda está inconsciente.

— Você acha que ela vai recobrar a consciência logo? — pergunto, ansiosa.

— Gretchen está num estado de inconsciência profunda — anunciar a enfermeira com delicadeza. — Não responde a estímulos externos. Não é como se estivesse dormindo, por isso, não é possível simplesmente acordá-la. Um dos sintomas de uma grave overdose dos medicamentos que você encontrou ao lado de Gretchen é o coma.

— Está em coma? — repito, chocada, me viro e olho para Gretchen. Coma para mim significa o paciente passar dias e dias deitado, agonizante entre a vida e a morte, ou então aqueles dramas baratos de televisão passados num hospital, em que alguém tem de tomar uma decisão angustiante: desligar as máquinas ou esperar indefinidamente, para sempre. Não é o que está acontecendo com ela, é?

— Quanto tempo ela vai ficar em coma?

— Não sei — responde a enfermeira. — É muito cedo para dizer.

— Por isso você sugeriu que eu falasse com ela? — pergunto, encarando-a quando me surge uma ideia. — Ela pode me ouvir? Sabe que estou aqui?

A enfermeira hesita, e percebo que mede as palavras para não me dar falsas esperanças.

— Alguns estudos documentam pacientes que saíram do coma e relataram conversas que ouviram, sim.

Ah, merda!

Eu me viro e olho para Gretchen. Num longo passeio da escola, ainda no ensino fundamental, fingi dormir no ônibus para ouvir o que as pessoas diziam sobre mim. Na verdade, ninguém disse nada a não ser "Vou comer os salgadinhos dela". É óbvio que não acho que é o que Gretchen está fazendo agora, fingindo, mas a suspeita de que, por baixo daquelas pálpebras, existe um cérebro em atividade ciente de tudo o que está acontecendo nesta salinha, congela meu sangue. Ela saberá se eu trair sua confiança e contar seus segredos.

— Vou estar por aqui se quiser perguntar mais alguma coisa — anuncia a enfermeira. Ela se levanta e vai para o fundo da sala.

— Na verdade, tenho uma pergunta, sim — digo de repente, virando-me para ela. — Quando... se... ela começar a voltar à consciência, vai simplesmente abrir os olhos?

A enfermeira faz uma pausa antes de falar.

— As pessoas em coma — começa ela, com cuidado, sabiamente tratando a questão de forma geral e não se referindo de forma específica a Gretchen — não fazem isso, a não ser na televisão. Elas fazem pequenos movimentos, como tentar levantar a cabeça ou mexer os dedos, quando recobram a consciência.

— Elas podem falar? Logo?

A enfermeira nega com um movimento de cabeça.

— Está vendo esse tubo na boca de Gretchen?

Confirmo mexendo a cabeça.

— Isso a ajuda a respirar, mas ela não pode falar com o tubo na boca.

— Ela vai conseguir escrever? — pergunto. — Caso recobre a consciência.

— Ela acharia uma maneira de se comunicar, sim.

A enfermeira fixa o olhar em mim.

— Tenho medo de que fique consciente, mas paralítica — informo, o que não é verdade, e se Gretchen *puder* me ouvir, em seu íntimo dará um suspiro irônico, desdenhará de mim neste momento. Na verdade, não terá outras coisas em mente, como por que e como seus planos cuidadosamente traçados falharam... graças a mim. "*Você prometeu*", posso ouvi-la dizendo. "*Que grande amiga você se tornou!*"

— Li recentemente um livro sobre um francês que teve isso, chamava-se síndrome de encarceramento — comento, tentando me concentrar no som da minha voz.

— Não é esse o caso — garante-me a enfermeira, e depois faz uma pausa antes de dizer: — Gretchen não vai poder se comunicar conosco enquanto não recobrar a consciência, e ela está muito mal, não vai simplesmente acordar como você vê nos filmes. Sinto muito.

Ficamos em silêncio, e olho para Gretchen outra vez, sentindo mais lágrimas me subirem aos olhos. Ah, Gretch! Como viemos parar aqui? Como isso pode estar nos acontecendo? Eu só queria voltar às nossas brincadeiras, quando ríamos tanto que quase não conseguíamos ficar de pé, eu posso até ouvir o som de nossas risadas! Por favor, quero *aqueles* momentos de volta.

Não posso fazer isso... Não dá para ficar sentada aqui nesta sala fingindo. Não quando eu sei, quando eu *sei* o que nós duas fizemos...

— Preciso checar minhas mensagens — anuncio, incapaz de suportar aquilo por mais um minuto, levantando-me tão de repente que surpreendo minhas pernas e elas quase falham. — Caso Tom tenha me telefonado.

— Está bem — concorda a enfermeira, e sorri de forma incentivadora.

Mas eu já estou voltada para a porta e saio apressada pelo corredor. Deixo a UTI quase correndo, passando com determinação pelas portas duplas, de volta à ala principal do hospital. Vejo uma saída. Depois de sair empurrando a porta com um alívio doentio, deparo com um lugar que parece um estacionamento pequeno para funcionários, lotado. Não tenho a menor noção de onde estou em relação ao setor de emergência agora... perdi todo o meu sentido de orientação. Procuro meu celular dentro da bolsa e o ligo. Tenho três novas mensagens.

A primeira é de Tom, enviada 20 minutos depois que lhe telefonei. "Alice? Afinal, o que está acontecendo?" Parece zangado, mas sei que é porque está muito assustado. "O que você quer dizer com nós duas estamos no hospital? Por quê? Olhe, se receber esta mensagem nos próximos cinco minutos, me telefone, está bem?"

A seguinte é dele também, seis minutos depois. "Sou eu de novo. Vou telefonar para o hospital."

E então, 18 minutos depois, ele, gritando por causa do barulho do motor de um carro, obviamente na estrada, diz: "Estou a caminho. Não entre em pânico, Alice. Vai dar tudo certo. Chego aí o mais rápido possível, prometo. Já saí de Bath... não sei quanto tempo vou levar... mas, por sorte, estou contra o fluxo do tráfego, chego o mais rápido possível."

Visualizo-o segurando firmemente com uma das mãos o volante e com a outra mantendo o celular ao ouvido, seguindo veloz pela estrada, de paletó e gravata, e saber que ele está a caminho me dá vontade de chorar de alívio. Meu lábio inferior treme, e lágrimas me afloram aos cantos dos olhos. Graças a Deus! Sinto-me melhor só de ouvir a voz dele.

Tom é do tipo que resolve todos os problemas, alguém em quem se pode confiar. É o tipo de pessoa para quem os amigos telefonam quando precisam de conselhos para vender um carro, de ajuda para preencher o formulário de imposto de renda ou para mudar móveis pesados de lugar. Meu pai queria que eu me casasse com Tom no minuto em que descobriu que ele tinha uma caixa de ferramentas completa — sem faltar nenhuma peça — *e* sabia como usá-las. Tom consertou uma torneira que estava pingando no primeiro dia em que o conheci. Incrível!

— Isso deve resolver — anunciou ele, ao sair da banheira, de terno, coitado, e experimentar abrir e fechar a torneira, tendo ainda na mão o alicate que eu lhe dera, a única ferramenta que consegui achar em toda a casa.

Eu e Vic, companheira de apartamento, olhamos para a torneira, esperando que recomeçasse o inevitável pinga-pinga... mas não pingou. Ficamos completamente encantadas.

— Então, Tom — disse Vic de repente. — Você trabalha com consultoria gerencial... ramo que parece bem-remunerado e estável...

Tom concordou com um aceno de cabeça modesto.

— Você é amigo de um amigo nosso, logo, não deve ser nenhum maluco — continuou Vic. — Sabe consertar as coisas...

E está em boa forma, pensei, contemplando os olhos azuis dele, semicerrados por trás dos óculos, porque ele sorrira.

— O quarto é seu, se quiser — informou Vic, depois de olhar para mim, aguardando meu consentimento.

— É só isso? — Ele riu. — Não querem nenhuma referência? Vocês deviam, sabem — disse ele, de repente sério. — Eu podia ser um qualquer. Não sou, mas podia ser.

Tom, no entanto, era o companheiro de apartamento ideal, que, dez meses depois, se tornou meu namorado.

O telefone toca na minha mão já fria e dormente. É ele.

— Tom? — atendo rapidamente. — Onde você está?

— ... M4... como um inútil... mas viaduto... passei Olympia... 20 min... — A ligação está entrecortada e tão ruim que quase não o escuto, mas parece que ele ainda está na estrada. — Aconteceu?... recepção do hospital e vou... — Então fica completamente mudo. Ligo de volta, porém cai direto na caixa postal. Mas ele disse 20 minutos... isso eu ouvi. Segurando meu telefone como um talismã, tento retornar pela mesma porta por onde acabei de sair, no entanto descubro que não consigo, porque requer um código.

Passo os dez minutos seguintes caminhando cada vez mais depressa em torno do hospital, seguindo as placas que indicam a recepção principal, mas que, na verdade, me levam através de passagens estreitas e escuras entre prédios de clínicas, de tijolo aparente, velhos e escuros, com cortinas abertas em sinistros quartos vazios. Tento não olhar pelas janelas quando passo por elas apressada, temerosa de avistar vultos espectrais movendo-se em silêncio em seu interior — pacientes que morreram ali e que agora estão presos aos austeros prédios vitorianos para sempre. Sinto ânsia de vômito do medo que despertou em mim e preciso, tenho que ouvir uma voz familiar, que faça sentido. Então telefono para Frances.

— Alô? — Minha irmã mais velha atende ao telefone com um sussurro.

— Sou eu. — Minha voz vacilante ressoa por todo o local, não somente por causa de meus passos apressados.

— Ah, oi, Al. Olha, desculpe-me, mas agora não é uma hora boa... acabei de colocar Freddie na cama. Ele está muito irrequieto hoje.

Tento visualizar Frances na sua casinha geminada, arrumada com esmero, cortinas fechadas em perfeita ordem, as louças do chá lavadas, a televisão ligada — tranquila e normal.

— A ligação está péssima, de qualquer forma — acrescenta ela. — Você parece estar num túnel de vento.

Viro uma esquina de repente, olho para a esquerda e quase desmaio de alívio. Ah, graças a Deus! — consigo ver a entrada do setor de emergência. Sigo mais devagar, tentando recuperar o fôlego ao passar por diversas ambulâncias paradas, mas então me assusto quando uma delas liga a sirene de repente, começa a piscar e sai depressa em socorro de alguma outra pessoa. Eu não havia sequer percebido o motorista ao volante no escuro.

— Onde você *está*? — pergunta Frances de imediato.

Respiro fundo.

— Estou...

— Ah, não! — interrompe ela. — Acho que Freddie escutou isso. Ah, meu Deus!, não deixe que ele acorde! Não diga nada agora, Alice! — sussurra Frances, ansiosa.

Eu obedeço e me calo, embora não consiga deixar de pensar em como Freddie pode ter escutado uma ambulância pelo telefone que ela provavelmente mantinha bem longe dele. Freddie é um bebê, não um morcego.

— Tudo bem — diz ela baixinho. — Ele está bem. Na verdade, foi bom você ter ligado, não consigo falar com mamãe. Sabe onde ela está? Tentei ligar para casa, mas ninguém atende. É impossível que *todos* tenham saído... é noite de quinta-feira!

Faço uma pausa, sabendo muito bem que, aconselhados por mim, meus pais passaram a desligar o telefone durante as refeições para terem meia hora de paz, sem as incessantes chamadas relacionadas ao bebê. É provável que tenham esquecido de ligá-lo de novo.

— Freddie está com um pouco de febre — diz Frances. — E acabou de se recuperar daquela tosse da semana passada. Acho que deve ser o início de uma pneumonia, e Adam ainda está no trabalho.

— Não tenho a menor ideia de onde mamãe possa estar — informo, e então explodo em lágrimas.

— Alice? Você está *chorando*? O que está acontecendo?

— Estou no hospital e...

— Por quê? Você se machucou? — pergunta Frances de forma objetiva, assumindo automaticamente o papel de irmã mais velha.

— Não — começo. — Eu estou bem, mas...

Ela, porém, me interrompe bruscamente.

— Você não está doente? Não quebrou nada?

Isso é característico de Frances. No ensino médio havia um grupo de garotas "legais" em minha turma que, às vezes, mexia com todo mundo. Elas costumavam ficar em volta da vítima nos corredores, nos intervalos das aulas, sempre um dos piores momentos, ou na hora do almoço, quando os professores se trancavam em suas salas para ler o jornal, fumar e, com raiva, observar os ponteiros do relógio, que haviam se arrastado durante toda a manhã, de repente disparar.

A minha vez chegou no dia em que fui a única pessoa a tirar um A em arte, e a professora, carinhosa e estupidamente, me elogiou na frente de toda a turma. Os olhos das garotas legais se voltaram para mim — e naquele momento eu *sabia* o que me esperava durante o intervalo.

Não deu outra: seis delas me circundaram no corredor principal e começaram a me sacudir e empurrar. Fiquei quieta e olhei para o chão, porque dizer *qualquer* coisa só pioraria a situação. Eu vira o que elas tinham feito com a pobrezinha da Catherine Gibbons, que, tomada de coragem, começou a cantar "O que vem de baixo não me atinge".

Uma das garotas me deu um pequeno empurrão. Perdi o equilíbrio e segurei a mochila com um pouco mais de força, quando, de repente, em meio aos crescentes insultos, ouvimos um berro: "EI!" Viramo-nos e vimos Frances se aproximar de nós como um rolo compressor, com o rosto vermelho de raiva. Em poucos segundos ela agarrou pelo pescoço a líder do bando e gritou: "Se tocar na minha irmã de novo eu arrebento a sua cara, entendeu?"

Ela soltou a garota, e no mesmo instante todas debandaram. Lembro bem que Frances olhou para mim e suspirou. "Puxe essa blusa para fora, Al, ninguém usa assim, para dentro..."

— Alice — chama ela, esperando que lhe responda. — Você está me assustando. Tem certeza de que está tudo bem com você?

Respiro fundo e tento me acalmar.

— Não é nada comigo. Eu trouxe Gretchen para cá.

— Ah, meu Deus! — exclama Frances sem ar. — Coitadinha de você! Suas amigas vivem fazendo drama. Você é boazinha demais, em detrimento de você mesma, Alice, realmente é. Isso deve ser algum tipo de acidente relacionado à bebida que você está tendo que socorrer, não é?

— Mais ou menos. Fui ao apartamento dela hoje à noitinha e... — De repente, tenho vontade de contar a ela. Porém sou interrompida por um choro agudo ao fundo.

— Ah, não acredito! — diz Frances. — Ele acordou. Droga, droga, droga. Garante que *você está* bem, Al?

O choro no outro lado da linha se torna mais alto e com vigor renovado — é um apelo à atenção, obstinado e enérgico, e não posso deixar de sentir respeito por meu pequeno sobrinho que, sem dúvida, deve estar de rosto vermelho.

— Como você pode *já* ter acordado? — questiona Frances, incrédula. — Eu amamentei você faz somente 15 minutos. — Ela deixa escapar um suspiro pesado, quase desesperado.

Fecho os olhos e respiro fundo.

— Fran — insisto —, eu estou bem. Posso resolver isso sozinha. Vai lá.

— Tem certeza? — Escuto um tom de alívio em sua voz. — O que, afinal, aconteceu com Gretchen?

Freddie aumenta o volume a um nível que poderia estilhaçar vidro.

— Nada, nada muito sério. Telefono mais tarde se eu precisar.

— Tente falar com mamãe, está bem? — diz ela com sentimento de culpa. — Ela saberá o que fazer. Eles já devem ter voltado. Se conseguir falar com ela, peça para me telefonar depois, está bem?

— Peço, sim — digo, meio entorpecida, uma nova lágrima escorrendo-me pela face, e em seguida ela desliga sem nem ao menos dar tchau.

Tenho vontade de ligar de novo para ela naquele momento e dizer: "Na verdade, preciso de você. Estou com medo, Fran!" Em vez disso, telefono para meus pais e começo a caminhar devagar em direção à entrada principal. Mas, como Frances informara, o telefone toca repetidamente até cair na secretária eletrônica.

Ligo então para o número de meu irmão mais novo, Phil. Se estiver em casa, pode descer e dizer a eles para ligarem o telefone, que *eu* estou querendo falar com eles. De repente, sinto uma necessidade urgente de falar com minha mãe e meu pai... com alguém que me diga que vai dar tudo certo, porque...

"Aqui é Phil. No momento não posso atender, devo estar ocupado. E ocupado quer dizer que não estou em casa. E não estou em casa quer dizer que dei uma saidinha para fumar. Pode deixar sua mensagem, mas não prometo nada, ceeeeeeeerrrrrto?"

Por alguns instantes vejo exatamente como Phil pode levar meu pai à loucura em menos de cinco segundos. Que tipo de mensagem é *essa*, considerando que algum potencial bom empregador possa ligar para esse número? Ele não conseguiria sequer uma entrevista, quanto mais um trabalho. Desligo e coloco meu celular na bolsa, derrotada.

Desesperada, olho para o céu negro e tento me acalmar. Não há estrelas, tampouco luzes de aviões visíveis. Consigo escutar um, muito distante, encoberto por uma nuvem pesada acima de minha cabeça. Não consigo vê-lo, mas desejo estar nele, indo para algum lugar, qualquer lugar longe daqui.

Abaixo a cabeça e olho para o meu relógio. Já teriam se passado 20 minutos? Tom deve estar chegando. Será que estacionou e entrou por outra porta? Talvez a essa altura esteja lá. Não quero que entre sozinho na sala onde está Gretchen.

Apressada, sigo pela rampa para deficientes que conduz ao setor de emergência, os braços envolvendo meu corpo com força. O vento persistente penetra até meus ossos, mas, antes de mergulhar de volta no calor sufocante do hospital, o mecanismo das portas duplas automáticas entra em ação, e mãe e filha as atravessam devagar e com dificuldade. Preciso me afastar para que passem. A filha sustenta a mãe, que se apoia nela e numa muleta. A senhora transpira com o esforço, embora o ar esteja gelado, e agarra-se firmemente à mão da filha. Olho de relance para o pé enfaixado da mulher e noto dois dedos roxos horríveis saindo pela extremidade, adornados com manchas de esmalte coral.

— Muito bem, mamãe — diz a filha, com carinho. — Papai foi buscar o carro. Estamos quase lá.

A mãe ergue o olhar para me agradecer por ter esperado, e seus olhos abrem-se por um instante, enquanto ela me examina. Percebo meu reflexo no vidro e levo a mão constrangida ao queixo, virando um pouco o rosto para me observar melhor. Não há nada que se revele impróprio, apenas minhas faces pálidas, com a maquiagem borrada; olhos e nariz vermelhos num contraste atraente com meus longos cabelos escuros e despenteados, mas ela tem razão, estou num estado lastimável. As calças folgadas de ginástica e o suéter de capuz completam minha aparência, mas eu achava que tinha uma noite inteira em frente à televisão, não isso.

Abaixo a cabeça e, quando é possível, sigo meu caminho, passando por elas. Varro com os olhos a sala de espera e não há sinal de Tom, apenas um bêbado importunando a recepcionista, então me afasto apressada e vou em direção ao corredor que acredito que me conduz à UTI.

Porém, logo que estou de volta, paro do lado de fora das pesadas portas que levam à UTI. Ele já *deve* estar aqui, não é? Não quero que entre sem mim, mas também não quero esperar sozinha.

Quando menos espero, as portas se abrem, e quase batem em mim no momento em que um médico passa por elas de forma abrupta.

— Desculpe-me — diz ele, automaticamente, embora também franza o cenho de leve como se pensasse "Que lugar mais idiota para se ficar", e aí eu entro.

Não posso ficar aqui parada como uma maluca, sem fazer nada.

A enfermeira ergue o olhar na expectativa e logo sorri quando entro na sala, e ela me reconhece. Tom não está ali. Não olho para Gretchen, só coloco minha bolsa de volta sob a cadeira e me jogo nela desconfortavelmente. Ao assoar o nariz, que escorre por causa do frio lá fora, eu me pergunto por um momento se a enfermeira percebe que estive chorando. Mas ela esperaria que eu estivesse, não?

Por fim, depois de olhar para o chão por um tempo que pareceu uma eternidade, espio Gretchen. É difícil, e não quero admitir, mas ela parece estar na mesma situação em que a deixei quando saí. Calma e, o que é mais irônico, inabalada — mas ainda assim parece muito mal, pálida. Eu gostaria de vê-la sentada na cama, alegre e dando gritinhos, um largo sorriso estampado no rosto, e eu a empurrando pelos corredores, fazendo os médicos e os enfermeiros afastarem-se para se protegerem quando passássemos por eles. Isso não aconteceria. Não agora.

Ah, se eu pudesse voltar no tempo e mudar tudo, eu o faria! Sem dúvida. Daria qualquer coisa para que pudéssemos começar de novo.

Eu deveria ter feito o que ela me pediu, sei que deveria. Ela precisou de mim, e eu não fiz o que me pediu...

Sinto-me contorcer e dobrar por dentro. Estou assustada e, de repente, sinto como se a cadeira estivesse encolhendo embaixo de mim — a sala inteira está pequena demais. Gretchen parece assustadoramente frágil, vulnerável, e ainda assim não tenho coragem de tocá-la. Minha amiga.

Começo a chorar, e infelizmente é assim que Tom me encontra ao irromper pela sala, de terno amassado, gravata torta, abalado e ofegante por ter corrido para vir ao nosso encontro.

Capítulo Três

Tom empalidece ao ver Gretchen toda conectada àquelas máquinas e tomando soro. Freia abruptamente à porta, assim como o Papa-léguas quando grita *bipe bipe* e para de repente.

A enfermeira abre a boca para dizer algo, porém eu sou mais rápida que ela. A sensação de conforto de ver alguém tão familiar se apodera de mim e, em meio às lágrimas, digo:

— Ah, Tom! Você chegou!

Levanto-me da cadeira. Ela arranha o chão embaixo de mim, e o barulho se faz sentir em todos os nossos dentes, mas não me importo... Jogo-me nos braços dele com tal ímpeto que quase o derrubo.

Tom automaticamente me enlaça, me abraça. É um abraço apertado e tranquilizador, e ele me comprime junto ao peito. Sinto a forma de seus músculos peitorais sob a sua roupa e, embora eu deseje ficar ali, porque ele me puxa para tão perto de si, tudo que consigo respirar é sua camisa, então, com relutância, me afasto, e ao fazê-lo ele afrouxa os braços em torno de mim e os deixa cair ao lado do corpo. Levanto os olhos para fitá-lo, mas ele tem os dele cravados em Gretchen, em estado de choque.

— Que diabo aconteceu? — sussurra ele. Todo o seu equilíbrio e tranquilidade parecem ter se dissipado. — Ninguém quis me dizer nada... fiquei apavorado.

Engasgo e tento me controlar, enquanto lágrimas escorrem sobre meu nariz.

— O que ela tem? — pergunta ele, atônito, sem conseguir tirar os olhos de Gretchen. E, mais uma vez, pergunta: — O que aconteceu?

Eu hesito. Preciso ter muito cuidado.

— Recebi um telefonema, fui até o apartamento dela... tinha comprimido espalhado por toda parte e... — Minha voz se dissolve no meio de uma profusão de lágrimas.

Tom empalidece e abre a boca para falar, mas a enfermeira se adianta.

— Será que vocês podem conversar lá fora? — diz ela com firmeza. — Não queremos perturbar Gretchen.

Aquilo me deixa ainda mais apavorada; Gretchen deitada ali, escutando tudo o que estávamos dizendo.

Aceito a sugestão de boa vontade, dirigindo-me ao corredor, e, quando saímos, a enfermeira fecha a porta.

Tom espera um instante, e eu tento explicar mais uma vez.

— Havia muitos comprimidos espalhados pelo chão e...

— Que tipo de comprimido? — pergunta ele, como se já temesse a resposta.

Engulo em seco e em seguida pigarreio.

— Não sei. Havia também uma garrafa de uísque, quase vazia. Não tenho ideia de quantos ela tomou, já estava inconsciente.

— Que merda! — exclama ele, recuando e passando os dedos pelos cabelos. Dá outro passo sem propósito para a direita e mais um para trás. — Que merda, Gretchen!

— Chamei uma ambulância — digo rapidamente. — Eles chegaram e informaram que ela estava respirando. Fomos, primeiro, para a emergência, e depois eles a trouxeram para cá. Ela está em coma!

Tom balança levemente a cabeça como quem não acredita, como se não conseguisse entender o que digo, como se aquilo não fizesse sentido algum.

— Eles não vão me dizer mais nada enquanto Bailey não chegar.

Ao som do nome de Bailey, um brilho de animosidade e raiva atravessa o rosto de Tom.

— Sabem onde ele está? — pergunta, tenso. — Tentaram ligar para ele?

Aceno positivamente com a cabeça.

— Madri... Tenho certeza de que a essa altura já está a caminho. Já deve estar.

— Como souberam que ele estava lá? — Tom franze o cenho.

— Eu informei — confesso. — Ele me telefonou mais cedo, hoje à noite. Tinha planejado visitar Gretchen, mas parece que perdeu o voo ou coisa do gênero. Ou estava atrasado, não sei. Telefonou para a irmã e disse que não conseguiria ir, e ela estava bêbada, muito bêbada. Então me pediu para ir lá depois do trabalho e ver o que estava acontecendo. Eu fui... — digo, esgotada. Sinto muito calor de novo, o suor se acumulando e se espalhando por minhas costas, e a blusa colando em meu corpo.

— E...? — diz ele, esperando.

Respiro fundo.

— Ela estava inconsciente na sala. Era bastante óbvio o que tinha acontecido.

— Merda! — Tom olha para mim. — E não vão nos dizer nada até ele chegar aqui?

Balanço a cabeça, concordando.

— Somente observações como "a situação dela é estável", esse tipo de coisa. Nenhum detalhe.

Tom fica furioso.

— Mas isso é um absurdo! Já falou isso a eles? O que disseram?

Fico enjoada.

— Eu não sabia o que dizer, Tom, só vim com ela e... — Titubeio, diante do olhar exigente dele, e levo uma das mãos, trêmula, à cabeça. — Não consigo pensar direito. Tudo aconteceu tão de repente e...

— Está bem, está bem, Alice, desculpe — interrompe-me ele, dá um passo à frente e segura a minha mão. — Não tive a intenção de ser tão duro assim. — Respira fundo. — É que estou puto da vida com *ele*.

Tom espera, e eu tento regularizar minha respiração.

— Mas... — Ele suspira em seguida. — Ao menos a situação dela é estável. — Fica então em silêncio por um instante, enquanto obviamente vislumbra a alternativa inimaginável e tenebrosa, porque segundos depois diz: — A gente devia estar lá dentro, com ela. — E segue em direção à porta.

— Espere um minuto — peço, em desespero, para não voltar àquela sala agora que saí de lá. — Preciso de um instante para me recompor. — Encosto-me na parede... bem, na verdade é a parede que me apoia... Tom espera pensativo a meu lado e de repente parece arrasado e confuso.

— Não posso acreditar que Gretchen tenha feito isso — comenta ele. — Quer dizer, ela não deu nenhum sinal. Na verdade, parecia — olha para mim e escolhe as palavras com cuidado — bem feliz. Sinto muito... está sendo difícil demais para você?

Sim, está, está sendo praticamente impossível. A situação mais aterradora em que já me encontrei em toda a minha vida.

Nego com um gesto de cabeça outra vez.

— Eu estou bem — respondo, mas as palavras são mais um sussurro.

Percebo que estou cabisbaixa, meus olhos marejam novamente e começo a chorar, as lágrimas pingando no assoalho barulhento do hospital. Tom faz menção de me abraçar, mas uma enfermeira entra no corredor, se aproxima e o distrai.

— Venha, Al — chama ele quando a enfermeira abre a porta para a sala de Gretchen e entra. Ele me conduz, e eu o sigo, relutante.

Começamos a puxar nossas cadeiras devagar, Tom olha fixo para Gretchen, e a enfermeira que entrou antes de nós, que é obviamente a supervisora e está ocupada verificando os prontuários, faz a seguinte observação para a colega assistente:

— Ela continua apresentando ectopias. Está tendo tantas assim com regularidade?

Levanto a cabeça e começo a prestar atenção.

— Observei algumas mais cedo, porém estão mais frequentes — responde a assistente.

— Humm. Fique de olho nisso. Qual é o potássio dela?

— 3.1.

Isso é bom ou ruim?

A supervisora franze o cenho.

— Precisamos subir isso imediatamente. Está no prontuário, não está?

A enfermeira assistente confirma com um aceno de cabeça e diz:

— Eu vou buscar.

Quando ela deixa a sala, Tom me lança um olhar curioso, e eu dou de ombros.

— Desculpe-me — Tom começa a perguntar em voz alta, mas é interrompido por um alarme que dispara com som estridente.

A supervisora o ignora e se aproxima com rapidez de Gretchen, forçando a passagem por onde Tom está, fazendo-o empurrar a cadeira para trás. Coloca as mãos no pescoço de Gretchen, e percebo que verifica seu pulso. O meu responde assumindo um ritmo veloz.

Ergo o olhar, ansiosa, e vejo uma linha verde acelerando no monitor, atingindo picos enlouquecidamente — mas, três monitores abaixo, uma linha vermelha torna-se plana. Ó meu Deus!

— Alguém pode me ajudar aqui? — grita muito alto a enfermeira de repente, e então as coisas começam a acontecer bem depressa.

Tom levanta-se e olha para mim assustado, o horror me deixa boquiaberta, e o medo me paralisa no lugar onde estou sentada. Outra enfermeira surge à porta naquele mesmo instante.

— Pode desligar o alarme? Ela está com TV — grita alguém.

Há um estrondo tão forte que eu e Tom tivemos um sobressalto violento no momento em que a parte da cabeceira da cama é arriada e Gretchen fica, de repente, na horizontal.

— Ah, droga, agora está com FV! — diz a enfermeira supervisora.

— O que é FV? — pergunta Tom desesperado. — O que está acontecendo?

Uma terceira enfermeira entra às pressas, e escuto alguém, não sei bem quem, dizer com firmeza:

— Você pode levar os amigos dela lá para fora?

Então sinto um toque de mão no meu braço, e Tom grita:

— Não! Precisamos ficar aqui. O que está acontecendo? O que está acontecendo com ela? — Estou sendo puxada com insistência para que fique de pé, enquanto olho para Gretchen... eles estão retirando as cobertas, segurando a camisola dela e...

De repente estamos no corredor, sendo conduzidos rapidamente por ele, para longe do barulho do alarme, que continua disparado. Um médico entra apressado pelas portas duplas e passa por nós em disparada. Olho para trás e vejo que vários médicos entram agora como formigas na pequena sala.

— Eles precisam de espaço para trabalhar — diz com insistência a enfermeira que está conosco. — É só isso. Vamos, podemos esperar aqui na área reservada aos familiares.

— É uma ordem, não uma opção. Ela tenta me afastar rapidamente, mas não consigo tirar os olhos do que acontece atrás de nós. Um outro médico aparece no final do corredor e está apressado. Todas essas pessoas lutando pela vida de Gretchen... sua vida verdadeira, sua *vida* real nas mãos deles. Uma imagem de Gretchen caída perto da parede de seu apartamento me vem à mente. Uma enfermeira passa correndo, quase esbarrando em mim na pressa, e desaparece na sala. Mais uma vez, vejo Gretchen, os comprimidos a seus pés... Ó meu Deus! Tudo começa a girar em câmera lenta e eu, quase sem perceber minha voz, de repente grito:

— Não! — Aí despenco no chão, Tom se inclina tentando me segurar, puxando-me de encontro a si, e eu desato a chorar, chorar, chorar... como se fosse *meu* coração que estivesse se partindo.

Capítulo Quatro

— O nome dela é Gretchen Bartholomew, pelo amor de Deus! — suspirei, sentando-me sobre a pequena mala e tentando ignorar o consequente estalo agourento, que provavelmente vinha dos potes na minha nécessaire se despedaçando. — Eu nem conheço a moça, mas aposto que, com um nome desses, tão pretensioso assim, *só* pode ser uma grande babaca. Por que, por que, *por que* eu concordei com isso?

— É só uma ida a Los Angeles com todas as despesas pagas e, se fizer um bom trabalho, a revista pode contratar você para matérias sobre viagens — ponderou Tom, enquanto calçava os sapatos. — E ela não pode fazer nada a respeito do próprio nome. Quem sabe não é bastante simpática?

— Essa coisa toda é muito esquisita! — Um dos pares de tênis, que parecia determinado a ficar de fora, ficou preso no zíper da mala. Empurrei-o para dentro e tentei forçar a mala para fechá-la. — E ela é uma apresentadora de programas infantis, o que significa que deve ser burra que nem uma porta. Ah, *vamos, fecha...* — Meus dedos já estavam esbranquiçados do esforço de tentar fechar a droga da mala.

— Por que razão ela vai ser fotografada? — perguntou Tom, meio distraído.

— Ela está de mudança para Hollywood, quer fazer sucesso por lá, ou coisa do gênero — digo, bufando um pouco. — Como se alguém se importasse. Esta mala vai explodir, literalmente, na hora em que for aberta. — Olhei preocupada para as costuras que estavam prestes a estourar. Talvez quatro pares de sapatos sejam demais. Saí de cima dela com cuidado e esperei. Felizmente, sustentou... mas estufou como um balão d'água prestes a se romper.

— Por falar em ir e voltar — Tom pegou a ponta da gravata, que estava em torno de seu pescoço —, enquanto você está fora, posso telefonar para aquele rapaz espanhol e dizer que ele pode ficar com o antigo quarto de Vic?

Meu queixo caiu. Tom sorriu cordialmente enquanto dava o nó na gravata e se aproximou para me abraçar.

— Eu sei que você sente falta dela, Al, mas não podemos manter um quarto vazio para sempre, não temos condições para isso.

— Paris — resmunguei, a voz abafada pela camisa de Tom — é realmente um lugar idiota para ela viver. Detesto aquele doutorzinho francês chato, de fala macia: "Venha morar no meu castelo, *cherie*."

— Não, você não detesta. — Tom riu. — A gente gosta de Luc. E você passou horas ao telefone, garantindo que ela havia feito a coisa certa! Agora ela está muito feliz.

— Está bem, então vamos telefonar para o rapaz espanhol — disse eu um tanto irritada, pensando em Vic, de quem sentia muita falta. — De todos os candidatos, ele pareceu o menos louco, clinicamente falando.

— Mas, por outro lado — reconsiderou Tom com um ar de reflexão estampado no rosto —, será que não seria melhor morarmos sozinhos em algum lugar, em vez de dividirmos o apartamento com um espanhol supermusculoso seminu, que descobrimos num anúncio de jornal?

— Não temos condições, já discutimos isso — respondi com a boca cheia de pão, que peguei no meu prato, antes de procurar minha bolsa. Não me lembrava onde a vira pela última vez.

— A menos, é claro, que tentemos encontrar um lugar menor, talvez para comprar. Juntos.

Parei imediatamente de procurar a mala e me virei para Tom. Essa foi a primeira vez em que um de nós dois havia aberta e *formal-*

mente sugerido coisa do gênero. Esperei que meu coração pulasse de alegria. Para surpresa minha, isso não aconteceu, mas também meu táxi chegaria em poucos minutos. Uma atitude típica dos homens: Tom escolheu o pior momento possível para discutir uma questão de tamanha importância, como uma mudança de vida e, de forma inesperada, fez uma proposta como *essa* misturando tudo no mesmo saco.

— Alugar por um período longo é jogar dinheiro fora — continuou Tom, tomando um gole de seu chá. — É muito bom quando se é mais jovem e é preciso ter uma certa flexibilidade, mas pegar um financiamento imobiliário agora seria uma boa economia... e as condições do mercado são *ótimas* para pessoas como nós.

— Pessoas como nós? — repeti confusa.

— Pessoas estabelecidas, casais... A maioria de nossos amigos comprou uma casa em algum lugar — disse ele de forma incisiva. — Eu economizei uma quantia bem razoável que dá para uma entrada e...

— Mas será que não devíamos fazer isso se estivermos realmente a fim, e não como uma solução prática, porque a Vic se mudou daqui? — perguntei.

Tom olhou para mim sem entender e disse:

— Bem, a gente está a fim... Não está?

Fiz uma pausa.

— Ahh! — continuou ele, olhando para mim com atenção. — Eu sou muito idiota! Você quer dizer que esta não é uma maneira muito *romântica* de se fazer este tipo de coisa. Droga, Al... desculpe. Eu entendo você. Tem razão. De qualquer forma, conseguir um financiamento para comprar uma casa *é* um compromisso tão grande como casar...

Meus olhos se arregalaram. *O quê?*

— ... ou ao menos legalmente é, caso alguma coisa dê errado... o que não vai acontecer. — Ele me encarou de forma significativa e então sorriu para mim.

Nossa! Fiquei ali, um tanto atordoada, percebendo que meu namorado de um relacionamento de dois anos dissera com a maior tranquilidade que tinha a intenção de se casar comigo.

Esperava ficar feliz, com a sensação familiar de estar em casa, como se todas as peças do quebra-cabeça se encaixassem... Mas o que ocorreu foi um certo anticlímax. Não senti realmente nada, porém, como eu andara mergulhada nos preparativos do casamento de Frances até muito recentemente, isso não era de estranhar. Não me importaria nem um pouco se nunca mais na vida viesse a ouvir falar de mapa de lugares nas mesas e convites de casamento. E, afinal, Tom me dissera isso no café da manhã, como se estivesse me comunicando que pagou a conta de luz. Aos 12 anos mais ou menos, quando sonhava em me casar e aos 23 já ter vários filhos, nunca imaginei o momento em que alguém se ajoelhasse diante de mim e dissesse: "Alice, você quer fazer um financiamento imobiliário comigo?" Ele não havia sequer realmente me perguntado se eu queria fazer isso.

— Na verdade — Tom virou os olhos, parecendo não ter notado que eu havia emudecido —, o que a gente devia fazer era alugar o quarto a esse rapaz agora e começar a procurar algo para comprar daqui a alguns meses... Aproveitar o lado bom das duas coisas! Isso nos daria — ele olhou para o teto rapidamente — um extra de quase 3 mil, que seriam suficientes para cobrir as despesas legais e alguns outros impostos necessários. — Ele sorriu satisfeito para mim. — Você tem razão, esse é, sem dúvida, o melhor plano.

Eu não tinha dito nada, tinha?

— Vou telefonar para o rapaz mais tarde e ver se ele se muda o mais rápido possível. Tempo é dinheiro! — Tom esfregou as mãos, alegre.

— Por falar em financiamento, qual seria uma avaliação realista da sua renda anual agora? Líquida, não bruta.

— Tom — disse eu devagar, enfim recobrando a capacidade de fala —, estou me aprontando para pegar um avião e viajar para o outro lado do mundo, não sei nem onde está a minha bolsa, e meu táxi vai chegar a qualquer momento. A gente precisa fazer isso agora? Será que não dá para esperar até eu voltar?

— Está bem. — Ele pareceu um tanto decepcionado por eu não ter uma planilha de cálculo com números relevantes no bolso. — Então vou só avisar ao espanhol que pode ficar com o quarto.

— Boa ideia — disse eu, trincando um pouco os dentes, ao voltarmos para o mesmo ponto. — Faça isso. — Agora, onde se meteu a droga da minha bolsa?

A buzina de um carro tocou lá fora. Corri e olhei pela janela. Um Ford prata, o taxista fingindo que coçava, e não limpava, o nariz, estava parado embaixo da janela, supostamente esperando por mim.

— Merda! — disse eu preocupada. — Ele já chegou. — Bati na janela e o motorista, ao olhar para cima, me viu agitada acenando com uma das mãos, os dedos afastados, dizendo com os lábios "cinco minutos".

Dei meia-volta rapidamente e vi minha bolsa balançando de leve na mão estendida de Tom.

— Seu passaporte está aí dentro — disse ele. — Eu chequei. Agora fique calma, você tem bastante tempo.

O táxi buzinou de novo.

— Já vai! — disse Tom, irritado com o barulho. — Ele é insistente. Eu carrego a mala. — Foi até ela e a apanhou. — Nossa, Al! Você vai ficar fora somente duas noites, *certo*? — Ele resmungou quando tirou a mala do chão e se encaminhou rapidamente para a escada. — Você não está me abandonando em segredo, está?

Eu ri, um pouco mais alto do que era minha intenção, o que pareceu me embaraçar mais do que a ele.

— Então, qual é o tema por trás dessas fotos? — perguntou-me ele enquanto descíamos.

Os homens eram *estranhos*. Como podiam falar de uma coisa tão séria e um minuto depois mudar para uma trivialidade qualquer como se nada tivesse acontecido?

— Um viva Hollywood! — respondi. — Adeus aos meus planos de fazer trabalhos mais criativos, menos comerciais... Eu me sinto uma grande traidora de meus princípios, isso sim.

Tom riu quando esbarrei nele ao passar para abrir a porta de entrada.

— Não é tão ruim assim! Tudo bem que não é exatamente a *National Geographic* e parece meio bobo, mas é dinheiro no banco. — Ele esperou o taxista sair do carro. — Pense no lado positivo — continuou, enquanto o homem pegava a bagagem, colocava-a no porta-malas e voltava para o carro. — Eu sei que não é o que você gostaria de estar fazendo, Al, mas são só duas noites. Quando você menos esperar, já estará de volta. Ei, não esqueça que este sábado é o noivado/festa de Natal de Bunkers e George.

— É um pouco cedo para uma festa de Natal, não acha? Mal chegamos ao final de novembro!

Tom deu de ombros.

— Isso é a George. Superorganizada. E você conhece o Bunkers... Ele não perderia uma chance como essa de reunir o máximo possível de mulheres para beijar sob o visco, antes de o anel de casamento ser colocado em seu dedo.

Meu coração afundou ainda mais. Edward Bunksby, conhecido como Bunkers (um jogo de palavras "espirituoso" com seu nome e por ele ter sido um pilar robusto no jogo de rúgbi), era um furioso mulherengo do escritório de Tom que gostava de apertar a bunda das mulheres em vez da mão. Sua agressiva noiva Georgina tinha o olhar atento de um camundongo, usava saltos bem altos e uma maneira de se apresentar que geralmente seguia este padrão: "Oi, eu sou George. Sou a sócia mais jovem da minha firma. Então, quanto *você* ganha?" Havia rumores de que mantinha Bunkers com rédeas curtas e só as soltava em ocasiões especiais.

— Eu sei que ele é meio idiota e que George é uma retardada, mas tenho que ir. É na casa deles... Ele convidou todo mundo do trabalho. Eu compro um presente para eles, não precisa se preocupar com isso.

Suspirei.

— Desculpe, você pretendia visitar algum de seus amigos este final de semana? — perguntou ele.

— Quem, por exemplo? Eu não visito ninguém faz semanas, tenho trabalhado demais... Sou quase uma reclusa social.

— Mais uma razão para você tentar se divertir quando estiver fora — disse Tom para me consolar, abraçando-me e beijando-me na boca.

— Vou tentar — prometi, sentindo-me de repente totalmente esmagada. Comemorações de noivado, financiamentos imobiliários, casamentos. Não eram nem 8 horas da manhã ainda. — Eu estou bem? — perguntei ansiosa, olhando para o casaco bege que usava por cima de uma túnica preta e meia-calça grossa também preta. — Eu achei que podia tirar as meias quando chegasse lá, se estiver quente. Tenho sandálias na mala. Isso vai ser suficiente, não vai?

— Você está linda. Mande uma mensagem de texto para mim quando chegar. — Tom abriu a porta do táxi. Eu entrei e desci o vidro.

— Amo você, Al — disse ele. — Boa viagem!

— Também amo você — respondi automaticamente. — Então ligue para esse rapaz e diga a ele que pode ficar com o quarto. Mas não faça mais nada, está bem? Ah, e não esqueça de telefonar para sua mãe... Diga a ela que vamos lá no dia 26 e para a casa da mamãe e do papai no Natal.

— Sim, senhor! — Ele fingiu me saudar, e eu imitei um riso quando o carro deu partida.

No final da rua, me virei e vi que ele ainda estava lá, me dando adeus animado. Acenei de volta mas, quando viramos a esquina, me afundei no assento e me senti um pouco envergonhada ao me descobrir pensando que escapar para Los Angeles por três dias, afinal, poderia ter suas vantagens.

Mais tarde, presa ao cinto no avião e lendo as instruções de segurança, eu ainda estava irrequieta, o que era tolice, porque não tinha sido de fato um pedido como "Quer casar comigo?". Tudo o que havíamos combinado de fazer fora alugar nosso quarto extra, o que não era nenhum drama. Mas ele estava *pensando* em financiamento imobiliário e casamento... E pensando seriamente, pela maneira de falar.

Seria mesmo uma coisa boa? Não que eu não tenha me imaginado entrando na igreja, conduzida por meu pai, e Tom, sorriso aberto, virando-se para me olhar. Eu tinha. Por que estava tão estressada?

Para falar a verdade, eu andava estressada com tudo ultimamente. Era difícil trabalhar como autônoma, em especial no que dizia respeito a dinheiro. Não podia sequer pedir ajuda a meus pais, porque eles tinham raspado o pote com o casamento de Frances. Achei que papai iria explodir quando recebeu a conta da floricultura. Mas por que eles haveriam de me ajudar financeiramente? Eu estava dando duro, era verdade, mas tudo o que consegui foi sozinha — o que me deixava muito orgulhosa, embora significasse realizar um tipo de trabalho que não me agradava muito, como o que eu tinha pela frente.

Achava insuportável dizer coisas do tipo "Está *espetacular*, olhe para mim como se a câmera *amasse* você!". Parecia tão falso me forçar a ser alguém que eu não era e também não almejava ser. Essa era a beleza das fotografias de viagem: não precisava me impor a nada, nem a ninguém, apenas registrar o que já estaria ali, mesmo que eu não tivesse ido, e depois sair discretamente. O meu trabalho, no entanto, era muito diferente. Qualquer que fosse a pequena satisfação que eu pudesse extrair de tirar a foto de uma moça bonita com uma cidade ao fundo não compensaria o vexame de estar em público fotografando uma pessoa vestida como — verifiquei as instruções — uma funcionária de escritório britânica/estudante travessa com uma perna de um lado e outra de outro sobre uma estrela na Calçada da Fama. Oh, meu Deus! Eu me encolhi por dentro, meu estômago se contraindo. Era muito desagradável.

Em um prato de plástico, a comida de avião, que curiosamente conseguia não ter gosto de nada e ainda ter textura e cheiro horríveis, não ajudava muito, mas depois de assistir a uns filmes e tirar um cochilo (embora eu tivesse tomado três choques elétricos do cobertor de lã e percebido, no minúsculo banheiro enfeitado de papel higiênico, que meus cabelos se assemelhavam ao de Doc Brown em *De volta para o futuro*), comecei a me acalmar um pouco.

Eu só precisava me concentrar na programação. Estava indo para Los Angeles. Era uma experiência nova, o que era bom, mais um carimbo no meu passaporte e uma oportunidade de fazer um bom trabalho que me levaria a um trabalho *melhor*. Um que fosse realmente do meu agrado. Copo meio cheio, Alice, eu disse a mim mesma com firmeza, olhando-me no espelho e me convencendo que as duas espinhas no meu rosto, que surgiram do nada, como se fossem resultado de uma pressão sob a minha pele por estar a milhares de metros de altitude, *não* iriam me incomodar. Estava decidida a aproveitar essa oportunidade.

Afinal, muitas pessoas dariam várias partes do corpo para viajar a Los Angeles, hospedar-se num hotel luxuoso e conhecer uma apresentadora famosa, e tudo o que eu precisava fazer era direcionar uma câmera para ela. Não era o tipo de coisa que se consegue sempre, pelo amor de Deus! Na semana passada, eu fizera fotos de diferentes brilhos labiais, de ângulos diferentes, o que não foi nada interessante.

— "Hooray for Hollywood" — cantei baixinho, olhando-me mais de perto no espelho, me analisando. — "Where you're a star if you're only good..." ou coisa assim. — Eu tinha capacidade para fazer isso! Eu *ia* fazer isso.

— Um ótimo hotel, não é? — observou Gretchen Bartholomew, ao conversar comigo, enquanto a maquiadora lhe aplicava a maquiagem e depois ordenava:

— Olhe para mim, querida.

— Excelente! — concordei sinceramente, pensando em como seria ser ela, maquiada por estranhos, sabendo que pessoas que não conhecia liam tudo sobre ela nas revistas, viam suas fotos, criticavam a roupa que usava. Eca.

— Parece que o Dalai Lama também está hospedado lá — disse Gretchen, com a maior tranquilidade —, então, estamos em boa companhia.

Eu ia perguntar como ela sabia disso quando um ônibus de turismo passou por nós pela milionésima vez, repleto de turistas boquiabertos, câmeras digitais nas mãos, nariz contra os vidros das janelas ao verem *uma equipe de fotógrafos ao vivo*!

Eu me virei quando o guia turístico gritou:

— Olá, pessoal, tudo bem?

Gretchen, no entanto, sem mover um único músculo da face, conseguiu, de alguma forma, erguer os polegares com entusiasmo. Eu tinha de tirar o chapéu para ela, que se mostrara uma profissional disposta e entusiasmada desde o momento em que a conhecera em nossa primeira locação do dia: uma joalheria na Rodeo Drive.

— Você deve ser Alice — disse ela na ocasião, levantando-se imediatamente e estendendo-me uma das mãos, tão pequena e delicada que parecia a de uma criança, mas com um aperto enérgico surpreendente. — Eu sou Gretchen, prazer em conhecê-la. — Ela abriu um largo e caloroso sorriso, e de imediato percebi por que se relacionava tão bem com os milhões de crianças em cujas casas se apresentava. Era o tipo de moça que qualquer menina de 6 anos almejava ser quando crescesse.

A consultora de moda já a vestia como a típica apresentadora infantil, tirando-lhe os cabelos louros e volumosos do rosto em formato de coração e repartindo-os em duas marias-chiquinhas. Cada uma foi presa com plumas rosa cintilante, que podiam muito bem ter sido arrancadas da parte traseira de um flamingo indignado. A camiseta dela, obscenamente apertada, amarela, sobre dois seios empertigados, exibia os dizeres "Lollipop us up". Para garantir que os leitores entendessem a mensagem de que Los Angeles era a cidade onde todos os sonhos das mocinhas se realizavam, a consultora de moda resolveu cobri-la de todas as joias chamativas que a joalheria estivesse disposta a fornecer.

Por fim, encerramos com uma foto de Gretchen ladeada por dois seguranças enormes e sérios, enquanto ela se olhava encantada num espelho. Seus olhos abriram-se e brilharam de felicidade ao examinar os brincos de diamantes amarelos, que lembravam balinhas sortidas de todos os tamanhos e que balançavam até o queixo, e os anéis grandes, semelhantes a bolas de gude. Era uma figura bem respeitável, embora um tanto previsível. O que o cliente queria, o cliente recebia. Mas, para ser justa com Gretchen, ela havia feito exatamente o que eu pedi sem reclamações, e dado o máximo de si.

— Você deve fazer isso há séculos — disse ela, quando nos preparávamos para ir a outra locação. — É muito calma e organizada. Acho que essa foi a sessão de fotos menos histérica de que já participei nos últimos tempos.

Olhei para cima e sorri agradecida.

— É bondade sua. Na verdade, não faço muito esse tipo de trabalho, talvez seja por isso. Será que não estou demonstrando entusiasmo suficiente?

Ela ergueu as mãos.

— Não, não, isso é bom, acredite. Eu me sinto muito mais tranquila do que o normal, apesar da presença dela. — Gretchen indicou com a cabeça a consultora de moda da revista, movida a Coca, que esteve atendendo a LIGAÇÕES URGENTES no celular durante toda a manhã. — Não acredito que alguém possa ser tão indispensável. Vaca babaca. É como se a droga do Batfone tocasse de cinco em cinco segundos. Bem, afinal, o que *é* exatamente ser um editor de revista?

Dei de ombros para não me comprometer, como quem concorda, mas sem poder comentar, por estar se referindo à própria chefe.

As coisas se tornaram melhores, do ponto de vista da criatividade, quando nos instalamos na Calçada da Fama, no entanto, piores da perspectiva do tráfego, que desacelerava, e das pessoas, as mais variadas, que se mostravam interessadas no que fazíamos. Eu me senti muito pouco à vontade ao olhar para Gretchen através das lentes com todos aqueles curiosos me observando, braços cruzados como se estivessem num show de mágica. Isso, no entanto, não pareceu incomodar Gretchen, e era ela quem usava um casaco preto apertado, uma camisa social meio desabotoada na parte de baixo e shorts que mal cobriam a dobra das nádegas. Ela se mantinha concentrada e obedecia com naturalidade a todas as instruções, pernas esguias, uma de cada lado de uma estrela de Hollywood, apoiando-se num guarda-chuva preto terrivelmente britânico, olhando para mim por baixo daqueles cílios longos e de um chapéu-coco inclinado.

Afastei-me um pouco para a direita para cortar uma loura de busto avantajado que surgira do nada e parecia determinada a ter seus peitos enquadrados na foto. No momento em que mudei de posição, um rapaz de tênis e jeans folgados passou por Gretchen, pela esquerda, e assobiou, admirando-a, virando-se em seguida para olhar para ela.

— *Que* garota! — exclamou ele, enquanto os cachos louros dela esvoaçavam com a brisa quente.

Ela olhou faceira para ele e riu de maneira afável.

Era só o que faltava. Todos nós examinamos a foto do rapaz olhando para ela extasiado, o sol brilhante de Los Angeles iluminando as abas do chapéu-coco preto e as linhas bastante nítidas do guarda-chuva. Da minha parte, tudo o que eu havia feito fora tirar a foto no momento oportuno — não foi exatamente uma foto planejada, mas uma questão de sorte. Entretanto, havia um certo movimento, e Gretchen tinha, em seu rosto perfeito, uma expressão de verdadeira felicidade.

Ela parecia pronta para assumir o controle do mundo inteiro... E tinha plena convicção disso.

Capítulo Cinco

— É sempre bom relaxar depois de um longo dia de sessão de fotos. — Gretchen suspirou feliz. — Quer um pouco mais de vinho? — Ela me passou a garrafa e recostou-se por um instante olhando para meu prato. — O seu peixe parece delicioso... fiquei com inveja. — Ela ainda fazia um grande esforço para ser amigável, o que era uma surpresa agradável e de forma alguma típico da maioria das pessoas como ela. Minha experiência um tanto limitada me ensinara que quanto mais a meio caminho as estrelas se encontravam tanto mais obcecadas consigo mesmas tendiam a ser; e quanto mais cansadas estivessem, tanto mais impertinentes se tornavam. Mas Gretchen parecia não se encaixar nesse modelo em nada.

Ela balançou a cabeça e riu.

— Já estou cheia, mas parece que não vou parar de comer.

Estávamos todos sentados a uma mesa grande de um animado restaurante ao ar livre. O parapeito da varanda era cercado de gigantescos vasos de barro de onde pendiam exuberantes buganvílias coloridas. Era uma noite quente; conversávamos e ríamos animados.

— Então, uma segunda rodada — decidiu Gretchen, pegando seus *hashis* e atacando sua comida, com apetite renovado. Colocou um camarão na boca e virou os olhos. — Para ser sincera, *está* delicioso! Experimente este aqui. — Passou a tigela para mim e esperou, ansiosa.

Pesquei um pedaço do que parecia atum e coloquei-o na boca para provar... Gretchen tinha razão, estava incrível, simplesmente derreteu como se nunca tivesse estado ali, me fazendo querer mais.

— Sabe, não acredito que você seja fotógrafa há tanto tempo e a gente nunca tenha trabalhado junto antes. — Ela balançou a cabeça.

— Hum — concordei com a boca cheia de comida —, mas não faz muito tempo que trabalho como freelancer, só agora decidi me aventurar por conta própria.

— Bom para você — disse ela. — Parece muito boa no que faz... Tenho certeza de que vai se dar maravilhosamente bem. Então — ela riu —, você estava dizendo à maquiadora que esta é a sua primeira viagem a Los Angeles? O que está achando da cidade?

Sinceramente? Detestei alguns lugares. Eu não alimentava grandes expectativas, mas só notei que estávamos passando pela Hollywood Boulevard quando alguém me disse — a região era lotada de restaurantes de fast-food e parecia abandonada. Porém, por outro lado, eu tinha de admitir que estava gostando dos restaurantes chiques, dos roupões extremamente macios do hotel, e dos funcionários, que me saudavam com cordialidade: "Bom dia, Alice."

— Eu acho que é mesmo uma boa ideia voltarmos para casa amanhã. — Sorri, e peguei meu copo de vinho, enquanto observava um casal bastante glamouroso sentar-se a duas mesas de distância da nossa. — Pedi o café da manhã no quarto hoje, e me serviram um prato de frutas frescas maravilhoso; o sol está sempre brilhando; as pessoas são muito amistosas e isso aqui, poder sentar ao ar livre para comer, é espetacular... e já estamos em novembro, é inacreditável!

Gretchen concordou, animada, balançando a cabeça.

— Eu acho que ia me viciar nesse estilo de vida exclusivo, o que é engraçado, porque — fiz uma pausa com atenção, pois não queria parecer rude —, para falar a verdade, eu não achava que fosse gostar deste lugar.

— Entendo o que quer dizer — concordou Gretchen. — Gosto de vir aqui de vez em quando para me divertir e tirar proveito do conforto, mas é bom voltar à realidade. Você tem razão de estar sendo prudente... é muito fácil mesmo ser sugada. As pessoas parecem amistosas, mas são, de fato, implacáveis. Elas, literalmente, venderiam a própria mãe com um sorriso para conseguir o papel que desejam, ou o negócio cinematográfico que procuram. Los Angeles quer dar a entender que seus sentimentos estão às claras, mas na verdade é de uma ambição flagrante. Uma bolhinha muito pouco saudável.

Fui completamente tomada de surpresa por aquela observação tão inesperada e pertinente. Lembrei-me do comentário malicioso que eu fizera quando disse a Tom que achava que ela devia ser muito burra. Não era mesmo.

— Prefiro Nova York — disse ela, sorrindo. — Lá o que se vê é o que realmente é. Já esteve lá?

Confirmei com um gesto de cabeça.

— Algumas vezes.

Ela olhou para mim.

— Na verdade, você tem toda a cara de Greenwich Village, alguém que se interessa por teatro, cinema, música, pintura... Discreta, mas confiante.

Olhei para minha túnica preta desalinhada, incrédula, a única coisa que eu conseguira recuperar da mala que não havia sido lambuzada com Pantene.

— Obrigada — agradeci, sentindo-me secretamente lisonjeada. — Fui lá o ano passado com meu... — Ia dizer namorado, mas então parei e, em vez disso, acrescentei: — amigo.

Foi uma decisão de fração de segundo. Saiu da minha boca antes de qualquer conexão com meu cérebro. Assumi a postura da fotógrafa esperta e de espírito independente que ela parecia me considerar, só por divertimento. Tentava ver apenas como era ser um tipo criativo fascinante, que ia de país em país, sem preocupações. Eu sabia que estava voltando para casa para encontrar Tom e ir a uma festa de noivado muito maçante, porém ninguém mais tinha conhecimento disso.

— Então, em que outros lugares você já esteve? — perguntou ela, estendendo a mão para pegar sua bebida.

Tentei pensar.

— Uma boa parte da Europa, alguns lugares na África. — O que de fato era verdade. — Estou vendo se consigo ir a outros mais... —

Esforçava-me para falar de tal forma que não a ofendesse. — Fotografia jornalística, de viagens em geral... mas é difícil, isso aqui é onde está o dinheiro e onde estão todos os meus contatos.

Gretchen balançou a cabeça em um gesto de compreensão.

— Meu irmão mais velho escreve sobre viagens, eu posso apresentar você a ele, se quiser, é possível que ele conheça algumas pessoas com quem você possa entrar em contato.

— Seria ótimo, com certeza! — falei, realmente admirada. — *Obrigada!*

Nesse momento me ocorreu um pensamento.

— Oh, Deus! — disse eu, preocupada, e pus o guardanapo sobre a mesa. — É isso então o que você quer dizer, não é? Eu já conheço Los Angeles... E agora estou me aproveitando de você. Desculpe.

Ela riu.

— Não seja boba! Fui *eu* que sugeri isso a *você*!

— Bem, obrigada. É muita delicadeza sua — disse eu, sentindo-me um pouco envergonhada. — E você só tem um irmão?

Ela riu, satisfeita por eu estar tentando me reparar.

— Só, apenas Bailey. E você?

— Um irmão mais novo extremamente preguiçoso chamado Phil e uma irmã mais velha chamada Frances.

— Que bom! — disse ela, seus olhos se iluminando. — Eu sempre quis ter uma irmã.

— Você pode ficar com a minha, se quiser — retruquei de imediato.

— Ah! — exclamou Gretchen. — Vocês não se dão bem?

Visualizei Fran parada, braços cruzados, sobrancelhas arqueadas e um olhar crítico lançado em minha direção. Sentindo-me terrivelmente desleal, comecei a voltar atrás.

— Não é bem isso — expliquei. — Nós nos damos bem, sim, mas ela se casou faz pouco tempo, o que foi ótimo, e os preparativos para o casamento foram muito... intensos. Frances às vezes é... — fiz uma pausa em busca das palavras certas.

Gretchen bebericou seu drinque, escutando com atenção.

— Um pouco dominadora. Os últimos meses foram de preparação e estresse. Phil conseguiu escapar dessa numa boa, mamãe perdeu seis quilos sem nenhum esforço e acho que agora papai não vai poder se aposentar ao menos pelos próximos cinco anos. — Sorri. — E eu estou de casamento até o pescoço.

— Então você foi madrinha dela? — perguntou Gretchen.

Neguei com um gesto de cabeça.

— Fiquei encarregada das fotos.

Gretchen pareceu confusa.

— No casamento da própria irmã?

— Não me importei. Ela queria que eu tirasse as fotos, e quando Fran decide alguma coisa, não adianta discutir. Eu então abaixei a cabeça e fui em frente. Ela já tinha 5 anos quando eu nasci... teve muito tempo para aprender a controlar direitinho os meus pais. Quando éramos crianças — me acomodei melhor na cadeira —, a brincadeira favorita dela era prender uma coleira ao meu pulso e me puxar pela casa, dizendo a todo mundo que eu era seu cachorrinho. Isso lhe dá uma boa ideia de como ela é. A atenção, às vezes, não era a melhor coisa. — Peguei uma mecha de cabelo solta e coloquei atrás da orelha. — Uma vez ela cortou a minha franja toda, muito delicado da parte dela. Mamãe deixou a parte de trás longa, porque queria que as pessoas soubessem que eu era uma menina, então, graças a Frances, nas fotos da festa do meu terceiro aniversário eu pareço com Rod Stewart na época de "Do You Think I'm Sexy?".

Gretchen riu.

— Não é divertido — disse eu, sorrindo. — Ela conseguia ser bem malvadinha. Eu tinha um porquinho-da-índia que eu amava, chamado Verbal James Gerbal e...

— Desculpe — interrompeu Gretchen, levantando uma das mãos. — Como era *mesmo* o nome dele?

— É, nós dávamos nomes muito estranhos aos nossos brinquedos e bichinhos de estimação — esclareci, tentando lembrar por que cargas-d'água eu tinha dado esse nome a ele.

— Se isso serve de consolo, eu tinha um elefante de brinquedo que se chamava Mr. Price. Também não tenho a menor ideia do motivo. — Ela riu. — Meu Deus, havia me esquecido dele! E aí, o que aconteceu com Verbal James Gerbal? — Ela se serviu de outro bocado e olhou para mim. — Tenho a impressão de que você vai me dizer que aconteceu algo trágico com ele.

— Pois é. Frances soltou Verbal James Gerbal de noite. De propósito.

Gretchen balançou a cabeça sem poder acreditar.

— Nossa, que golpe baixo! Ele voltou?

— Infelizmente, não. — Balancei a cabeça, pensando de repente por que diabo eu estava contando isso a ela, e por que ela estava sendo tão condescendente comigo. Era bastante delicado da parte dela. — Escutamos o barulho dele se mexendo embaixo do assoalho do banheiro, mas papai não quis arrancar o carpete novo.

— Ele deve ter escapado para uma vida melhor, de liberdade... A Verbal James Gerbal — brindou Gretchen, e levantou seu copo.

— Pelo mau cheiro que fazia as pessoas sentirem ânsias de vômito sempre que iam lá, acho pouco provável. Mas, de qualquer forma, obrigada. — Sorri.

— Então... Verbal James Gerbal, descanse em paz. — Ela levantou o copo mais uma vez, sem perder a classe.

Eu ri, e depois de uma pausa disse:

— Não sei por que lhe contei tudo isso, acho que estou um pouco bêbada. É também o calor.

Gretchen discordou enfaticamente.

— De jeito nenhum. É muito bom conhecer alguém que seja normal num trabalho como esse.

Normal? Caramba! Fiquei desanimada. Eu não a enganara nem por um segundo sequer, isso era óbvio. Veja bem, que pessoa enigmática e criativa falaria sobre os bichinhos de estimação que teve na infância? Ela deve ter notado a expressão no meu rosto, porque ergueu o copo mais uma vez e disse:

— Isso foi um elogio. Saúde!

Encostamos nossos copos, e Gretchen virou o dela de vez.

Uma hora depois fomos todos para o Sky Bar, no terraço, que ficava em torno de uma piscina decadente, com uma água tentadoramente parada. Nas bordas havia enormes almofadas macias e mesas iluminadas com as chamas bruxuleantes de velas, tendo como espetacular cenário a cidade de Los Angeles, cintilante como o brilho das fadas. Eu já estava perdendo a paciência e já havia conversado com a maquiadora sobre tudo o que eu sabia a respeito de cremes para firmar a pele quando Gretchen surgiu a meu lado, alegre, braços dados à consultora de modas, que estava completamente bêbada, e disse:

— Alice! Venha ver! Você não vai adivinhar nunca quem está aqui!

Ela estendeu a mão, e eu permiti que me puxasse para uma área mais formal, na qual, quando voltei a me concentrar, notei um homem baixo, que parecia bastante entediado, cercado de um montão de louras bajuladoras.

— É apenas Rod Stewart em pessoa! — sussurrou ela, e depois ficou rindo quando meu queixo caiu. — Vai lá e conta que seu cabelo era igual ao dele quando você estava com 5 anos, ou seja lá quando foi.

— Você não foi dizer nada a ele, foi? — observou Tom rindo, a ligação fazendo uns leves ruídos. Eu podia imaginá-lo sentado à escrivaninha, distraído, checando seus e-mails de trabalho, enquanto conversávamos.

— Não. — Ri e me deitei na enorme cama do hotel. — Claro que não. Que horas são?

— São 10 horas da manhã. Então, que horas são, 2 horas, aí? Grunhi.

— Vou estar acabada amanhã, mas, quer saber? Estou me divertindo muito. Eu nem acredito que voltei agora de uma boate. Tom... *eu* fui a uma boate! E achava que esses dias tinham ficado no passado!

— O que você está dizendo? — observou Tom. — Fomos a uma boate, sim, três semanas atrás, quando estivemos lá em casa para o aniversário de Sean!

— Tom — retruquei, bem-humorada —, o aniversário de seu velho amigo de escola, numa salinha abafada que cheirava a sovaco, na rua principal da cidade, *não* era uma boate.

— Ei! Não tem nada de errado com a Images. — Tom riu. — Meu Deus, você faz uma viagem a Los Angeles...

— É, é. — Sorri, levantei um dos pés e olhei para ele. Ambos continuavam latejando. Fazia muito tempo que eu não dançava assim. — As outras moças são muito simpáticas — disse, bastante animada. — Principalmente Gretchen Bartholomew. Conversamos muito durante o jantar. A consultora de moda é um pouco chata, um desses tipos agressivos e nervosos.

— Parece bom — comentou Tom, sem realmente escutar. — Não posso demorar, tenho uma reunião daqui a pouco, mas telefonei para aquele rapaz a respeito do quarto. Já está tudo resolvido. Ele vai me ligar amanhã para confirmar o dia exato da mudança.

Fechei os olhos.

— Ótimo — disse eu.

— Acho que vou fazer um contrato, mas só para nos proteger. Não sei bem como funciona o seguro, quando sublocamos um quarto.

— Resolvemos isso depois, não se preocupe.

— Eu sei que é chato, Al — falou ele em seguida —, mas imagina se ao voltarmos de Sainsbury, ou de um lugar qualquer, descobrimos que ele limpou o apartamento enquanto estávamos fora?

Ah, meu Deus!

— Tom — bocejei, virando-me de bruços —, será que podemos falar sobre isto quando eu voltar?

— Claro — disse ele, um pouco melindrado.

— Estou muito cansada, Tom — continuei, num tom conciliatório. — É só isso. Não é que eu não esteja — respirei fundo — dando *importância* ao que você está dizendo.

Houve uma pequena pausa. Eu podia imaginá-lo franzindo o cenho, a 3 mil quilômetros.

— Você às vezes é muito autoritária — observou ele, logo depois.

Fechei de novo os olhos por um instante para reprimir um pesado suspiro. A noite fora tão agradável e agora ele conseguira destruir isso, mas em minha decepção e aborrecimento, enquanto via o momento me escorregar por entre os dedos, percebi que não queria começar uma discussão.

— Desculpe-me — disse eu, num tom de voz de quem não está arrependido e o achava um chato.

— Tudo bem — respondeu ele, distante, demonstrando também sua frustração. — Desculpas aceitas. É melhor você ir dormir. Faça uma boa viagem. Boa noite!

— Boa noite! — respondi sem mais palavras e levantei o dedo médio para o telefone quando o desliguei, irritada. Eu sabia que ele tinha razão... provavelmente teríamos *mesmo* de resolver aquela questão do seguro ou o que quer que fosse, mas, droga, eu estava em Los Angeles. Será que não merecia uma noite de folga?

Alguém bateu à minha porta.

— Alice? Sou eu, Gretchen!

Abri a porta, e ela estava ali, uma garrafa de champanhe e algumas taças na mão.

— A saideira. — Sorriu, erguendo-as. — Vamos!

— Não posso — falei, mas sem convicção. — Um voo longo amanhã e tudo mais.

Ela pareceu surpresa.

— Você não pode dormir no avião?

Titubeei. E então escutei a voz de Tom na minha cabeça dizendo: "É melhor você dormir."

— Vamos! — Gretchen deu um sorriso malicioso. — Você sabe muito bem que está com vontade!

E era verdade... eu queria.

— Acho que ela ficou apenas um pouco surpresa — disse rindo, às 8 horas da manhã seguinte, na jacuzzi aquecida do hotel, ao ar livre. Eu me reclinei na piscina e procurei não deixar entrar nem champanhe nem as bolhas d'água dos jatos no nariz. — Aquela crítica foi totalmente inesperada. Você tem razão, acho que foi bem melhor assim. — Tomei um gole do meu *bucks fizz*.

— Eu disse a você — comentou Gretchen. — Casca-grossíssima. Saúde! — Brindamos e ela suspirou jogando a cabeça para trás. — Bem, eu precisei intervir. Ela foi muito grosseira. Quero dizer, é verdade que aquela pobre maquiadora não tinha mesmo mais nada a falar, mas não se pode atacar as pessoas assim. Ela foi a consultora de moda numa outra sessão de fotos, séculos atrás. Era tão má quanto é agora, uma terrível provocadora. — Gretchen fechou os olhos por um instante. — Não quero voltar para casa. Tivemos tanta sorte com este clima quente! Não seria ótimo se a gente pudesse ficar aqui na piscina o dia todo? Imagine, na Inglaterra estaríamos usando suéteres pesados e meia-calça, e aqui *estamos ao ar livre*.

— Nem fale. — E pensei na terrível festa de noivado dos Fulham que me aguardava na volta. Eu não queria deixar Los Angeles. Queria mesmo era ficar.

Gretchen pegou o copo dela e notei, pela primeira vez, uma marca irregular, meio apagada, na parte interna do pulso esquerdo.

— Isso é uma tatuagem? — perguntei, curiosa.

Ela olhou para o braço.

— É. Eu fiz aos 17 anos, quando era uma desmiolada.

— Rebeldia de adolescente? — perguntei.

Ela olhou para a marca no braço, pensativa.

— Tédio, na verdade. Ou talvez quisesse ser um pouco anárquica, não me lembro. Hoje todas as pessoas têm uma... elas são tão anárquicas quanto calçolas.

— Posso ver?

Gretchen ergueu o pulso, e li "I.T.V.P.", então olhei para ela sem entender.

— Isso Também Vai Passar — disse ela, encabulada. — Era para me lembrar de aproveitar ao máximo os bons momentos e não deixar os maus me abalarem.

— Isso é bastante profundo para uma adolescente de 17 anos, não é? — observei.

Se aos 17 anos eu tivesse chegado em casa com uma tatuagem, meus pais teriam entrado em combustão espontânea na hora...

Essa era uma proeza muito mais apropriada para Fran.

Ela fez uma careta e depois sorriu.

— Nem tanto. Eu não sabia nada da vida... — começou ela, recostando-se outra vez, mas depois franziu o cenho, olhou para a frente e tentou se concentrar. — Ó meu Deus! Olha! — Ela me cutucou com o cotovelo.

Fez-se um silêncio geral quando ergui os olhos, e notei um homem pequeno, de óculos, usando um manto laranja, de cabeça baixa, caminhando tranquilo pela passarela de madeira, em forma de arco, acima de nossas cabeças. Ele estava acompanhado de outros dez homens, vestidos da mesma maneira, todos serenos e silenciosos. Era o Dalai Lama e seu séquito.

— Ah! — exclamou Gretchen, maravilhada. — É verdade. Ele *está* aqui. Eu ouvi alguém na recepção dizer que ele estava hospedado no hotel, mas pensei que fosse conversa fiada... Quero dizer, invenção — disse ela, pasma. — Olha! Ele usa Hush Puppies! — disse ela, animada. — Totalmente inesperado!

Observamos perplexas o cortejo voltar silencioso a seus quartos e, finalmente, desaparecer de vista.

— Quero fazer um brinde — disse Gretchen, por fim. — Aos bons momentos e às situações surreais. — Ela ergueu o copo de novo. — Que durem muito!

Capítulo Seis

— Ela foi muito, muito legal — disse eu a Tom, empolgada. — Ontem à noite, depois que falei com você pelo telefone, fomos tomar um drinque no quarto dela, e a consultora de moda, que era uma louca total, de repente se virou contra a pobre maquiadora sem nenhuma razão aparente e começou a gritar violentamente com ela, mas Gretchen a enfrentou sem medo.

— Que história singela! — disse Tom, seco. — Uma celebridade se preocupando com os subalternos... É quase uma história natalina moderna.

Olhei para ele de soslaio.

— Ah, Al, o que é isso? — Ele riu. — A consultora de moda nunca iria reclamar *dela*, iria? Para começar, é muito fácil confrontar as pessoas que são subordinadas a você.

Larguei minha bolsa no chão e me afundei no sofá.

— Você às vezes é irônico demais. Tudo o que disse é que eu estava errada em relação a Gretchen, é só. Ela foi muito simpática e extremamente profissional. Vai cativar os Estados Unidos e é uma pessoa legal de verdade. Eu me senti muito mal por zombar dela antes mesmo de conhecê-la.

— Bem, melhor assim — disse Tom, jogando as chaves do carro na mesa, sentando-se a meu lado e virando-se para mim. — É sério, eu acho que foi muito bom você ter se divertido.

— Obrigada por ter ido me buscar. — Eu me inclinei e dei-lhe um beijo rápido.

— De nada. — Tom sorriu e me beijou também. — Quer um chá? — perguntou, nossas desculpas tácitas pela noite anterior encerradas. — Achei que você estaria exausta, mas parece bem-disposta. — Ele alisou minha perna, levantou-se e caminhou em direção à chaleira.

— Eu acho que superei o cansaço três horas atrás — comentei —, e, não, obrigada.

— A propósito, Vic telefonou para você ontem à noite.

— Que bom! — exclamei rapidamente. — Vou telefonar para ela daqui a pouco... Ela vai *adorar* a história sobre o Dalai Lama. Eu já contei a você, não foi?

— Deve ter mencionado, sim — disse Tom, lançando-me um olhar jocoso. — Ah, e a sua mãe ligou também.

— O quê? Por quê? Eu disse a ela *e* ao papai que ia viajar. Eles nunca escutam o que a gente fala.

— Ela quer que você converse com Phil sobre a importância de levar os estudos a sério no último ano. Aparentemente, ele não tem estudado para os exames finais como deveria. Eu disse a ela para ligar para seu celular, mas ela respondeu que era muito caro e pediu para você telefonar quando voltasse. Agora, correndo o risco de *eu* deixar você irritada mais uma vez por tratar do assunto da casa — Tom ergue os braços de forma defensiva —, só quero avisar que o rapaz vai se mudar para cá na sexta-feira e que o nome dele é Paulo. Ao menos, acho que é. Tivemos um certo problema de comunicação pelo telefone.

— Quem sabe eu não ensino a ele um pouco mais de inglês e ele me ensina espanhol, depois que se mudar? — observei animada. — Sempre quis aprender.

Tom arqueou uma sobrancelha e disse:

— Quantas xícaras de café você tomou durante a viagem de volta?

— Só estou feliz — retruquei. Será que era tão difícil para ele acreditar? Fiquei um pouco chateada por ele achar que meu bom humor era histeria resultante do cansaço ou de excesso de cafeína. — Los Angeles me rejuvenesceu! — exclamei. — Isso é bom, não acha?

— Eu acho — disse Tom, aproximando-se de mim e me puxando do sofá, depois me dando um abraço apertado e um beijo no topo da cabeça — que você é uma gracinha, e é bom vê-la sorrindo de novo. Você andava muito estressada com o trabalho e com a ida de Vic para Paris e tudo o mais. Já não era sem tempo que alguma coisa boa começasse a surgir para o seu lado. Acredite, Al. — Ele fez uma pausa. — Bons momentos virão.

— Espero. — Encostei minha cabeça no peito dele e fechei os olhos.

— Tenho certeza. — Ele me fez girar levemente com ele, ali mesmo.

— Você gostou muito dessa viagem aos Estados Unidos, não gostou? — perguntou ele, depois de ficarmos juntos por um momento em silêncio, abraçados.

— Gostei, sim — respondi. — Foi divertido. Por quê?

— Por nada. — Ele me enlaçou com mais força. — Por nada mesmo.

Vic, no entanto, ficou um pouco confusa quando, mais tarde, pelo telefone, eu lhe contei tudo o que acontecera em Los Angeles:

— Achava que você estava tentando se livrar dessa baboseira.

— E estava — retruquei, sentando-me em cima das pernas dobradas, tomando chá e tremendo um pouco. "A Inglaterra era *fria*", pensei sentindo falta da piscina de água quente.

— Então, por que aceitou?

— Dinheiro, querida. — Dei de ombros.

— Ah, a tentação demoníaca do dólar — refletiu Vic. — Bastante justo. Então, Los Angeles estava cheia de charlatões, excêntricos e fanáticos?

— Para ser sincera, não — respondi. — Eu me diverti à beça! O clima estava maravilhoso... Estou sentindo um frio horrível aqui... E nos divertimos até não poder mais apesar de ter sido principalmente por causa de Gretchen. Todo mundo olhava para ela de forma tão ostensiva durante as sessões de fotos, Vic, que você não pode nem acreditar. Mas ela nem se abalava. Meu Deus, fiquei de ressaca na viagem de volta.

— Parece que se divertiu bastante. E Tom, tudo bem?

— Tudo — respondi sem grande interesse. — Bem, estou dizendo isso, mas, logo antes de eu viajar, ele só falava em fazer um financiamento imobiliário, dizendo que isso era um compromisso tão sério quanto um casamento... Mas desde que voltei ele não disse mais nenhuma palavra sobre o assunto, o esquisitão. Por falar nisso, você acredita que eu vi o Dalai Lama?

— Eu sei — observou Vic. — Quem diria que Sua Santidade estaria passeando em Beverly Hills?

— Pasadena, na verdade — corrigi. — Foi no hotel, quando a gente...

— ... estava na piscina aquecida e Gretchen fez um brinde ao surrealismo — completou Vic, antes que eu pudesse dizer qualquer coisa. — Você já contou isso. Então, volte um pouco. O que quer dizer com Tom falou em casamento? Isso é fantástico! E você? O que disse?

— Nada, na verdade. Não tem nada de fantástico nisso. No início, achei que fosse, mas não é. Ele não me pediu em casamento, disse apenas que tinha a intenção de me pedir... Há uma grande diferença. Você sabe como ele é, Vic. Ele estava era querendo uma solução para resolver a situação financeira dele. Só disse que precisávamos pensar em comprar uma casa juntos, porque parecia uma boa oportunidade para nós dois, e que eu não precisava me preocupar se as coisas iam dar errado, porque não iam. — Bocejei. — Acho que a diferença de fuso horário está me pegando.

— Mesmo assim, ele disse a palavra que começa com C?

— Disse — admiti. — Mas em tom de previsão.

— Ah! Bem, não vou comprar o meu chapéu ainda. O velho e querido Tom... sempre fazendo as coisas como manda o figurino. Então, quais são os planos para os próximos dias? Algum outro trabalho interessante?

— Nada em especial — pensei. — Gretchen tem um irmão que escreve artigos sobre viagens e parece que ele conhece algumas pessoas que podem me oferecer algo. Ela disse que ia me telefonar. Bem, provavelmente não vai... Acho que foi uma dessas coisas que você diz numa viagem só por dizer.

Houve um silêncio.

— Alô? — chamei. — Vic? Você ainda está aí?

— Estou — disse ela, por fim.

— Está havendo um atraso danado nesta linha — comentei. — Você acha que devo telefonar para ela? Ou pode parecer que estou forçando a barra?

— Não sei.

— Você ia gostar muito dela, sabe, Vic... Ela é muito engraçada.

— Ela parece engraçadíssima.

Como se aproveitasse a deixa, meu celular, que estava sobre o sofá a meu lado, começou a tocar.

— Ó meu Deus! — exclamei surpresa, vendo o nome na tela do telefone. — Você não vai acreditar, mas é ela que está me telefonando agora! É melhor eu atender. Posso ligar para você depois?

Desliguei rapidamente e peguei meu celular.

— Alice? — chamou uma voz animada. — É Gretchen Bartholomew.

— Alô! — exclamei feliz. — Como foi a viagem de volta?

— Ah, muito boa, obrigada — respondeu ela. — Alguns filmes, uma boa taça de champanhe e a melhor massagem nos pés da minha vida. Eu me casaria com o Richard Branson se ele já não estivesse comprometido... e não fosse cabeludo como o Aslan. Não que tenha sido ele quem de fato fez a massagem, claro.

— Acho que entendi. — Sorri.

— E aí, como foi a *sua* viagem? É uma pena que estivéssemos em voos diferentes.

Lembrei-me do rapaz fedorento a meu lado, exalando um cheiro tão forte de curry dos poros do corpo que eu, discretamente, pedira para mudar de lugar, e depois tive de passar pela vergonha de escutar a comissária de bordo se aproximar e dizer: "Não temos nenhum assento vazio, desculpe-me. Mas posso conseguir um cobertor para você enrolar na cabeça caso o cheiro", ela fez um gesto com a cabeça indicando o homem, "piore."

Horrorizada, olhei para o homem, que me encarara, profundamente ofendido. Haviam sido 11 longas e desconfortáveis horas em todos os sentidos.

— Foi boa — respondi.

— Ótimo! Olha, entrei em contato com o meu irmão, e ele me falou sobre a festa de lançamento de uma revista de luxo sobre viagens para a qual foi convidado. Só que ele está viajando e não pode ir. Pensei que talvez seja perto da sua casa... Pedi ao meu agente para conseguir dois convites. É na próxima sexta-feira à noite, em Dorchester. Você está livre?

Por sorte, eu estava. Totalmente. Alegre, telefonei de volta para Vic para contar, mas ela não atendeu... Era provável que o doutor Luc tivesse acabado de chegar em casa do trabalho. Uma revista sobre viagens, de luxo! Tom tinha razão: boas coisas *estavam* me aguardando num futuro próximo!

— Bem, desculpe-me — disse Gretchen no assento de trás do táxi, ajeitando a saia enquanto cruzava as pernas e tirava uma sujeirinha do seu sapato de salto muito alto. — Um bando de riquinhos afetados, tostados de sol. Parece até que Eton faz a revista *Saga*. Quem está interessado em fazer cruzeiros atualmente?

Eu ri.

— Por favor, não se sinta mal. Antes de mais nada, foi muita atenção sua ter conseguido um convite para mim.

— Bem, eu tentei. — Ela deu de ombros. — De qualquer forma, nos divertimos, não foi? E, ao contrário dos leitores dessa revista, a noite é uma criança. Preciso compensar você por isso. Vamos sair para tomar um drinque que preste. Sou sócia de um clube noturno não muito longe daqui.

Hesitei. Na verdade, nunca fora a um clube privado e, mesmo sem querer admitir, tinha muita curiosidade de conhecer um por dentro. E, além disso, nosso novo inquilino espanhol estava se mudando naquela noite. Mas Tom andava um pouco tenso, ia de um lado para outro, falando o tempo todo em começar com o pé direito, esforçando-se para não fazer besteira, o que estava se tornando exaustivo. Talvez fosse melhor eu ficar de fora e deixá-lo cuidar do assunto. De qualquer forma, um drinque seria uma boa ideia. Gretchen estava, sem dúvida, pronta para a ocasião, com um vestido azul-escuro, de corte impecável, que me chamou a atenção logo à primeira vista. Ela era a pessoa perfeita com quem tomar um drinque com glamour numa sexta-feira à noite. Era bom vê-la de novo.

— É realmente uma excelente ideia — comentei, com um sorriso.

Capítulo Sete

No clube, Gretchen escolheu uma mesa com duas poltronas confortáveis e pediu dois coquetéis. Olhei ao redor, com discrição. Não parecia muito diferente de um ótimo bar, exceto por haver mais pessoas com os olhos grudados às telas dos laptops e uma bela equipe de atenciosos barmen. Havia, também, uma certa expectativa no ar, mas devia ser só de minha parte.

— E aí — começou Gretchen. — Conte as novidades. Que trabalhos interessantes você tem pela frente? Ah, a propósito, a minha agente adorou as fotos de Los Angeles que você fez. Disse que você fez uns trabalhos para algumas revistas de fofocas... Nas casas de jogadores de futebol de Surrey, esse tipo de coisa. Deve ter sido... uma boa experiência. — Ela tirou os sapatos com facilidade, e sentou-se por cima das pernas, tomou um gole da bebida e esperou, ansiosa.

— Isso é uma maneira de ver as coisas — falei, lembrando-me do tapete com monograma e da gigantesca piscina ao ar livre à beira da qual o casal decidira posar, embora os dois tenham ficado quase roxos de frio. — Na verdade, esse foi um trabalho único, um favor que fiz a uma amiga. Fotografo muito em estúdio também.

— Você faz fotografias para alguma revista de moda? — Ela deu um gole na bebida.

— Já fiz, sim. Não muitas depois que comecei como freelancer, uma ou duas. Eles são todos muito loucos. — Balancei a cabeça em sinal de desaprovação e me recostei na confortável poltrona.

— Imagino. — Ela riu. — Uma panelinha também, suponho.

— Sei que parece ser assim — disse, pensando sobre o assunto —, mas é principalmente porque são...

Antes de continuarmos, alguns homens passaram por nós, me ignoraram totalmente e disseram empolgados:

— *Oiiii*, Gretch! Você está indo para a festa?

— Ah, quem está dando a festa? — perguntou ela, interessada, empertigando-se na cadeira como um suricato e tentando enxergar ao longe.

— Não tenho *muita* certeza — o homem franziu o nariz —, mas estão esperando Daniel Craig. Então, que diferença faz? Quer que eu coloque seu nome na lista?

Sentindo-me um pouco como Cinderela, peguei meu copo, irritada comigo mesma por dar importância ao fato de não ter sido convidada para uma festa que, até três segundos antes, eu nem sabia que aconteceria.

— Quero, por que não? Pode ser bastante divertido — respondeu Gretchen. — O sobrenome de Alice é Johnston. — Ela fez um gesto de cabeça em minha direção, forçando-os a me dar atenção também.

— Ótimo. — Os rapazes lançaram-me um sorriso vago antes de irem embora.

— Provavelmente, vai ser uma droga — disse Gretchen em tom conspiratório. — Essas coisas, em geral, são, não é mesmo? Mas podemos beber um pouquinho mais aqui e depois ir lá para perturbar Daniel. — Ela me fez lembrar Vic ao dizer isso. Teria sido um toque de malícia em seus olhos? Ou talvez porque sentar para conversar fosse o tipo de coisa que Vic e eu sempre fazíamos? Não em clubes privados, obviamente.

— Acho que ele tem uma namorada — eu disse, embora concordasse com Gretchen, ele *era* muito bonito.

Ela deu um sorriso maldoso.

— Tenho certeza de que ela pode nos emprestar Daniel por uma noite. Sabe de uma coisa, vamos pedir outra garrafa. — Ela procurou um garçom e, depois, enquanto ele se aproximava, me disse: — Não queremos ser as primeiras a chegar lá. Agora, abra o jogo sobre as revistas de moda. Você deve ter muita coisa engraçada para contar.

Uma hora e meia depois ainda estávamos conversando. Relaxadas pela bebida, começáramos a nos abrir uma com a outra um pouco e a contar nossas histórias. Eu explodira numa risada tão alta com algo que ela dissera que várias pessoas se viraram e olharam para nós.

— Eu estou falando *sério*! — Ela sorriu achando graça na minha reação e deu um tapinha no meu braço.

— Claro que está — disse eu, ainda rindo e colocando uma das mãos na barriga. — Desculpe. Continue o que estava falando. — Enxuguei os olhos e me controlei.

— O que eu estava dizendo era que você sabia que queria ser uma fotógrafa — explicou Gretchen. — Entende?

— Mas quem vira uma apresentadora de televisão de repente? Não estou entendendo.

— Juro por Deus que é verdade — continuou Gretchen. — Sinceramente, para começar, eu jamais quis, de fato, fazer o que faço. Se mamãe não tivesse me *metido* nisso, muito provavelmente eu teria ido tocar numa banda na universidade ou algo assim, e só. Era o que eu gostava de fazer, entende? Cantar.

Assim que ela completou a frase meu celular acendeu sobre a mesa. Vi o *número de meu pai* na tela.

— Desculpe, Gretchen, dá licença para eu atender este telefonema rapidinho? É o meu pai... Ele quase nunca usa o celular, então deve ser uma emergência.

— Claro. Fique à vontade. — Ela endireitou o corpo na cadeira, interessada.

— Tudo bem, papai? — perguntei, telefone na mão.

— Não, não está nada bem. Você pegou o meu carro emprestado? O quê?

— O *seu* carro? — perguntei, totalmente confusa. — Por que diabo eu pegaria o seu carro? Eu estou em Londres! Sabe que não moro com vocês já faz oito anos mais ou menos, não sabe?

Gretchen se divertia, o que, por mais absurdo que possa parecer, por um segundo, me deixou feliz. Então me lembrei que, aos 28 anos, eu estava um pouco velha para me exibir na frente de novos amigos. Meu pai também não riu.

— Hum — refletiu ele. — Bem, eu não achei mesmo que tivesse sido você, já que é a única sensata, mas acabo de chegar de uma volta que fui dar com o cachorro e ele não está aqui.

— O carro ou o cachorro? — perguntei, tentando me concentrar.

— O carro! — retrucou ele, impaciente. — Eu estou no espaço onde ele devia estar. Sua mãe saiu com o dela para fazer compras, Frances nem sequer dirige, o que significa que foi roubado *ou* aquele seu irmão-zinho inútil passou por aqui e levou o carro. Você falou com ele hoje?

— Não — respondi —, mas mamãe disse que ele chegaria da universidade neste final de semana. Papai, posso ligar para você depois? É que eu...

— Eu *sabia*! — interrompeu-me ele. — Aquele infeliz!

Em seguida desligou.

Balancei a cabeça, incrédula, e coloquei o telefone de volta sobre a mesa.

— Desculpe-me. Meu pai está tendo um dia difícil.

— Não se preocupe com isso — disse Gretchen, de espírito leve. — Minha mãe tem tido dias difíceis pelos últimos 15 anos. Pais, hein? Quem escolheria tê-los? — Ela riu e tomou um grande gole de seu drinque.

— Então — retomei o fio da conversa —, onde estávamos? A propósito, como anda sua campanha para conquistar os Estados Unidos?

— Ah, duvido que saia alguma coisa disso. — Ela fez um gesto de pouco caso com a mão. — Foi ideia da minha agente... Fazer um falso alarde, dar a impressão de que todos me querem... As pessoas só correm atrás do que elas acham que os outros querem: é a natureza humana. De qualquer forma, não tenho vontade alguma de me mudar para o outro lado do planeta. Seria bom somente para ficar um pouco longe dos meus pais...

— De fato. — Eu fiz um ar de riso e um aceno em direção a meu telefone.

— Exatamente — concordou ela. — Você me entende. Mas eu sentiria muita saudade do meu irmão.

— Uma das minhas amigas acabou de se mudar para Paris — disse eu. — Com o namorado.

— Pois é. Está vendo? Eu não ia ter nem mesmo um namorado para levar comigo. Eu *namorei* um cantor de uma boy band... Um completo idiota... Era como sair com um babaca que achava que sabia cantar.

— Tenho a impressão de que li que vocês estavam juntos — disse com cuidado, sem querer demonstrar ignorância, mas ao mesmo tempo sem querer fazê-la sentir-se mal.

— Com certeza. — Gretchen não se abalou. — Mas o que não devem ter dito é que ele era tão obcecado em se manter em forma que fazia quatro horas de exercício por *dia*. Uma vez eu o encontrei no banheiro correndo no mesmo lugar, porque não tinha conseguido ir à academia para fazer a sua última hora de ginástica. Além de só querer falar sobre suas músicas e não conseguir dedilhar nada além de "Smoke on the Water"... E precisar usar roupas aprovadas por seu agente. Ele não seria exatamente o que se considera adequado para marido. E, também, ele detestava que eu cantasse melhor que ele. — Ela riu.

— Então, se você gosta tanto de cantar, por que não seguir carreira musical? — Eu achava que ela poderia vir a ser a princesa pop perfeita.

Ela negou com um gesto de cabeça.

— Eu seria criticada. "Apresentadora infantil vira cantora." Só me ofereceriam gravações baratas. Então, antes de você conseguir dizer a palavra "Pantomima", sua carreira já desceu pelo ralo. Mas é uma pena. Quando canto, eu me sinto no alto de uma onda... totalmente livre. Em ocasiões como essa, você quase consegue capturar sua verdadeira essência e de tudo que pode vir a se tornar. É como um barato. Às vezes você *está* um pouco alta, obviamente, mas, de alguma forma, tudo é amplificado e se torna ainda mais brilhante. Adoro essa sensação. Quando as coisas parecem fazer sentido. Você tem uma clareza total sobre o que pode fazer, o que pode alcançar. Entende?

Aquilo não era uma pergunta dirigida a mim, ela estava fitando o espaço como se contemplasse o estado fascinante que acabara de descrever. Olhei para Gretchen com curiosidade: ela virara de repente uma versão mais quieta e reflexiva de si mesma.

— Bem, nunca é tarde — disse, depois de uma pausa. — Nunca pensei que trabalharia por conta própria, mas estou trabalhando, e não me arrependo nem por um segundo.

— Ah, não me arrependo — apressou-se ela em dizer. — Não sou dada a arrependimentos... perda de tempo e de energia. É muito bom que você tenha sido tão corajosa, deve se orgulhar de si mesma. — Ela tomou seu drinque de um só gole, logo sentindo-se alegre de novo, como se tivesse sido reconectada. — Obrigada por ter me dado a chance de falar sobre isso. Bem, precisamos nos divertir. Tudo isso é bom demais, mas o verdadeiro Bond pode estar naquela sala ali. Quem o avistar primeiro, tem a vez, está bem?

Observar Gretchen entrar numa sala era como assistir a uma aula sobre como causar impacto, embora ela nem mesmo parecesse ciente do que fazia. Parou altiva no limiar da porta por tempo suficiente para que todos notassem sua presença, sorriu ao ver alguém que conhecia e em seguida dirigiu-se ao centro da sala, os longos cabelos louros esvoaçantes, como se estivesse num videoclipe pop. As pessoas até mesmo davam um pequeno passo atrás para deixá-la passar. Eu, no entanto, me encaminhei para o bar ao lado e pedi um drinque para poder observar em paz as pessoas. Havia muitos braços se tocando, beijos dados no ar e pescoços espichados para ver quem mais estava chegando. Infelizmente, não havia sinal de Daniel Craig; apenas Craig David, o que não era a mesma coisa, *de forma alguma.*

— Isso aqui está uma porcaria — disse Gretchen, aparecendo a meu lado dez minutos depois. — Já viu Daniel?

— Não — balancei a cabeça —, mas essas bebidas são muito boas.

— Imagino que eles devam estar em alguma área VIP por aí. — Gretchen olhou ao redor pensativa. — Eles têm salas particulares aqui.

— Num clube privado? — Dei uma risadinha. — De quanta privacidade uma pessoa precisa? Isso aqui parece mais o Serviço Secreto.

Mas, antes que ela tivesse tempo de me responder, ouviu-se bem alto um "Senhoras e senhores" vindo da parte da frente do salão, e um homem, que eu reconhecia vagamente, segurava o microfone dizendo:

— Sejam bem-vindos, em nome da Sociedade de Proteção aos Tigres-de-bengala... que mantém essas belas feras vivas para o deleite das próximas gerações. Chegamos agora à parte do leilão deste evento.

— Venha! — chamou Gretchen em voz baixa. — Vamos dar uma olhada por aí, enquanto estão todos distraídos!

Ela segurou meu braço e com relutância eu a segui. Não que eu não quisesse explorar o lugar. Quando era criança e nós éramos levados a percorrer castelos frios e sedes do National Trust, o que me fascinava mais do que qualquer outra coisa eram as portas em que se lia "Privativo", por trás das quais eu fantasiava passagens secretas que levavam longe. Imaginava-me atravessando-as e vendo o que se passava nos bastidores, mas, assim como agora, não queria me meter em encrenca.

Quando chegamos à entrada, no entanto, o leiloeiro disse:

— Nosso primeiro lote é um par *assinado* por Christian Louboutin. Jamais vão querer usá-los na chuva, senhoras! Que tal dar-se um presente de Natal um pouco antecipado?

Gretchen parou de súbito, deu meia-volta e disse:

— Espere um minuto. — Estendendo o braço para me fazer parar.

— Quem vai oferecer o lance de 500 libras? — perguntou o leiloeiro cordialmente.

Balancei a cabeça negando. Era um par de sapatos, pelo amor de Deus, e não seria mais fácil salvar os tigres, onde quer que eles estivessem, com uma doação direta?

— Obrigada, senhora, 500 libras é o lance inicial — disse ele, rápido como um raio, apontando em minha direção.

Meu queixo caiu... Eu não havia balançado a cabeça para a droga do leilão! Então percebi que ele se dirigia a Gretchen, que estava a meu lado, mordendo o lábio, empolgada e um pouco irrequieta, com a mão no ar. Quinhentos paus! Ela estava louca?

Entretanto, parecia que não era a única. Muitas outras mulheres queriam meter as garras naquelas solas vermelhas, e o valor rapidamente subiu para 1.500. Eu ficara totalmente sóbria e não acreditava no que ouvia. Os tigres eram beneficiários dignos, mas...

Então tudo tomou um ritmo acelerado. O leiloeiro, maravilhado com tamanho frenesi no primeiro lote da noite, desafiou os participantes elevando a aposta para 2 mil libras... e Gretchen assentiu com um gesto de cabeça. Coloquei a mão no braço dela.

— Você ao menos sabe se eles são seu tamanho?

— Não importa — disse ela. — Eu compro novos pés.

Uma outra mulher subiu a quantia para 2.100 libras. Gretchen franziu a testa e impulsivamente gritou:

— *Cinco* mil libras!

Um murmúrio de aprovação invadiu a sala enquanto as pessoas se viravam para nós, e eu quase deixei cair o meu copo. Que equipamento fotográfico não daria para comprar!

O leiloeiro olhou para ela, encantado.

— Maravilhoso! Alguém dá 5.100 libras? — A sala fez silêncio em expectativa. Ninguém falou. — Então dou-lhe uma, duas, três, e vendido para a encantadora senhora no fundo da sala!

Gretchen riu empolgada.

— Ah, muito divertido! — disse ela. — Isso é ainda melhor que Daniel Craig!

No táxi, quando voltávamos para minha casa, primeiro, e depois para a de Gretchen (que ela fizera esperar até terminar o cigarro), ela passou a mão pelos sapatos novos e disse:

— Simplesmente adorei.

Balancei a cabeça no escuro.

— Eu ainda não acredito que você fez isso.

Ela se recostou no assento traseiro.

— Eu sei... Eu devia ter escutado você. Mesmo assim, é só dinheiro. No final, foi uma ótima noite, não foi?

— Com certeza! — Na verdade, havia sido. Eu estava animada novamente... como em Los Angeles.

De repente, ela ficou séria e disse:

— Al, tenho uma confissão. Promete que não vai me odiar por isso?

— Prometo — respondi, intrigada.

— Esse convite de hoje foi mais porque achei que, se desse a impressão de que estava ajudando, quem sabe você não me apresentaria a alguns de seus contatos das revistas de moda? Não imagina como é difícil convencê-los a fazer uma matéria a menos que você seja casada com Brad Pitt ou tenha recebido o Oscar, ou algo assim, e eu realmente preciso me projetar mais.

— Oh! — suspirei. E me senti um verdadeiro lixo. De repente, ela não me lembrava mais Vic.

— Desculpe-me. — Gretchen estava um pouco envergonhada. — Foi meio baixo da minha parte. Ah, não fique com essa cara! — Ela segurou meu braço. — Sei o que deve estar pensando, mas eu me diverti de verdade. Eu me diverti *mesmo*! — Ela parecia um pouco surpresa. — E nos divertimos a valer em Los Angeles. Tenho outra confissão a fazer também: esses sapatos são meio tamanho maior que o meu. Qual é o seu tamanho? Você quer? — Ela os estendeu para mim.

— Não seja boba! — disse. — Coloque-os no eBay ou coisa do gênero. Mas não acho que vai conseguir recuperar os 5 mil que pagou por eles, sua louca.

Gretchen olhou para mim com atenção.

— Você não está irritada comigo, está? Amigas ainda?

Hesitei. Ela esperou com ansiedade, segurando os Louboutin, emoldurados pela janela do táxi preto. Tudo o que ela queria com aqueles sapatos ridículos e sem sentido era uma escada de acesso a uma revista de moda... Mas o fato é que fora bastante honesta comigo e contara a verdade. Estava realmente sendo sincera. Do contrário, por que se importar? Eu me sentia bem em sua companhia. Era raro conhecer uma pessoa interessante, engraçada e, ao mesmo tempo, uma boa ouvinte. Novas amigas, brilhantes como Gretchen, não caíam do céu todos os dias da semana, e era possível ter amigos diferentes, por razões diferentes, não é mesmo? Nem todo mundo ia me conhecer de dentro para fora como Vic, nem dar ouvidos a cada um dos meus problemas. Porém, entre mim e Gretchen poderia haver uma certa cumplicidade de parceiras em um cafezinho e um coquetel.

— Amigas ainda — falei.

Capítulo Oito

Acho que é o cheiro — o cheiro de hospital que eu não suporto. Fecho os olhos e tento respirar profundamente pela boca.

Tom não consegue permanecer quieto a meu lado; mexe-se o tempo todo, alarmado, ansioso e impotente. Sinto cada um de seus movimentos no meu braço, porque estamos de mãos dadas como se nossas vidas dependessem disso. Aguardamos na sala de espera para os familiares, que felizmente está vazia e cujas paredes são de um verde-menta desbotado. Acho que ela deve estar fria, apesar do grande e antiquado aquecedor de ferro, porque estou tremendo. Cartazes com orientações estão espalhados por toda parte, alguns em cima de uma máquina de bebidas. Há sete cadeiras e uma pequena mesa, encostadas à parede a meu lado. Tom está à minha esquerda.

Estamos os dois tão assustados que, pela primeira vez, não temos nada a dizer um ao outro. Meus dentes começam a bater, e quando tento pará-los, eles se recusam. Nenhum de nós dois ousa pensar sobre o que possa estar acontecendo naquela sala no fim do corredor. Tudo o que vejo é aquela linha vermelha plana passando pelo centro do monitor: contínua, indiscutível e definitiva. Tento pensar em algo — qualquer outra coisa. Por alguma estranha razão eu me imagino ainda criança brincando com Fran e Phil num carrossel, Phil com o pé nos fazendo girar cada vez mais rápido. Mas, então, a linha vermelha aparece no canto, atravessa a imagem e nos corta ao meio.

Nesse momento a porta se abre e uma enfermeira de carne e osso entra. A linha desaparece imediatamente, e, desesperada, examino o rosto dela procurando pistas — ela está sorrindo? Sua testa está franzida demonstrando empatia e prontidão a nos ajudar a enfrentar o choque ao ouvirmos: "Sinto muito, fizemos o que era possível, mas..."?

Ela entra, dirige-se a nós e senta-se. Então está de fato acontecendo, antes de eu ter tempo de imaginar o que vem depois.

— Gretchen teve um problema no coração — anuncia a enfermeira. — Teve uma parada cardíaca.

Tudo se desacelera a meu redor novamente, e é como se eu tivesse mergulhado numa banheira com gelo. As palavras dela parecem irreais; não desvio o olhar, mas sua voz soa como se estivesse falando embaixo d'água. Começo a apertar a mão de Tom com tanta força que devo tê-lo machucado.

— O coração está batendo normalmente agora — continua ela, sua voz tornando-se mais clara aos meus ouvidos, como se eu estivesse voltando à superfície —, mas o que aconteceu é preocupante. — Mostra como os medicamentos que ela tomou são fortes e como tiveram um efeito drástico no corpo dela. — Sua testa se contrai de preocupação e ela espera que assimilemos o que acaba de dizer. — Mas ela não tem consciência do que aconteceu. Não vai lhe causar nenhum sofrimento. — A enfermeira para de novo, como se essa informação, de alguma forma, fosse fazer alguma diferença. Não faz.

— Ela está bem agora? — Tom faz a única pergunta que de fato importa.

— Conseguimos estabilizar o quadro dela agora.

Ele olha para a enfermeira munido de coragem.

— Pode acontecer de novo?

— Pode, sim. Mas ela é jovem e forte, e isso conta em favor dela. Logo que terminarem o procedimento, busco vocês para levá-los de volta à sala, está bem? — Ela sorri, reconfortando-nos, calma pela experiência e por ser mais velha que nós... Tem uns 35 anos, eu diria. — Sabem, essa parte é, na verdade, mais difícil para vocês do que para ela.

Diante disso, tenho vontade de rir, apesar de ser um riso histérico. Observo-a deixar a sala, com inveja. Ela ajeita os cabelos com leves mechas e sai do pesadelo com um ar elegante e indiferente.

Tom levanta-se, põe a mão no bolso e tira de lá uma moeda. Em seguida, caminha até a máquina, coloca-a na abertura e põe um copo sob o bico, de onde jorra um líquido escuro que não chega sequer a encher o recipiente. Serve-se então de três sachês de açúcar e mexe devagar com uma colherinha de plástico.

— Tente tomar isto — diz ele, ao voltar e me entregar o copo. — Vai lhe fazer bem.

O chá é da cor de alcatrão diluído e cheira a pneus queimados, mas está quente, então aceito-o e até mesmo tomo um gole. Ele se joga na cadeira a meu lado, extenuado pela dissipação da adrenalina.

Permanecemos em silêncio por mais um instante, e então ele diz:

— Você contou a eles tudo sobre Gretchen, não contou? — A mente dele ainda está dando voltas.

— O quê? Que essa não é a primeira vez que ela tenta fazer isso?

É como forçar uma porta com uma placa onde se lê "Privativo". Sinto-me uma *voyeur*, invasora de privacidade, discutindo segredos muito íntimos e dolorosos do passado de Gretchen como se comentasse: "Você mencionou que ela é alérgica a aspirina?" Eu sei que, assim como eu, Tom não quer isso.

Ele afirma com um gesto de cabeça.

— Para que eles saibam que...

— Tom — digo, atordoada. — Eu disse a eles tudo o que eu podia. — O que, estritamente falando, é verdade.

— Não estou criticando, Al, só estou tentando pensar em algo, qualquer coisa, que a gente possa fazer para ajudar Gretchen.

Observá-lo lutar desesperadamente para encontrar o sentido de tudo aquilo me deixa arrasada. Ponho meu copo sobre a mesa e pego uma revista, colocando-a no colo, mas as lágrimas me sobem aos olhos outra vez, e o rosto sorridente da modelo fica embaçado. Elas ameaçam cair em cima da capa velha, que está ondulada como dunas de areia mas que é frágil e quebradiça como um osso velho — mil tipos de líquidos diferentes tendo sido derramados sobre ela e depois secado.

A mão de Tom surge suave, e ele retira a revista de meu colo, enquanto põe o braço sobre meu ombro e me puxa de encontro a si. Quando deixo escapar um soluço em seu ombro, ele diz baixinho:

— Shhhhhh. Vai dar tudo certo, você vai ver.

Mas eu não vejo nada. Não vejo, absolutamente, como tudo pode dar certo, e o esforço dele para me acalmar é demais para mim. Depois do que o fiz passar... Como se isso já não bastasse, agora ainda mais essa. Que tipo de pessoa sou eu?

— Os pais dela... — diz Tom, obviamente tentando ser racional.

— Eles deveriam estar aqui. Você acha que Bailey... — Ele pronuncia esse nome de forma ríspida.

— Acho que sim. Tenho certeza de que ele fez isso.

Sinto-o contrair o corpo, seu braço me apertando.

— Bem, é o que você está dizendo, mas...

— Tom! — exclamo desanimada, o que ele interpreta de forma completamente errada.

— Não me venha com essa de "Tom!" — explode ele, com raiva. — Se ao menos ele tivesse ido à casa dela quando disse que ia... — Tom retira o braço do meu ombro. — Ele podia ter chegado a tempo! Antes que ela fizesse qualquer besteira... Quando estava apenas bêbada!

— Isso não é justo, Tom — começo. — Ele não tem culpa de...

— A porra da culpa é dele, sim! — estoura Tom. — Ele é totalmente responsável! Ele não foi lá quando disse que ia! Só pensa em si e em ninguém mais, não tem consideração por outras pessoas e não dá a mínima às consequências de suas atitudes. — Tom fecha o punho com tal veemência que os nós de seus dedos embranquecem. — Isso é típico dele, porra!

Espero e então digo com calma:

— Ele só perdeu o voo, Tom. Foi só. Você tem todo o direito de ficar com raiva dele por... — Tento encontrar as palavras certas. — outras razões. Mas Bailey nunca *deixaria* uma coisa dessas acontecer a ela. Estava superpreocupado quando falei com ele mais cedo.

Há um silêncio, e Tom trinca os dentes.

— Outras pessoas conseguem ser confiáveis, fazem o que se espera delas, então, por que só ele não consegue? Que merda *ele* tem de tão especial?

Tom quase grita ao dizer essa parte final, bem ali na sala de espera, e, envergonhada, olho para o chão, porque não sei se essa foi apenas uma pergunta retórica ou se ele está realmente querendo uma resposta.

Capítulo Nove

— Alice Johnston! — A voz de Gretchen soou alegre pelo telefone.
— Sou eu. Olhe, é o seguinte... Você vai estar por aí hoje de manhã?

— Acho que sim. — Eu me virei na cama e olhei para o espaço vazio a meu lado, que indicava que Tom já saíra para o treino de futebol. — Eu só tinha planejado correr um pouco. Por quê?

— *Correr?* — repetiu ela. — E por que você ia querer fazer uma coisa dessas?

— Porque já é março! Eu só posso esconder o efeito da comida que a minha mãe sempre nos força a comer no Natal por baixo de suéteres folgados até esse momento... E no próximo sábado ela ainda vai nos empurrar goela abaixo um montão de ovos de Páscoa. Quando menos esperarmos já será a estação dos biquínis, e eu vou querer me matar.

— Al, não seja boba — falou Gretchen desconsiderando o que eu dizia. — Correr é um saco. Em vez disso, vamos tomar um café e comer um bolinho. Eu vou me encontrar com meu irmão daqui a pouco e queria que você também fosse, assim vocês podem conversar sobre os contatos dele. Só precisei de quatro meses para conseguir isso, mas a sua paciência, querida, foi recompensada.

— *Finalmente* — disse eu —, porque tem sido um grande sacrifício manter essa amizade com você durante todo esse tempo...

Ela riu.

— Eu sei, sou uma inútil. Desculpe. Mesmo assim, antes tarde do que nunca.

— Gretch — bocejei —, vou contente tomar café com você porque, enfim, vai ser bom conhecer o seu irmão, mas só por isso. Quer ir até a cidade comigo depois? Preciso comprar umas coisinhas.

— Coisinhas legais ou alguma coisa chata para a sua câmera? — perguntou ela desconfiada.

Eu ri.

— É para a câmera, mas também podemos dar uma olhada numas lojas legais, se quiser.

— Está bem — concordou ela, contente. — Vai ser divertido. Vou me encontrar com Bailey por volta de 12h30, está bom para você?

Na verdade, se não tivesse sido pelo telefonema de minha mãe — que fez com que eu me atrasasse, ao se queixar de Frances por ela ter levado ao juizado de pequenas causas a dona de uma pequena lavanderia, por causa de um rasgão na bainha do seu vestido de casamento, o que foi bastante embaraçoso, porque a mulher fazia parte do grupo de ginástica dela de terça-feira à noite, e será que eu não podia ligar para Frances e apelar para o seu bom-senso? —, eu teria chegado antes da hora.

Assim sendo, saí do metrô na hora exata para caminhar até o endereço que Gretchen me dera. Um tímido brilho de sol tentava atravessar uma nuvem indecisa à medida que as vitrines por onde eu passava começavam a ficar menores em tamanho, porém sedutoramente mais caras. Elas exibiam nomes brilhantes pintados com maestria e não vendiam as coisas que eram necessárias e, sim, as desejadas: chocolates artesanais, chapéus, belas garrafas de vinho, joias contemporâneas... Era um desses recantos de Londres que os habitantes dizem ser aconchegantes, com ares de vilarejo, mas sobre o qual todas as pessoas leem nas colunas sociais dos suplementos de jornais.

Não estava me sentindo bem nas sapatilhas ensopadas e frias, que demonstravam ser impróprias para andar na chuva que peguei no meu lado do metrô. O que eu pretendia era aparentar um ar de "Primavera em Paris", mas, na verdade, estava congelando num suéter fino idiota. Foi um alívio chegar ao café, embora eu precisasse lutar com a porta emperrada, que parecia ter inchado com a umidade. Entrei com maior ímpeto do que era minha intenção.

O aroma inebriante de café torrado se difundia calorosamente à minha volta. Os clientes, movidos a cafeína, liam seus jornais por sobre pratos repletos de comida, enquanto as atraentes garçonetes, sempre importunadas, tentavam levar às mesas os que chegavam, ao mesmo tempo em que equilibravam bandejas de xícaras transbordantes de cappuccinos. Examinei o recinto com atenção e avistei Gretchen ao fundo, acenando freneticamente.

Ela usava pesadas botas de couro, gastas e artisticamente desbotadas, que cobriam pernas morenas sedosas e nuas, uma túnica de algodão natural, de estilo étnico, e, por cima, um enorme cardigã de crochê, que parecia prestes a lhe cair dos delicados ombros. Um longo colar de brilhantes contas coloridas ao redor do pescoço se entrelaçava com seus cabelos soltos. Tinha nas mãos uma caneca fumegante de café e parecia radiante ao me ver. Como sempre, tanto os homens como as mulheres esforçavam-se para não a fitar diretamente, mas, se ela percebia isso, não deixava transparecer.

Colocou o café sobre a mesa sem muita estabilidade, levantando-se de um salto, e me deu um abraço impulsivo e entusiasmado.

— Oi! — cumprimentou-me. — *Timing* perfeito, eu já estava a ponto de sucumbir e pedir um desses incríveis croissants de amêndoa. Você já *viu* os bolos ali?

Gretchen apontou, e eu olhei, curiosa. Tinha razão, eram maravilhosos. Enormes roscas açucaradas de massa fina e leve com cobertura brilhante, ricos pães doces com transbordantes recheios cremosos e delicados bolinhos decorados com cerejas e angélica.

Eu me sentei em frente a ela, voltada para a porta, e comentei:

— Você está muito alegre hoje. Boas notícias sobre aquele programa americano de patinação no gelo?

— Nãããão. — Ela fez uma careta. — Nada ainda. Mas ontem fui convidada para participar do *Good Haunting*.

— E aí? Aceitou?

— O quê? Para eu ficar em alguma cabana escura caindo aos pedaços, no fim do mundo, com uma equipe filmando em infravermelho, enquanto o "especialista" se joga de forma deliberada sobre uma mesa e diz ter sido atacado por um fantasma? — Ela arqueou uma sobrancelha. — Não cheguei a esse ponto ainda... Embora ninguém tenha me dito que passar dos programas infantis para os de adultos seria assim *tão* difícil. Bem, mas o que você quer beber e comer?

— Não é melhor esperar seu irmão? — perguntei.

Ela levantou a mão dispensando minha sugestão.

— Ele já está aqui, foi ao banheiro. Espera aí... Falando no diabo. — Ela olhou à sua frente e sorriu. — Bay, esta é a minha amiga Alice, aquela de quem lhe falei. Alice, este é o meu irmão Bailey.

Eu me virei e vi um homem alto à minha direita, um sorriso simpático. Tinha cabelos castanho-claros desalinhados, soltos sobre olhos verdes sonolentos. Na verdade, parecia ter acabado de acordar e caído da cama. Usava uma camiseta branca com uma imagem bem desbotada de uma onda e, quando estendeu a mão, percebi uma cicatriz descorada ao longo do antebraço bronzeado, que me fez imaginar que ele a tivesse adquirido escalando uma montanha, fazendo rafting em águas agitadas ou algo que exigisse muita adrenalina — ele fazia o tipo. Bailey me viu olhando para sua cicatriz.

— Gretchen me empurrou do pula-pula, porque eu não lhe dei a vez — confidenciou ele. — O meu braço abriu nas pedras do jardim. — Não era o que eu havia imaginado. Ele então bocejou e se espreguiçou como um gato.

— Nossa — disse eu, envergonhada por ter sido apanhada olhando fixo para a cicatriz. — Deve ter sido um corte muito profundo... quantos anos tinha?

— Vinte e seis. — Ele deu um sorriso desconcertante. — Prazer em conhecê-la, Alice, desculpe pelo bocejo pouco educado. — Ele se inclinou sobre a mesa e me deu um beijo rápido, sua barba roçando a minha face, enquanto eu sentia o perfume forte da cara loção pósbarba. — Ainda estou sob o efeito da diferença de fuso horário.

— Não ligue para ele, Al — disse Gretchen. — Senta e deixa de se mostrar, Bay.

Bailey abriu os braços num protesto espontâneo, depois puxou sua cadeira e perguntou:

— Então, Grot me disse que você é fotógrafa. — Ele estendeu o braço em direção a Gretchen e pegou o café dela. — Muito legal você ter esperado por mim e por Alice — disse ele de forma incisiva. — Indelicado. — Ele devolveu a xícara à mesa, seus olhos brilhando de interesse voltando-se para mim por um instante e então desviando-se com a mesma rapidez. — Ah, aquele é o nosso garçom? — Ele olhou por sobre meus ombros.

— Será que dá para *não* me chamar assim? — Gretchen suspirou.

— Sabe que não tenho mais 6 anos? Você ficou no banheiro uma eternidade, eu pensei que tivesse caído dentro da privada. Vou chamar alguém agora. Esperem.

Ela se levantou abruptamente e caminhou até a frente do recinto. Um garçom ergueu a vista admirado quando ela se aproximou, assim como toda a mesa a quem ele servia. Observei quando uma das moças cobriu a boca e sussurrou algo para a amiga. A outra moça então fitou Gretchen sem pudor, seus olhos arregalando-se quando a reconheceu, e sussurrou de volta na orelha da amiga. Eu começava a me acostumar a ver as pessoas falarem escancaradamente sobre Gretch como se ela não estivesse presente, mas não havia alcançado o estágio em que conseguisse ignorar por completo — como a própria Gretchen.

— É uma merda, não é? — disse Bailey, seguindo meu olhar. — Graças a Deus ela não é tão famosa como Tom Cruise. Não sei como isso não a incomoda, mas ela diz que não liga. A primeira vez que li na internet uns comentários sobre ela, de pessoas que nem sequer a conheciam, tive vontade de descobrir quem tinha escrito aquilo e acabar com aqueles idiotas de merda. São as mulheres que escrevem as coisas mais inoportunas. O que está acontecendo com a solidariedade entre as mulheres?

Dei de ombros e sorri de uma forma que eu esperava ser enigmática, porque não conseguia pensar em algo inteligente ou apropriado para dizer em resposta àquela observação.

— Acho que você escolheu o lado certo da câmera — disse ele em tom de brincadeira. — Então, que tipo de coisa você faz?

— No momento? — Pigarreei. — Um pouco de tudo: produtos, pessoas, lugares. Eu trabalhava para um estúdio grande, mas recentemente resolvi trabalhar por conta própria.

— Tiro o chapéu para você — observou ele. — E está indo bem?

— Muito bem, obrigada. A não ser quando aceito trabalhos que não me entusiasmam muito, porque me preocupo com as despesas, e por isso não tenho tempo para ir atrás de trabalhos que eu realmente gostaria de fazer.

— Viagens? É, Gretchen falou. Bem, passo com o maior prazer os nomes de alguns editores para quem escrevo. Se vai ajudar, eu não saberia dizer, mas já é um começo, não é?

— Sem dúvida — respondi agradecida. — É muita consideração sua.

Ele deu de ombros.

— De forma alguma... fico feliz em poder ajudar.

Gretchen reapareceu.

— Ele virá num instante. Preciso fazer um xixi. Volto logo.

Bailey a seguiu com o olhar.

— Então, há quanto tempo conhece minha irmã?

— Humm, há uns quatro meses, talvez. — Observei seus dedos longos e delgados pegarem um guardanapo de papel e começarem a brincar com as bordas. Ele tinha mãos surpreendentemente elegantes. — Nos conhecemos num ensaio fotográfico em Los Angeles... no final de novembro.

— Ah! — Ele se recostou e colocou um braço por trás da cadeira vazia de Gretchen, o que fez sua camisa subir um pouco e expor uma faixa de barriga bronzeada e em forma que ele não se empenhou em esconder. Ele notou que eu o observava. — Vocês foram até o alto da cidade? Há umas boas caminhadas por lá.

— O tempo foi realmente muito curto — respondi de imediato, pensando nas horas que passamos na piscina aquecida do hotel bebendo champanhe. — Preciso fazer isso da próxima vez. Acho que essa é uma das coisas boas de fazer matérias sobre viagens: você tem que conhecer os melhores lugares e saber o que há para se ver, não?

— De certa forma, sim. Isso me dá excelentes desculpas para explorar os lugares, sem dúvida. — Ele sorriu e me olhou de frente. — O mundo é tão grande e tão belo lá fora! Se eu vivesse até os 100 anos, ainda assim não veria tudo que tenho vontade de ver. Acabei de voltar da Tanzânia. Você já foi à África?

Confirmei com um aceno de cabeça.

— Não à Tanzânia. Como é lá?

— Incrível. Passei umas duas noites nas montanhas, lugar límpido como o cristal, e frio, fiquei ao redor de uma fogueira sob as estrelas, e no dia seguinte descemos a cratera do Ngorongoro, que tem cerca de 100 quilômetros quadrados; é uma área extensa que abriga os mais incríveis animais: elefantes, hipopótamos, leões, o que você imaginar... Totalmente selvagens, soltos na natureza.

— Nossa! — exclamei. — Você tem muita sorte.

— Eu sei. — Ele balançou a cabeça, incrédulo. — Eu estava na parte traseira de um jipe de safári, às 5 horas, com um binóculo na mão explorando a área e pensando "Eu sou *pago* por isso?". A vida é bela. Sou um homem de sorte. — Ele sorriu de novo e depois desviou o olhar para o garçom que se aproximava.

Dei outra espiada. Vi apenas as extremidades de uma tatuagem, num braço bem-torneado, que saía pela manga da camisa. Eu me perguntava se, como Gretchen, ele achava que a dele havia sido um erro — eu não conseguia ver direito qual era o desenho. Os braços dele pareciam *realmente* fortes. Desviei o lhar e percebi que ele me observava enquanto eu o olhava.

— Você tem um belo bíceps... quer dizer, tatuagem! — disse, horrorizada.

Bailey riu, mas, antes que eu pudesse dizer qualquer coisa em resposta, o garçom chegou à nossa mesa.

— Alôuuuu! — saudou com um sotaque estrangeiro forte que não consegui identificar, caneta e bloco à mão. — E o que vamos pedir hoje?

Eu podia sentir que ficava vermelha enquanto Bailey me lançava um olhar de quem se divertia.

— Café e uma pá, por favor — pedi. — Eu gostaria de cavar um buraco e esta aqui não serve. — Peguei a colher de chá de Gretchen e mostrei-a ao garçom, que pareceu não entender. Bailey sorriu.

— Certo. — O garçom estava nitidamente confuso. — Quer uma colher maior? — Ele falou tão depressa que quase não entendi.

— Não, não. Eu estava dizendo que queria uma colher... diferente.

— A colher está *suja*? — perguntou o garçom, envergonhado. Desconfiado, ele pegou o item ofensivo da minha mão e o levantou diante da luz. — Senhora! Sinto muito!

— Ela quis dizer que queria *outra* colher — explicou Bailey, e apontou para a que o garçom tinha na mão. — Essa aí não é suficiente.

— Ahh! — exclamou o garçom, sorrindo. — Entendo. Vou buscar agora. Café para o senhor, também? — Bailey levantou o polegar, e o garçom tomou nota. — Alguma coisa para comer, senhora?

— Só um muffin, obrigada.

Ele confirmou com um gesto de cabeça.

— Com *chocoulate* ou simples?

Olhei para ele, confusa.

— Como?

— Com *chocoulate* ou simples? — repetiu ele.

Bailey se inclinou em minha direção.

— Com pedacinhos de chocolate ou simples? — sussurrou ele, solícito.

— Ah! — Sorri quando a ficha caiu. — Desculpe! Simples, por favor!

Assim que o garçom se afastou ficamos em silêncio por alguns segundos.

— Foi desastroso mesmo! — disse eu em seguida. — Terminou que minha piada inicial não teve graça nenhuma... não chegou nem a ser entendida.

Bailey acenou com a cabeça.

— Eu sei, me senti mal por você. Até a pobre colher ficou envergonhada.

— Ah, que é isso? — Eu ri. — Não foi *tão* horrível assim.

Ele me fitou de novo.

— Você tem um lindo sorriso realmente — disse. — Ah, ha! Já chegou o nosso café! Nossa, como foi rápido! Obrigado!

Ele mudou a xícara de Gretchen de posição para que o garçom, orgulhoso, colocasse o nosso pedido sobre a mesa, enquanto eu me perguntava se o havia escutado direito.

Meu café veio acompanhado de duas colherinhas equilibradas no pires e um muffin de mirtilo totalmente inesperado. Gretchen voltou um segundo depois e nos encontrou rindo.

— Qual é a graça? — perguntou.

— Ah, nada — respondeu Bailey, com um gesto de mão. — Foi uma complexa comédia sobre talheres. Muito intelectual para pessoas como você.

— Contem! — insistiu ela. — Detesto ficar por fora.

— Sinceramente, Gretchen, foi uma piada muito sem graça — disse, me desculpando.

— Por favor, não peça para ela repetir. — Bailey balançou a cabeça. — Foi *péssima*.

— Ah, que é isso? — observei, me fingindo ofendida. — Não foi pior que o seu comentário "Eu tinha 26 anos, ha-ha-ha".

— Você achou engraçado.

— Eu estava querendo ser educada!

Gretchen olhou para nós dois, esfregou o nariz um tanto distante e disse:

— Deve ter sido *cômico*. Acho que era preciso estar presente.

Bailey deu uma risada.

— Ah, não precisa ficar ofendida só porque não diz respeito a você. Se está mesmo querendo saber, foi sobre uma colher e...

— Não estou nada ofendida — interrompeu ela, encerrando o assunto. — Quer saber, enfie essa colher...

Soltei um grunhido, e Bailey riu.

— *Agora* acho que encerramos as piadas com talheres — disse ela de forma presunçosa e, satisfeita, deu um gole em seu café.

Conversamos por mais uma hora e então Bailey olhou para o relógio e disse:

— Muito bem, moças, tenho que voltar e terminar um trabalho que estou fazendo sobre a Maratona de Sables. É aquela corrida maluca que fazem atravessando o Saara. Seis dias e 243 quilômetros. Naquele calor! Vocês acreditam? Eu estava conversando com um competidor e ele disse que quase morreu, mas também essa é a prova de resistência mais dura... Talvez eu participe no próximo ano.

Gretchen desdenhou.

— Aposto 500 paus que você não vai.

Ele estendeu a mão, mas, no último minuto, antes que ela chegasse a apertá-la, ele a retirou e bem-humorado ergueu o dedo médio.

— Obrigado a vocês duas pelo ótimo café da manhã. — Inclinou-se e beijou a face de Gretchen, depois enfiou a mão no bolso de trás e tirou de lá um monte de notas. Pôs uma de 10 sobre a mesa e disse: — Isso deve cobrir a minha parte. — Gretchen pegou a bolsa, porém Bailey levantou uma das mãos. — Não se preocupe com o troco. Alice, depois pego o seu telefone com Gretchen e mando uma mensagem com detalhes sobre os contatos, certo?

— Obrigada — respondi com sinceridade.

Ele acenou alegre e observei-o sair do restaurante.

— Ele é tão cheio de merda — falou Gretchen, com a boca cheia de torrada fria. — Duzentos e quarenta e três quilômetros em seis dias. Ele nunca faria isso. Bailey é como o Tigrão: fica saltando de uma coisa para outra, achando que vai gostar, e depois, ó, descobre que não gosta. Desculpe, ele falou demais sobre as viagens dele.

— De jeito nenhum, foi muito interessante. Boa conversa, bolos e café gostosos. Eu diria que foi o sábado perfeito. — E estava sendo sincera.

— É mesmo, não é? — Ela sorriu, e, feliz, estendeu a mão e apertou meu braço. — Não vai comer esse último pedacinho de muffin? Ah, vamos, é tão *pequenininho*. — Gretchen se inclinou até o meu lado da mesa e trocou nossos pratos.

— Achei o seu irmão muito legal — disse eu.

— É? — Ela ergueu a vista. — Bem, ele está solteiro no momento. — Ela piscou para mim. — Quer que eu dê uma forcinha?

E no intervalo de tempo em que eu deveria ter dito "Bem, na verdade, eu lhe contei que estou saindo informalmente com um dos meus companheiros de apartamento. Isso não é bem a verdade. Ele é meu namorado já faz dois anos, moramos juntos, e ele quer que a gente compre uma casa e se case, então, não, obrigada", fiquei muda. Esperei que minha boca se abrisse para falar e que eu me escutasse dizendo essas palavras, mas, para minha surpresa, isso não aconteceu.

Eu não disse absolutamente nada. Fiquei ali imaginando se ser evasiva em relação à verdade era o mesmo que mentir.

Gretchen esperou.

— Ainda está envolvida com aquele rapaz, Tom? Ou já romperam de vez?

— Rompemos de vez — respondi.

Capítulo Dez

— O que você diria se eu lhe contasse que fiz uma coisa horrível? — perguntei a Vic em voz baixa, incapaz de ficar calada por mais um segundo sequer.

— Eu diria "Ooohhh, me conte mais, aniversariante" — respondeu Vic, e enlaçou seu braço no meu.

Passeávamos preguiçosamente pelos exuberantes jardins de Versalhes, banhados pelos cálidos raios de sol de abril. Tom e Luc conversavam compenetrados, um pouco à nossa frente, e pelos últimos 15 minutos eu tentava começar a contar a Vic minha enorme e preocupante mentira. Já fora bastante grave eu não ter dito a verdade a Gretchen, mas ter mentido sobre meu relacionamento com Tom, para quem quer que seja, estava me corroendo por dentro e me deixando confusa desde o exato momento em que as palavras saíram de minha boca.

— Então. Gretchen... — comecei, e Vic imediatamente me olhou de viés através de olhos semicerrados.

— Essa por acaso é aquela Gretchen nojenta e idiota com quem você está sempre que lhe telefono? Esse é um nome de merda. Soa quase como se ela fosse a irmãzinha de Heidi. Ela também cria cabras?

— Puxa, não! — Pensei em Gretchen. — Não tem nada a ver. Sabe, tenho a impressão de que você não gosta dela — provoquei.

— Eu detesto essa mulher — retrucou Vic de imediato —, por ela ter roubado tão descaradamente a minha melhor amiga. É muita sacanagem, isso sim.

Eu ri.

— Você ia gostar muito dela, tenho certeza.

Vic refletiu.

— Não, eu odeio essa garota, sem a menor dúvida.

— Desculpe — disse, escondendo o rosto entre as mãos e virando-me para ela. — Esqueci... Quem foi mesmo que se mudou e me abandonou por um doutorzinho desprezível e fresco? Ah, foi você.

— É, é. — Vic sorriu, mas logo seu sorriso desapareceu. — Sinto muito a sua falta, Al — disse ela. — Muito. Só porque estou aqui não significa que não penso sempre em você. Não me substitua por ninguém.

Olhei de esguelha para ela.

— Você não acha mesmo que eu esteja fazendo isso, não é?

— Às vezes — confessou ela. — Bem, não, não de fato, mas ultimamente você fica o tempo todo "Gretchen isso e Gretchen aquilo...". Falei com Jess outro dia, e ela disse que você deu o bolo nela e em todas as outras amigas da universidade, num jantar, porque estava, de novo, sobrecarregada de trabalho, mas, ao que parece, você tem tempo de sobra para sair com *ela*.

Isso era verdade, mas era porque Gretch estava sempre disponível e me procurava para conversar durante o dia, quando eu estava mais folgada, hora em que todo mundo — como as amigas da universidade — estava no trabalho ou em reunião. Era fácil para nós duas, e gostávamos da companhia uma da outra. Não havia nenhuma conspiração.

— Não quero que se sinta solitária sem mim — disse Vic rapidamente —, só não quero que tenha uma amiga de quem você goste mais do que de mim.

— É impossível. — Sorri para ela. — E você sabe muito bem disso.

Eu estava sendo sincera... gostava dela e de Gretch de maneiras completamente diferentes, mas no meu íntimo prometi me empenhar mais para telefonar para Vic.

— Conte um segredo que *ela* não saiba — pediu Vic, decidida, aliviando o tom da conversa de novo.

— Bem, isso me leva de volta àquela coisa terrível de que falei. — Olhei para a frente para me certificar de que os rapazes estivessem fora do alcance da voz. — Fui apresentada ao irmão de Gretchen um dia que nos encontramos para tomar um café, e, depois que ele foi embora, eu disse a Gretchen que o tinha achado bacana. Eu quis dizer, a conversa e tal... Ele escreve matérias sobre viagens e já esteve em *toda parte*... Mas então Gretchen meio que sugeriu que ele era solteiro e, conversa vai, conversa vem, ela perguntou se eu queria que ela desse uma mãozinha em meu favor.

— O quê? — Vic reagiu com estupefação. — Mas ela sabe sobre Tom, não?

— Hum... — Cocei o pescoço, pouco à vontade. — De certa forma. Ela acha que saio de vez em quando com meu companheiro de apartamento.

— E por que ela acha isso?

— Porque foi isso que eu disse a ela — completei, e de repente não conseguia encarar Vic. Houve um momento de silêncio. — Aí ela me perguntou se eu ainda estava saindo com ele ou se estava tudo acabado, e a minha boca deixou escapar que estava tudo acabado.

— Alice! — Vic ficou chocada. — Por que cargas-d'água você disse isso? Essa é uma mentira deslavada!

— Eu sei — observei baixinho. — Não sei por que fiz isso, e fico louca de preocupação quando penso no que isso tudo significa.

— Não entendo. Você não disse a Gretchen logo que se conheceram que tinha um namorado?

Hesitei e percebi que o que eu estava a ponto de dizer não melhoraria as coisas para o meu lado.

— Sei que é muito triste — confessei —, mas em Los Angeles todo mundo era cheio de estilo e fui me deixando levar por tudo aquilo. Só queria passar por uma pessoa menos previsível e estabelecida, um pouco mais descolada... Eu sei, eu sei, não precisa me dizer como é ridículo. — Levantei uma das mãos de forma defensiva, e Vic recuou um pouco e franziu o nariz para mim. — Provavelmente, você achava que eu já tinha superado essa merda toda desde a época do colégio, mas na verdade eu estava tentado me passar por uma das garotas legais. Aos 28 anos. Sou uma idiota mesmo.

— Vinte e nove, agora — ressaltou Vic, e suspirou. — Você não está gostando secretamente da Gretchen, está? É por isso que disse a ela que estava solteira? Será que está querendo me dizer que virou lésbica?

— Ah, cale a boca, estou falando sério. Você lembra que eu lhe disse que eu e Tom andamos conversando a respeito de comprar uma casa, resolver a vida, e sobre aquela terrível festa de noivado em que teríamos de ir? Eu me vi personificada num cardigã da Boden. — Suspirei. — Eu só queria ser outra pessoa, alguém mais interessante, não imaginava que viraríamos amigas, e naquela altura era embaraçoso contar a verdade.

— Sua boba. — Vic riu. — Eu queria saber se Madonna tem todo esse trabalho sempre que procura se reinventar. Olhe, não é nada tão grave assim. Não que eu não entenda que seja bom para você ser amiga dela, Al... Ela é divertida, animada, glamourosa, não é uma amizade profunda, nada que exija muito... E é muito bom para você. Está apenas se divertindo. Não precisa se preocupar com isso.

— Mas quando ela sugeriu que eu namorasse o irmão dela, eu disse explicitamente que tudo entre mim e Tom estava terminado — comentei. — Você não pode dizer que está tudo bem. Eu me sinto tão culpada com essa história que tive até dificuldade de lhe contar. O que eu estava querendo com isso? Eu não sou assim... E agora, como se não bastasse, fico pensando nele o tempo todo, e estou... confusa.

— "Pensando nele" você quer dizer em seu namorado de dois anos, Tom, que resolveu fazer uma surpresa em seu aniversário e a presentear com essa viagem porque acha que precisa ser mais espontâneo e romântico...

— Ele disse isso? — Chocada, protegi o rosto do sol outra vez e semicerrei os olhos para fitá-la, sentindo-me ainda pior.

Vic fez um gesto afirmativo com a cabeça.

— Ou estava querendo dizer o rapaz do café por quem você obviamente sentiu uma atração passageira?

— Você acha que é só isso? — perguntei, esperançosa. — Uma atração?

Ela fez uma expressão de escárnio.

— Claro! Como é ele?

— Alto...

— Se você disser moreno e bonito depois, eu lhe dou um soco — interrompeu ela.

Ignorei aquela observação.

— Tem cabelos claros. Gosta de atividades ao ar livre e é óbvio que malha muito. No café, ele parecia ter pegado uma onda até a porta e saltado da prancha no último minuto, entende? Mas acho que é um pouco tenso... Ele escreve sobre viagens, mas tinha um bolo maciço...

— Ulalá! — Vic sorriu.

— De dinheiro — olhei desconfiada para ela — no bolso traseiro. Ele tem olhos bem verdes, também, e um bumbum bonitinho, e...

Vic não conteve o riso.

— Ah, por favor! Você só quer transar com ele, apenas isso. Não se martirize tanto assim! Todo mundo gosta de olhar vitrines de vez em quando. Eu também sinto uma atração por um rapaz que vejo todo dia no metrô e mal acabei de desfazer as malas na casa de Luc. Ele é minha perfeita fantasia sexual... Embora eu tenha certeza de que é gay; basta ver a boa forma dele.

— É mesmo? — perguntei, ansiosa mas aliviada, e me certificando novamente de que Tom não estava me escutando. — Porque, sinceramente, não consigo tirá-lo da cabeça. Fico pensando em como ele é legal... criativo, viajado, *interessante* e — o rubor me subiu às faces — ele disse que tenho um sorriso lindo, mas pode ser também que ele seja do tipo que goste apenas de flertar. E ele também é engraçado, Vic, acho que houve uma certa química entre nós, tenho certeza de que houve.

— Nossa! — Vic parou de repente. — Ele é engraçado?

Balancei a cabeça confirmando.

— E houve uma química entre vocês?

Fiz o mesmo gesto com a cabeça e enrubesci como uma garota de 15 anos.

— Que merda! — Ela não se conteve. — Coitado do Tom. Qual é o nome desse homem perfeito, então?

— Bailey — respondi, como num sonho.

E ela exclamou "Ha!" tão alto que os rapazes se viraram, e eu praticamente tive de empurrá-la para dentro de uma fonte para que se calasse.

— Os pais deles devem realmente odiá-los, não é? — Vic tentou conter outro ataque de riso. — *Bailey*... Que tipo de nome é esse?

— O dele — respondi, irritada, e ela, sabiamente, deixou passar.

— Então você está dizendo que quer tomar uma atitude com relação a isso? — perguntou ela um pouco depois.

— Claro que não! — exclamei. — Provavelmente, ele tem um milhão de mulheres aos pés dele o tempo todo. E é irmão de Gretchen! Há regras a respeito dessas coisas.

— Eu deixaria você namorar o meu irmão — disse ela.

— Vic, o seu irmão é casado e tem três filhos.

Olhei à frente para Tom e me imaginei como seria se fosse Bailey caminhando ali em vez de Tom, conversando com Luc. Então me senti muito mal por ter tido aquele pensamento.

— Se ele fosse solteiro, quer dizer. Mas eu não ia querer o seu irmão.

Fiz uma careta.

— Não culpo você — concordei. — Meus pais terão que pagar a alguma mulher para se casar com Phil. É isso ou se mudar para um país em que o recrutamento militar ainda seja obrigatório. As provas dele já vão começar... Só Deus sabe o que faremos, caso ele seja reprovado. Mamãe e papai estão se mijando de medo, principalmente com a perspectiva de ele ter que morar com eles para sempre.

— Por que *você* precisa se preocupar se Phil se ferrar? Deixe sua mãe e seu pai resolverem, o problema não é seu, Al. Você precisa ser um pouco mais egoísta.

Fiquei calada. Vic de vez em quando tinha essa atitude para com minha família. Eu sabia que ela gostava muito deles, mas também deixava bem claro que era eu quem levava a pior nas questões familiares.

— Bem, você notou, é claro, que não mencionou Tom em suas razões por que não vai procurar Bailey? — observou Vic depois de um tempo calada. — Razão que, tecnicamente, deveria estar no topo da sua lista.

Fiquei totalmente horrorizada ao perceber com um sobressalto que ela estava certa.

Ficamos em silêncio e caminhamos um pouco mais.

— Como é o sexo? — perguntou ela, um instante depois.

— Um tipo de abraço especial em alguém que você ama. Peça a Luc para lhe mostrar.

Ela suspirou.

— Ha-ha. Pode fazer piada. Sei que está fazendo isso só porque está confusa. Eu quero dizer entre você e Tom, como você bem sabe.

— É bom — respondi. — Legal. — O que era verdade, e era... quando transávamos. Um pouco como assistir a uma reprise de *Friends*: agradável, e eu sabia exatamente o que ia acontecer depois.

— Hum! — disse ela, desconfiada. — Só legal?

— Vic, nós dois estamos juntos há dois anos. É normal, é de fato *bom*.

— Está bem... Talvez tudo isso seja apenas uma reação de pânico, porque Tom decidiu que está na hora de vocês dois darem o próximo passo — continuou ela. — Talvez você não esteja preparada para isso ainda.

Discordei com um gesto de cabeça.

— Ele não fala nisso há meses. Eu teria contado se tivesse falado. Ele *estava* todo interessado em começar a procurar um lugar para comprar, mas então Paulo se mudou lá para casa, e é como se nunca tivesse havido essa conversa.

— Al — disse Vic devagar —, você acha que existe a possibilidade de nunca estar preparada... para ele?

— Eu... não sei.

As palavras flutuavam de leve no ar ao nosso redor, mas de repente me senti indescritivelmente melancólica e triste, porque, ao ouvi-las, percebi, pela primeira vez, que eu, de fato, *estava* tendo sérias dúvidas em relação a mim e a Tom. Não era por ele me aborrecer com sua atenção obsessiva a detalhes, nem por eu tê-lo deixado frustrado com a pouca atenção que dei à segurança da casa, mas por um problema real, concreto. Ainda assim, não havia dúvidas de que eu o amava.

Amava-o, com certeza. Quando pensava nas pessoas que eu amava... minha mãe, meu pai, Fran, Phil, Vic... tinha convicção de que nutria o mesmo sentimento por Tom.

Olhei à frente, para ele, mais uma vez. Ele e Luc interromperam a caminhada para nos esperar, e sentaram-se na grama. De repente, desejei nunca ter dito nada, não ter tornado aquilo real, ter guardado num recôndito inacessível da mente, onde eu não precisasse mexer. Talvez tenha sido por isso mesmo que aquela mentira inicial saiu: eu me forçava a lidar com algo que não estava disposta a enfrentar.

— Sei que você ama Tom — disse Vic com cuidado, como se lesse minha mente. — Eu também gosto dele. Gosto de vocês dois. Mas também acho que ele gosta muito mais de você do que você dele, e não tenho certeza de que esse relacionamento possa dar certo a longo prazo.

Olhei para ela, chocada.

— Desculpe. Eu não teria dito nada enquanto achava que você estava feliz, porque quem sou eu para duvidar de que possa vir a dar certo. Mas é óbvio que não está dando certo, não é? Independentemente desse tal de Bailey... Ele é somente um sintoma, não uma causa.

Eu não disse nada. Não sabia o que dizer. Estava muito confusa.

— E não nego que seja muitíssimo complicado por Tom ser bonito, uma companhia agradável e estar disposto a fazer tudo por você.

— E isso seria complicado por quê?

— Não é... Só torna as coisas mais difíceis, porque ele é 90 por cento perfeito. Seria fácil dar o fora se ele fosse um filho da puta e não a pessoa certa para você.

— Ah, não me venha com essa, Vic, ninguém é 100 por cento perfeito.

Ela considerou.

— Sabe, você tem razão. Se a pessoa não é talhada para você, então ela não é a pessoa certa. É a teoria sobre quanto eles falham: 20 por cento, 2 por cento, que diferença faz? Ainda assim não atingem a meta. Você e Tom são tão maravilhosos que merecem estar ao lado da pessoa certa, mesmo que não seja um ao lado do outro. E não me pergunte como se sabe que o outro é a pessoa certa, porque, se precisar perguntar, é porque não é. É simples assim.

Ela não pôde dizer mais nada, porque nos aproximamos dos dois, porém, de qualquer forma, eu não sabia quanto ainda conseguiria ouvir. Senti como se um grande peso tivesse sido depositado nos meus ombros. O que começara como uma simples conversa sobre uma atração transformara-se em algo completamente diferente — um gênio do mal que enchia o ar a meu redor, envolto em uma fumaça densa ao tentar sair da garrafa.

Tentei sorrir para Tom. Ele havia tirado os sapatos e as meias e, feliz, mexia os dedos dos pés ao sol.

— Estou com calor — disse ele. — Não acredito que seja apenas abril. Um viva ao aquecimento global! Acho que devíamos comprar algo refrescante para comemorar.

Olhei para os pés dele e notei que uma das unhas estava bastante grande... Nojento.

— Você precisa cortar isso — disse, fazendo um gesto em direção à unha.

— Mas como vou tocar guitarra? — retrucou ele, rápido como um relâmpago, e achei engraçado.

Está vendo, *ele* tem senso de humor também! E me fez rir! Vic estava certa... ele *é* delicado, atencioso, confiável...

Mesmo assim, eu sabia que nunca mais voltaríamos a ser os mesmos. Minha confissão desastrosa sobre a paixão que eu sentia por Bailey desencadeara isso.

Tudo mudara de forma irrevogável, e eu não sabia como, ou se, poderíamos fazer voltar ao que éramos.

Capítulo Onze

— Isso é mais do que egoísmo — exaltou-se Tom, pondo-se de pé, a cadeira barata do hospital arrastando no chão e indo de encontro à parede. — Na verdade, é *perigoso*. Não sabemos se há decisões que precisam ser tomadas sobre Gretchen que estão sendo adiadas porque ele não está aqui! Como é que...

Estou a ponto de perder o controle por completo.

— Tom, ele perdeu o avião! Por favor! Pelo amor de Deus!

— Espere para ver — disse Tom, balançando a cabeça. — Ele vai aparecer aqui e você verá que não estava sequer na droga da Espanha... Aquele cretino mentiroso. Ele é totalmente responsável por...

— Ah, *Tom* — explodi desesperada, a voz elevada. — Para com isso!

Fomos interrompidos pela enfermeira, que aparece à porta.

— Vocês já podem entrar — diz ela, olhando para Tom e depois para mim, não muito convicta, obviamente por ter escutado nossa discussão. — Estão preparados?

Tom me lança um olhar magoado e em seguida fica de pé.

— Estamos, sim.

Eu não estou. Não quero mais voltar para lá. Não posso. Não consigo. Não posso me sentar ali com ele, ao lado dela... Esperando... Sem saber o que realmente aconteceu. E, pior ainda, Bailey vai chegar a qualquer momento. Qual será a reação de Tom quando Bailey de fato chegar?

Levanto-me, as pernas bambas, saímos da sala de espera e seguimos pelo corredor, devagar. A sala está cada vez mais próxima, meu coração dispara e novamente a ânsia e o pânico tomam conta de mim.

Chegamos ao final do corredor, e lá está ela de novo. Tudo à minha volta perde a nitidez, mas consigo me sentar próximo à cama de Gretchen, e Tom fica ao meu lado. Ficamos, os dois, calados. No fundo da sala a enfermeira anota algo num prontuário. Tudo parece voltar à calma eficiente do hospital.

Gretchen, de fato, não apresenta diferença alguma desde o momento em que o alarme soou. Seus cílios caem sobre as faces, e suas mãos estão apoiadas sobre o lençol, ao lado do corpo. Ela permanece imóvel. Um tubo de plástico, que alimenta uma agulha enfiada em sua veia nas costas da mão, injeta um curioso líquido transparente em sua corrente sanguínea. Tento me concentrar numa bolha que surge na superfície da solução dentro da bolsa pendurada num suporte para soro. A bolha desaparece sem deixar rastro e, Deus me acuda!, *desejo*, desejo que aconteça o mesmo a ela.

— Posso tocá-la? — pergunta Tom à enfermeira, quase num sussurro, e ela confirma com um aceno de cabeça.

— Pode, sim.

— Não vai machucar ou coisa assim? — hesita ele.

— Não — responde ela com delicadeza.

Observo-o levar a mão muito gentilmente à face pálida de Gretchen e alisá-la, com suavidade, como se faz a um recém-nascido que dorme. Em seguida, segura-lhe a mão, que continua flácida e sem vida. Os cílios de Gretchen não se movem — seu corpo está inerte. É doloroso ver Tom acariciá-la, mas não posso dizer nada. Em vez disso, desvio o olhar e presto atenção a um resquício de enfeite preso num dos cantos do teto, deixado ali desde o Natal. Não consigo imaginar ter de passar o dia de Natal num lugar como esse. Espero que quem esteve deitado naquela cama esteja bem agora; em casa, no conforto da família.

— Nunca a vi tão quieta. — Tom ri, porém é o mais triste dos risos, como o som do gelo se despedaçando quando alguém deliberadamente rompe a superfície de uma poça rasa. Não há nada ali, nenhum calor humano. — Eu não entendo, Al — sussurra ele. — Gretchen tinha tudo para estar feliz. Absolutamente tudo. As coisas iam bem. Por que faria isso a si própria?

— Não sei. Provavelmente ela também não.

Sinto náuseas quando a mentira me escapa da boca. Não consigo encará-lo. Convenço-me apenas de que é o que Gretchen gostaria que eu fizesse.

— Como ela está agora? — Tom dirige-se preocupado à enfermeira.

— Na verdade, não houve nenhuma mudança — responde a moça.

— Logo que o parente mais próximo chegar...

— Sim, eu sei — interrompe Tom, impaciente.

A enfermeira olha para ele solidária e senta-se em silêncio no fundo da sala, sua fina aliança de casamento refletindo a luz.

— A essa altura ele já teria tido tempo de ir e voltar, com certeza — comenta Tom num sussurro, começando de novo, os lábios contraídos de raiva.

Ah, *POR FAVOR*! Sem conseguir me controlar, lanço-lhe um olhar furioso advertindo-o, e ele se cala. Aliviada, abaixo a vista para minhas mãos.

— Então, quando você encontrou Gretchen — pergunta ele de súbito, como se procurasse canalizar sua energia para algum lugar —, ela parecia ter tomado muitos comprimidos? Suponho que sim, para ter um infarto como esse.

Levanto o olhar irritada.

— Já contei tudo que eu sabia, Tom — respondo, olhando para a enfermeira. — Não se preocupe.

— Sim, mas ninguém *me* diz nada — lamenta ele. — Foi o lítio dela? Porque essa medicação é muito perigosa.

— Eu não sei como é o lítio. Eram apenas comprimidos. Entreguei os frascos aos paramédicos. Tudo aconteceu rápido demais, Tom... Não houve muito tempo para pensar.

— Frascos? Tinha mais de um?

— Não sei... Não me lembro. — Começo a me sentir tonta, o sangue corre veloz em minhas veias. — Ela estava inconsciente... E eu fiquei assustada.

A enfermeira tosse significativamente e então aconselha:

— Talvez fosse melhor vocês discutirem isso lá fora.

Tom diz então:

— Certo, certo... desculpe. — Ela abaixa a cabeça e retoma suas anotações.

— Graças a Deus você *foi* lá. — Ele estende a mão e segura a minha, apertando-a com força antes de soltá-la. — Você é uma ótima amiga para Gretch. Faria qualquer coisa por ela, não faria?

Escuto a caneta da enfermeira parar quando ela ouve isso. Talvez seja apenas uma coincidência. Fixo o olhar no chão, sem me deter em nenhum dos dois.

— Ao menos o idiota do Bailey fez uma coisa certa — continua ele. — Imagine o que teria acontecido se ele não tivesse lhe telefonado e pedido para ir lá e verificar o que estava acontecendo. — Ele estremece.

Ficamos os dois em silêncio.

Mas Tom fica ali, pensando, um olhar intrigado no rosto.

— Mas, espere... — interrompe ele. — Como você entrou no apartamento, se ela estava inconsciente?

Oh, Deus!

Pelo canto do olho vejo a cabeça da enfermeira se levantar rapidamente, e eu passo uma das mãos trêmulas pelo meu rosto.

— Eu...

Mas antes que eu possa responder, para alívio meu, a porta se abre de repente. Nós todos nos viramos, e, enfim, lá está Bailey, parado na entrada do quarto, assim como fizera Tom mais cedo, um pouco ofegante. Tom contrai o lábio e vira-se na direção oposta. Meu coração, no entanto, palpita involuntariamente de alegria quando o vejo. Levanto-me com rapidez. Ele está de jaqueta, sobre um casaco com capuz, jeans folgados e tênis. Tem nos ombros uma mochila grande e, num rosto bronzeado, um olhar de pânico e cansaço.

— Desculpe! — Ele caminha com rapidez em minha direção, me abraça e me beija suavemente bem na risca dos meus cabelos. Percebo

Tom desviar o olhar e contrair de leve um músculo da face. — Eu vim o mais depressa que pude. — Ele me solta e dá dois passos em direção à cama em que Gretchen está deitada. — Ah, merda! — exclama ele, chocado, e coloca as mãos na cabeça, cotovelos abertos, ao ver o estado de sua irmãzinha. — Ah, Gretch! — Sua voz falha. — O que você fez desta vez?

Capítulo Doze

— Sabe o trabalho de amanhã? — Gretchen caminhava sem pressa atrás de mim, fumando um cigarro, indiferente a tudo. — A que horas vai ser? Esqueci completamente.

— Às 2 horas — respondi, um tanto distraída, verificando minha lista e me sentindo um pouco estressada.

Não estava sendo fácil para mim, desde a época em que voltamos de Paris. Para todos os efeitos, nada mudara por fora, mas por dentro eu lutava para manter meus sentimentos sob controle, no que dizia respeito ao meu relacionamento com Tom. Oscilava entre achar que era ridículo me deixar abalar por uma paixão momentânea e achar preocupante o fato de que negar meus sentimentos ao fechar os olhos para eles não os faria desaparecer assim tão facilmente. Não sabia o que fazer nem o que pensar, porque estava muito confusa, mas não parava de sofrer; até mesmo quando me concentrava em algo inteiramente diferente, esses sentimentos permaneciam à espreita num canto da minha mente, como um lúcio circulando logo abaixo da superfície da água.

Como Vic estava de férias na Espanha, telefonei para Fran e combinei de me encontrar com ela para almoçar, na esperança de receber um conselho de irmã mais velha, mas, na última hora, ela me dispensou, dizendo que estava passando mal, com uma virose que contraíra no trabalho.

— Bem, então posso ir até a sua casa? — perguntei, confiante.

— Não, a menos que queira passar a manhã inteira no banheiro segurando o meu cabelo atrás da cabeça e vendo o que eu comi no café da manhã. — Fran foi explícita nos detalhes. — Estou me sentindo um lixo, Al. Desculpe, mas o que quer que seja vai ter que esperar.

Eu quase telefonei para minha mãe, como alternativa, mas, sabendo que ela era membro cadastrado do fã-clube de Tom e que havia comentado com tristeza — em mais de uma ocasião — sobre a injustiça de ser a única participante do grupo de ioga com 50 anos a não ter netos, eu não tinha convicção de que ela estivesse capacitada a me dar conselhos que não fossem tendenciosos.

— Já está perto de acabar, Al? — Gretchen bocejou, jogando fora o cigarro e esmagando-o com o salto. — Sabe, vou lhe dizer uma coisa, adoro sair com você, mas esta não é a maneira mais interessante de se passar uma manhã. Você não devia levar sua cliente para comprar material que vai usar na sessão de fotos, entende? — Gretchen me cutucou com o cotovelo, e me limitei a sorrir. Eu realmente queria conversar com *ela* sobre o assunto, mas não sabia por onde começar. Bailey era seu irmão!

— Nem tudo gira em torno de você, sabia? — provoquei-a.

— Pior ainda! Então vamos. O que está faltando da sua lista, coelho? Olhei para ela, surpresa.

— Como no *Ursinho Pooh*? — comentou ela. — Christopher Robin? Você devia saber que "Estamos mudando a guarda no Palácio de Buckingham, disse Alice".

— Meu avô sempre repetia isso para mim — observei encantada.

— Ah, que legal! Mas, falando sério... Veja a lista, concentre-se.

O estúdio estava revezando a apresentação de Gretchen com a de uma moça nova, assim, ela teve uma folga compulsória. Eu sabia que Gretchen estava entediada, era visível. Cansara-se rapidamente e me seguia desanimada, enquanto eu resolvia algumas coisas.

— Certo, certo. Eu só preciso agora de uma corda para os laços — disse eu. — As moças de RP vão mandar as roupas das crianças, inclusive os chapéus e as máscaras de cavalo. Uma meia horinha mais e podemos almoçar, está bem?

— Que saco! — resmungou Gretchen de forma melodramática. — *Detesto* esta minha vida. *Por que* tenho de ser fotografada rodeada de um bando de meninas vestidas de vaqueiras e cavalinhos?

— Porque a revista que idealizou esse ensaio fotográfico é lida por cerca de 600 mil pessoas por mês, e eles lá acharam que era uma ideia "legal". — Dobrei a lista e a enfiei no bolso de minha calça jeans. — Pelo menos sou eu que vou tirar as fotos... Podia ser pior. Prometo fazer você ficar bem bonita. Isso pode vir a ser muito bom para nós duas, sabia? Você pediu a eles para eu ser a fotógrafa?

— Não, na verdade, não disse nada. — Gretchen foi sincera. — A minha agente sugeriu você, mas o mérito é todo seu. Então, me diga, o que exatamente vamos fazer amanhã?

— *Vamos fazer 12 meninas de 5 anos parecerem vaqueiras, e Gretchen, uma vaqueira adulta sexy, porque ela é uma apresentadora infantil de TV que vai conquistar os Estados Unidos.* — Imitei a consultora de moda com quem eu falara ao telefone mais cedo. — Essa revista está, literalmente, tirando proveito do seu sucesso em Los Angeles.

— É, mas não vou precisar ir para a droga do *Texas*, vou? — perguntou Gretchen. — Essa coisa de "ir para os Estados Unidos" pareceu bastante interessante na ocasião, mas não houve nenhuma oferta de trabalho concreta, e agora todas as revistas que me fotografam querem me vestir como uma maçã gigante ou como a Estátua da Liberdade.

— Essas foram as sugestões três e seis da lista, na verdade — ri —, mas consegui dissuadi-los de ambas.

— Graças a Deus você existe — disse Gretchen, me dando o braço com um ar de desespero. — Será que podemos nos apressar e comprar logo essa corda para eu me enforcar com ela? Meu trabalho é muito chato. Ahhh, olha! Eu gosto do vestido daquela vitrine ali. Vamos parar uns cinco minutinhos... vamos! — E sem esperar por uma resposta ela me arrastou para o outro lado da rua.

Meia hora depois, conseguimos encontrar um lugar onde comprar o material, o que foi uma sorte, porque, àquela altura, Gretchen havia perdido por completo o interesse pelas lojas que não vendessem coisas que ela pudesse usar. Apesar de ter dito que estava com tanta fome que seria capaz de comer um búfalo, quando estávamos a caminho de um café, que ela jurava servir a melhor pizza que já comera fora da Itália, ela subitamente dobrou à esquerda e parou em frente a uma pequena loja de sapatos que eu nem tinha notado que existia.

— *Adoro* este lugar. Tinha esquecido que era aqui! Temos cinco minutos? — perguntou ela, esperançosa.

— Temos, claro — respondi, embora esses cinco minutos dela estivessem se multiplicando. Entramos. Sentei-me cheia de paciência, satisfeita de poder colocar sobre o colo o pesado rolo de corda.

— Então, eu estava querendo dizer que você anda muito calada sobre sua viagem a Paris. — Ela examinou os sapatos, pegou um na prateleira, descalçou sem cuidado um dos pés e enfiou-o no que pretendia comprar. — Explique de novo, como me disse que estava "tudo acabado" entre você e esse cara, Tom, se ele levou você para uma extravagante viagem romântica pela Europa? — Ela arqueou uma sobrancelha e olhou para mim com atenção. — Só para ficar sabendo, você não pode mais ir embora dessa forma... Não teve graça nenhuma ficar aqui sem você.

Eu sorri, depois hesitei, me perguntando se deveria lhe contar toda a verdade. Bem, talvez não tudo. Uma versão simplificada, quem sabe.

— Fomos visitar nossa ex-companheira de apartamento — disse eu. — Uma viagem de aniversário, não de amor. Ele foi muito bacana.

— Muito legal mesmo, considerando os fatos. Vocês devem ter ficado bem amigos depois do namoro acabado.

Desviei o olhar sentindo-me culpada.

— Ele é, sim, muito importante para mim.

— Humm — retrucou ela, irônica. — Quer dizer então que ele não se ajoelhou para pedir a sua mão diante da Torre Eiffel?

Empalideci.

— Meu Deus, claro que não!

— O que você acha deste aqui? — Ela levantou a cabeça e balançou o pé querendo saber minha opinião.

O sapato não tinha nada de especial.

— É bonitinho — respondi distraída —, mas muito parecido com aquele outro seu, com uma fivela.

— É verdade — admitiu ela —, mas aquele é marrom. Este é preto.
— Olhou para mim com um ar zombeteiro e riu.

— Bem, isso faz toda a diferença.

Gretchen riu e depois virou-se para se olhar no espelho.

— Sabe o que acho? — Havia malícia no seu tom de voz. — Que você está escondendo alguma coisa de mim.

Fiquei boquiaberta. Será que estava estampado no meu rosto? Mas bastou essa pequena sondagem. Eu estava mais desesperada para confessar tudo a ela do que eu imaginara.

— Como você adivinhou? — perguntei. — Muito bem, eu *acho* que estou apaixonada por alguém.

— O quê? — Por um instante ela pareceu perplexa, e então seus olhos se arregalaram. — É verdade? Danadinha! Quem é ele? Vou levar este, por favor! — Ela sorriu para a vendedora, tirou os sapatos com displicência e virou-se para mim, na expectativa.

Respirei fundo e disse:

— Seu irmão. — E então dei de ombros e sorri enquanto esperava a reação dela.

Mas, diferentemente de quando estivemos no café, e ela irradiava um brilho no olhar e fazia meneios de cabeça sugestivos, Gretchen se limitou a me fitar por um instante e a dizer:

— Ah, certo. — Antes de virar-se de repente e começar a examinar outra fileira de sapatos. Ela pegou um par roxo de tiras e salto 7,5 e disse à vendedora, que ainda circulava, agora pouco à vontade, por trás dela: — Vou levar este também, tamanho 35, por favor.

— Você não quer experimentar primeiro, para ver se cabe? — perguntei. — Está lembrada do Louboutin?

— Não, não quero, obrigada — disse ela, encurtando a conversa, sem olhar para mim. — Na verdade — dirigiu-se à vendedora, que já ia desaparecendo —, vou levar um par preto, também.

— Você está chateada comigo? — perguntei com delicadeza, sabendo que ela estava, sem de fato entender por quê. Ela havia me encorajado antes, se oferecido para falar a ele sobre mim. O que mudara? Meu coração se acelerou um pouco quando percebi que, inadvertidamente, eu criara o primeiro desentendimento entre nós. — Eu disse alguma coisa que ofendeu você?

Ela olhou para mim, os olhos abertos e inocentes.

— Não!

— Foi por causa do que eu acabei de dizer? Sobre Bailey?

Ela riu, animada.

— Você não acha que é a primeira das minhas amigas que têm uma queda por meu irmão, acha? Tem sido assim desde que eu tinha 15 anos... Talvez até menos. — Pegou um outro par de sapatos, examinou-o e jogou-o no chão sem cuidado. Eu me senti uma idiota. — Bem, detesto ser portadora de más notícias, mas ele acaba de conhecer uma pessoa.

— Ah! — Meu coração esperançoso se despedaçou com a decepção e despencou até o fundo dos meus sapatos velhos e sem graça.

— Ela é brasileira — acrescentou Gretchen, virando-se e me lançando um olhar firme. — Do Rio, eu acho.

— É? — Olhei para a corda no meu colo. — Que bom para ele.

Não dissemos mais nada, apenas esperamos em silêncio a vendedora voltar e colocar as três caixas de Gretchen no balcão e registrar a compra. O único som na lojinha era o do processamento do recibo de Gretchen enquanto ela arrancava o cartão de crédito da máquina.

— Sucesso com os sapatos — disse a moça, olhando com desconforto para Gretchen, depois para mim, quando me levantei.

Gretchen abriu a porta com ímpeto, jogando-a contra a parede com uma força desnecessária, quase me atingindo ao voltar violentamente à posição.

— Ah, desculpe! — apressou-se em dizer para a moça, com uma expressão facial. — É o entusiasmo com meus sapatos novos!

Quando estávamos de volta à rua, eu disse:

— Olhe, vamos almoçar, e aí podemos conversar sob...

— Não posso, sinto muito — retrucou Gretchen, um tanto irritada. — Demoramos mais do que eu esperava procurando suas coisas. Tenho que ir para o estúdio agora.

— Mas é seu dia de folga. — Olhei para ela enquanto ajustava a corda de maneira mais confortável no meu ombro. — Gretch, tenho a impressão de que você está realmente chateada comigo e...

Ela expirou em seguida.

— Não, não estou. Eu preciso *mesmo* ir.

— Mas eu...

— Porra, Alice! — explodiu ela. — A única droga de problema que existe é o fato de você continuar dizendo que há um, quando não há! Eu estou bem, mas agora vou chegar atrasada para uma reunião de trabalho. Como você disse mais cedo, nem tudo gira em torno do que *você* quer e do que *você* precisa, certo?

— Gretchen — disse eu, incrédula —, que diabo você está dizendo? Eu estava brincando quando falei isso. Será que não podemos só...

— Olhe, por favor — a voz dela de repente falhou —, é melhor deixar isso para lá. Desculpe. Não tive a intenção de chatear você. Só estou... só estou um pouco estressada, entende?

— O que está havendo? — perguntei imediatamente, minhas próprias questões deixadas de lado. — Pode me dizer.

— Não está havendo nada — respondeu ela. — Nada importante, de qualquer forma, eu juro. Estou cansada, é só.

Olhei para Gretchen com atenção. Na verdade, ela parecia exausta mesmo por trás da maquiagem.

— Tem alguma coisa que eu possa fazer para ajudar? É trabalho?

— Falando sério — insistiu ela. — Deixe isso pra lá... É bobagem minha, não se preocupe.

Ela deu um passo à frente na rua, acenou e um táxi preto imediatamente parou no meio-fio, o pisca alerta ligado.

— Até amanhã, certo?

Ela se inclinou, me deu um beijo rápido na face e entrou no carro. Seus olhos brilhavam quando fechou a porta, e de repente percebi que estavam cheios de lágrimas.

Observei seus lábios moverem-se em silêncio, quando ela se recostou no assento e deu o endereço. Bati no vidro para fazê-la parar. Alguma coisa não estava nada bem... Nunca a vira dessa forma. Fiz sinal para que baixasse o vidro, mas ela fingiu não me ver. Sorriu e acenou alegre, embora eu tenha visto uma lágrima cair e lhe escorrer pela face. O táxi deu partida, e, instintivamente, me afastei, observando-a olhar furiosa à frente, recusando-se a me fitar. Então ela desapareceu na esquina, deixando-me ali parada na calçada, agarrada à minha corda.

Capítulo Treze

Ela ignorou meus telefonemas pelo resto da tarde, e quando tentei uma nova comunicação ao chegar em casa seu celular estava desligado.

— Esta é a sétima vez que vejo você checar seu celular agora à noite — disse Tom quando nos aprontávamos para dormir. — Algo errado?

— Gretchen está um pouco estranha — confessei. — Estou preocupada, e ela não atende a meus telefonemas.

— Tenho certeza de que não é nada de mais — disse Tom, bocejando. — Mas, na verdade, como posso saber, se nem a conheço ainda, não é mesmo? — Ele afastou o edredom, acomodou-se embaixo dele e pegou seu livro. — Meu Deus, estou exausto! Nunca vi um horário de trabalho igual a esse... Mas vai valer a pena. — Acariciou minha mão e sorriu. — Você vai ver. Bem, sei que é um pouco de descaso meu não ter conhecido Gretchen ainda. Quando as coisas ficarem mais calmas, eu vou, prometo.

— Não tem importância — apressei-me em responder.

Sabendo que Gretchen o considerava apenas alguém com quem eu dividia o apartamento, eu não tinha pressa alguma em apresentá-la a Tom.

— Vou dar um pulo na academia amanhã depois do trabalho — informou ele. — Então, devo chegar um pouco tarde. Por que você não convida sua amiga para vir jantar aqui ou fazer alguma coisa?

Neguei com um movimento de cabeça.

— Vou me encontrar com ela amanhã... Vamos fazer uma sessão de fotos, e, você tem razão, provavelmente não há motivo para ficar preocupada. Ela deve dormir cedo hoje, o sono da beleza.

Entretanto, devo ter deixado transparecer minha preocupação, porque ele colocou o livro de lado e me enlaçou.

— Quer um abraço? — perguntou.

Mas eu queria tirar a maquiagem antes de me deitar, e quando voltei do banheiro ele já havia adormecido, de braços cruzados, o livro aberto sobre o peito. Aliviada, fechei-o e me enfiei na cama a seu lado, apagando a luz.

Dormi mal, sonhando com anéis de noivado deslizando em meus dedos, que em seguida estouravam em minhas mãos — o que foi agradável. Assim, na manhã seguinte, cheguei muito cansada para preparar o estúdio e com a sensação de que precisava de mais três horas de sono para enfrentar o dia. Não sabia como lidar com Gretchen. Deveria agir como se nada tivesse acontecido? Sem mencionar o dia anterior? Não queria que ela pensasse que eu fazia pouco-caso do que obviamente a incomodava, mas também não queria perturbá-la de novo, principalmente momentos antes de uma sessão de fotos.

Descobri, então, que eu tinha um problema ainda mais urgente para resolver. O estúdio já havia recebido a arara com as roupas para o ensaio fotográfico. Ao abri-las, no entanto, percebi que tinham enviado os cabides errados. Estavam repletos de roupas exóticas de alta-costura, muito caras e destinadas à — examinei as etiquetas — revista *Coco*. Fui tomada por um momento de pânico total, mas respirei fundo e olhei para meu relógio. Tinha tempo de sobra até a hora em que as pessoas chegariam. Dava para resolver essa questão.

O que foi uma sorte, porque, quando telefonei para a empresa de RP que enviara as roupas, eles trataram o fato com total descaso.

— As etiquetas caem o tempo todo — disse, indiferente, uma das moças pelo telefone. — Imagino que devam ter se misturado e que a *Coco* tenha recebido sua encomenda. Acho que será possível mandar buscar a arara e fazer a troca amanhã.

O quê? Um dia *depois* do meu ensaio fotográfico? Uma hora mais tarde eu estava numa van absurdamente cara, tentando me manter calma, voando para o outro lado da cidade, depois de pedir ao motorista para chegar aos escritórios da *Coco* o mais rápido possível. Eu nunca trabalhara para eles, mas sabia que gostava de ser considerada *a* revista lançadora de tendências, o que significava que seu departamento de moda, provavelmente, era composto de olheiros e especialistas que percorriam o mundo à procura dos mais recentes estilistas e à cata de mulheres que teciam os mais delicados tecidos à luz de vela no topo de montanhas tão remotas que, para chegar até elas, era preciso trilhar um caminho no lombo de um camelo durante cinco dias. E tive de explicar que as roupas de alta-costura que eles pensavam ter recebido eram, de fato, 12 minitrajes de vaqueiras e uma inovadora máscara equina.

Lutei para tirar a arara da parte traseira do carro, em frente ao elegante prédio de fachada envidraçada, do qual saíam pessoas de extremo glamour. Olharam para mim friamente, quando, com o rosto vermelho, entrei na austera e gélida recepção.

— Posso falar com alguém do setor de moda da *Coco*? — perguntei esbaforida à superelegante recepcionista, de franja assimétrica.

Deu a impressão de uma ilusão de ótica quando ela arqueou uma sobrancelha fria ao me ver suada, debruçada sobre o balcão.

Por fim, depois de explicações constrangedoras, fui conduzida a um grande elevador e informada de que uma pessoa estaria à minha espera no quarto andar. Saí dele para um corredor revestido de centenas e centenas de capas de revistas emolduradas, todas elas tendo em destaque a palavra *Coco*. Não havia ninguém ali, então empurrei minha arara até o final do corredor e deparei... com uma cena que parecia um verdadeiro caos. No escritório, um enorme salão, havia cerca de 30 mesas e muita gritaria vinda de uma delas no centro, onde um homem dizia em voz alta ao telefone:

— Robert, eu não me importo. Tenho um carregamento de tecido xadrez preso no Marrocos e pessoas esperando por ele no meio de um deserto desgraçado.

112

Em outro canto, um grupo de mulheres agitadíssimas amontoava-se em torno de um homem bastante afeminado, dizendo num tom carinhoso:

— Quem é o aniversariante? — O rapaz abria uma pequena pilha de presentes. Ele desembrulhou um enorme óculos escuros e gritou:

— Ó MEU DEUS!... literalmente, AMEI! São TOTALMENTE *COCO*!

— Colocou-os.

As mulheres começaram a cantar:

— "It's gotta be... so *Coco*, It's gotta be... so *Coco*" — imitando a música "So Macho", cantada por Sinitta.

Tive vontade de ir embora. Naquele instante.

Outra mulher passou por mim às pressas, carregando um monte de páginas soltas e jogando-as por sobre o ombro, resmungando:

— Não, não... definitivamente não, essa aqui tem os joelhos caídos... talvez essa, mande a agência trazê-la aqui. — Ela jogou a foto para uma moça tímida a seu lado, que confirmou com um aceno de cabeça e saiu depressa, como o coelho branco.

Ninguém notou minha presença.

Por fim, depois do que pareceram horas, uma moça que estava à mesa levantou o olhar e disse aborrecida, sem um sorriso sequer:

— Posso ajudá-la?

Expliquei a situação e, depois de muitas risadas (como eu ri), na mesa de moda, aquela onde estavam o monte de mulheres cantando e o rapaz gay, trocamos as araras.

— Sabe, isso é *espetacular* — disse resfolegante o gay, enquanto secava as lágrimas e recostava-se na cadeira, exausto com toda aquela animação. — Você estava com uma arara inteirinha de roupas McQueen dentro de um carro e nós tínhamos aqui roupas de míni Dolly Parton... e ninguém notou? Isso é uma delícia! Upa, upa cavalinho! — Ele agora segurava a máscara infame sobre o rosto, e todos gargalhavam.

— Mas, falando sério — ele retirou a máscara por um instante —, acabo de ter uma ideia *extremamente* brilhante. — Empertigou-se de súbito e pareceu absorto, fitando o vazio. Houve um repentino murmúrio abafado no escritório. Todos ficaram quietos, como se antecipando um momento de mudança de vida. — Que tal... que tal fazermos as fotos do couro como um conceito de vaqueira de próxima geração... a *evolução* do couro. Poderíamos pendurar esses trajes em miniatura dela — ele fez um sinal de cabeça em minha direção — em galhos de árvores... juntos a um monte de máscaras de cavalo. Meu Deus, podia ser algo kitsch como o encontro do Velho Oeste com *O Poderoso Chefão*, que, por sua vez, se defronta com a luta urbana. Sela o cavalo, vaqueira, que o papai está de volta! — Ele bateu na mesa, entusiasmado. — Um de vocês comece a localizar uma fazenda, preciso de uma para amanhã. Vamos, gente: *Será que podemos fazer isso?* EU DEVIA PODER, *COCO*! — gritou ele, e as pessoas começaram a pular em meio a grande alvoroço. — Querida, podemos ficar com suas fantasias mais um dia? — Ele se virou para mim.

De repente, lembrei exatamente por que eu queria ser fotógrafa de matérias sobre viagens.

Quando voltei ao estúdio, às 13h42, depois de literalmente lutar para arrancar nossas roupas das mãos dele, mãos saídas de uma manicure, e de ser xingada de puta idiota sem-vergonha que teve o desplante de ofendê-lo, encontrei 12 crianças agitadíssimas, suas acompanhantes, a consultora de moda, uma cabeleireira e uma maquiadora esperando por mim. Estava faminta, cansada e não tínhamos sequer começado. Senti vontade de chorar.

Mas, no momento em que eu estava a ponto de gritar "Olhem para lá!" e então escapar porta afora, Gretchen entrou.

Ela trajava um vestido vermelho vivo da Lucky, disponível apenas para aqueles que entraram na fila de espera, que com suas graciosas mangas bufantes lhe teria conferido um ar reservado, não fosse pelos sapatos altos *peep-toe* de verniz preto. Assemelhava-se a Chapeuzinho Vermelho com uma programação que ia terminar mal para o lobo. Ela encheu a sala com sorrisos e um alto "Oieeee" e "Desculpem pelo atraso... *Oi, meninas!*", dirigindo-se às crianças, que imediatamente se levantaram, correram em sua direção e ficaram em torno dela, felizes, gritando coisas como "Eu conheço você! Vejo você na minha televisão!" e "Gretchen, Gretchen! Venha ver meu vestido!". Uma delas, a meu lado, deu três pulinhos e gritou:

— É ela, é ela! — E bem ali vomitou em cima do meu pé.

Gretchen colocou sua bolsa gigantesca no chão, que caiu aberta revelando diversos saquinhos de papel recheados de balinhas mistas.

— Ah, que legal! — disse uma das acompanhantes. — Você trouxe para as crianças?

— Hum, foi — respondeu Gretchen. — Se quiserem. Podem pegar, meninas!

Esgoelando-se como leitõezinhos, inclusive a que acabara de vomitar em mim, mergulharam nos saquinhos e começaram a disputar para ver quem pegava o quê. Gretchen riu e saiu de perto com sua habitual atitude.

— Ei, Al, tudo bem? — O rosto dela se contraiu com um ar de preocupação ao olhar para mim.

— Acabei de ter uma discussão com um imbecil terrível da revista *Coco* — disse eu, e ri, mas minha voz soou estridente e alta no final.

— O que aconteceu? — Gretchen escutou com atenção, enquanto puxava uma cadeira ao lado do espelho de maquiagem para eu me sentar. — Você precisa tirar esse sapato, Al... Ele está fedendo a vômito.

— Foi tão idiota que eu não devia nem dar importância a isso. O pessoal da *Coco* estava com as nossas roupas e nós, com as deles. O cara queria ficar com os trajes das crianças por motivos idiotas demais para eu chateá-la com isso, mas, quando eu disse que não podia, ele me chamou de puta, e o escritório inteiro ficou em silêncio, escutando. Ele disse que eu jamais voltaria a trabalhar com moda. — Acalmei a voz enquanto tirava o sapato. — Até parece que eu quero.

Gretchen tirou um lenço de papel de uma caixinha próxima, pegou meu sapato e depressa jogou-o na cesta de lixo.

— Isso é que é amizade. — Ela me deu um tapinha no ombro. — Eu não faria isso por mais ninguém neste mundo. — Olhou para minha perna. — Acho que não pegou na calça. Ainda bem que existem calças mais curtas, não é? Não pense mais naquele bicha idiota. Ele provavelmente tem uma vida miserável, faz dietas permanentes para caber em calças apertadas demais.

— Bem, era o aniversário dele — disse eu. — Então, espero que alguém lhe dê um bolo enorme que ele não se permita comer.

— Isso explica — falou Gretchen de imediato. — Ele agora está um ano mais velho também... Você só estava no lugar errado, na hora errada. Com um pouco de sorte, ele vai se sufocar com o bolo por ter sido rude com a minha melhor amiga, o cretino.

— Obrigada — agradeci. Ela me considerava sua melhor amiga? Isso era muito legal! Eu estava dividida entre querer abraçá-la e me sentir mal por ter jogado todo o meu estresse em cima dela quando era *ela* quem estava chateada no dia anterior. — Bem, chega de mim. *Você* está bem?

Ela ergueu uma das mãos com ar displicente.

— Estou, desculpe-me pelo que aconteceu ontem... E desculpe também por eu não ter respondido a seus telefonemas, simplesmente tive uma terrível TPM. Por falar nisso, será que você pode usar todos os truques da profissão hoje, porque estou tão inchada que me sinto como Tessie com suas 10 toneladas *e* sinto um desejo enorme de açúcar que não dá nem para acreditar, mas — baixou a voz e sussurrou — aquelas formiguinhas estão comendo todas as minhas balas!

Não contive o riso.

— Vamos acabar logo com isso, está bem?

Ela concordou com um aceno de cabeça.

— Mas só se sairmos depois para um drinque ou três quando acabarmos.

— Combinado — respondi. — Mas estou sem um pé de sapato.

— Bem, pense em alguma coisa — disse ela. — A gente sempre consegue.

Às 15h45 o efeito do açúcar nas crianças não parecia dar trégua. Elas estavam completamente fora de controle e corriam de um lado para outro como uns demoniozinhos da Tasmânia drogados, o que foi agravado pelo fato de a consultora de moda ter colocado a trilha sonora do filme *High School Musical* muito alta, e elas dançavam e cantavam como loucas. Mas, Gretchen, devo admitir, havia entrado firmemente na brincadeira e pulava como uma lunática, fazendo as meninas rirem de satisfação.

Às 17 horas ela ainda estava firme, mas as crianças começavam a dar sinal de cansaço.

— Você está incrível hoje. — Ri, abraçando-a agradecida. — Muito bom. Acho que devíamos sair e ir beber aqueles drinques... Já tenho tudo o que preciso.

— Exceto um sapato. — Ainda dançando ao som da música de fundo, ela apontou para o meu pé. — A consultora me perguntou por que você está usando só um, então eu disse que era seu "veio" criativo, e ela acreditou... a babaca. Por que não pegamos um táxi e damos uma passadinha na sua casa antes de irmos a um bar para você pegar outro par?

Não fiz nenhuma objeção, pois sabia que Tom ia malhar depois do trabalho e que, portanto, não estaria em casa.

Meia hora depois, mais ou menos, paramos diante do meu apartamento e, tendo destrancado a porta da frente, procurei rapidamente entre um monte de sapatos meus, de Tom e de Paulo — ciente de que o taxímetro estava ligado. Eu havia escolhido um tênis quando Tom apareceu no topo da escada.

— Oi — cumprimentou-me.

— O que você está fazendo aqui? — perguntei, surpresa, olhando para ele.

— Ah, quanta delicadeza! — Ele riu. — Também amo você. Minha reunião terminou cedo e não tive saco de voltar para o escritório, mas a minha roupa de malhar ficou lá, embaixo da minha mesa. Eu corro amanhã. E você?

— Gretchen e eu vamos dar uma saidinha para beber alguma coisa, agora que terminamos as fotos.

— Ela está aqui? — perguntou logo. — Ah, que bom, vou descer para dar um alô.

— Não! Não precisa, só estamos — comecei, mas ele já estava a meio caminho, e quase do lado de fora. Em pânico, fui atrás dele.

Gretchen havia abaixado o vidro do carro, e Tom estendeu uma das mãos pelo espaço aberto.

— Oi, Gretchen, eu sou Tom — apresentou-se, descontraído.

Ela observou a roupa de trabalho dele e disse:

— Ah, oi! Alice já me falou bastante sobre você.

Tom riu e disse o que todos dizem nessas circunstâncias:

— Falou bem, espero.

Prendi a respiração. Ela sabia que *alguma coisa* havia existido... talvez ainda existisse... entre mim e Tom, mas sabia também que eu sentia uma paixão imprópria por seu irmão. Ainda assim, disse imediatamente:

— Claro... tão bem que quase não dava para acreditar. — Ela manteve o olhar fixo nele. — Então, está chegando do trabalho agora?

— É, trabalho para uma firma de consultoria na cidade.

— Ah, é? Qual delas? — perguntou Gretchen educadamente.

— Holland e Grange — respondeu ele, com as mãos nos bolsos.

Sentindo-me culpada, corri para o outro lado do táxi e abri a porta sem cuidado, ansiosa para ir embora dali.

— Tchau, Tom — despedi-me. — Desculpe pela correria... taxímetro ligado, você sabe. — Notando que Gretchen não estava olhando, mandei um beijo rápido para ele.

— Divirtam-se — disse ele. — Prazer em conhecê-la, Gretchen.

— Igualmente — respondeu ela.

O carro deu partida, e, curiosa, ela se virou para olhá-lo, observando-o voltar para o apartamento.

— Bem — observou ela —, ele não é, de *maneira alguma*, como eu imaginava.

Capítulo Catorze

— Sinceramente, Al, eu não tive a intenção. Foi somente um desses comentários irrelevantes que as pessoas fazem.

— Certo, qual *era*, então, a sua expectativa em relação a Tom? — pressionei com insistência.

Incomodava-me, sem dúvida, o fato de que Gretchen obviamente fazia uma ideia preconcebida de Tom, mas não me dizia qual era. Com toda a certeza, eu nunca o descrevera para ela. Quase não falávamos sobre ele! Era claro que imaginara meu "companheiro de apartamento" como sendo muito menos... convencional.

— Ah, deixe para lá — disse ela, sem maldade. — Vou rapidinho ao banheiro e depois pego uma bebida para nós. Uma garrafa de vinho branco?

Esperei por Gretchen à mesa por um tempo que pareceu infindável. Sem cuidado, ela colocou duas taças e a garrafa de vinho sobre a mesa e disse:

— Você *está* me devendo uma.

No mesmo instante, peguei minha bolsa.

— Tem toda razão, desculpe. Quanto foi?

— O quê? — Ela olhou, confusa, mas logo compreendeu. — Não é a bebida... Eu telefonei para Bailey e contei sobre a sua paixãozinha por ele.

Estupefata, olhei para Gretchen. Ela havia feito *o quê*?

— Acontece que a garota de Ipanema foi mais uma atração passageira do que um caso realmente sério — disse ela, com certa astúcia, enquanto me servia uma taça bem cheia e passava-a para mim.

Apesar do choque e do pânico quando os acontecimentos tomaram um rumo tão alarmante sem meu conhecimento, não me contive.

— E o que ele disse? — perguntei baixinho.

— Ele se sentiu muito lisonjeado — respondeu ela.

Minhas entranhas se revolveram e encresparam como papel queimado. Queria morrer. Aquilo era extremamente embaraçoso. Ele se sentiu *lisonjeado*? Assemelhava-se à resposta cuidadosa enviada por e-mail a uma fã: "O sr. Clooney sente-se muito *lisonjeado* por você ter lhe enviado uma fotografia de seus seios e algumas de suas roupas íntimas, mas está em filmagem até o final de 2008 e, durante todo este ano, não poderá aceitar seu delicado convite para casar-se com ele."

Gretchen deve ter notado minha reação, porque fez a seguinte observação:

— Isso não é ruim, Al. Basta ficar atenta a esse espaço. É só o que estou tentando dizer.

Ficar atenta a esse espaço? Não *havia* nenhum espaço... Tom já o preenchia.

— Mas Gretchen... — retruquei de imediato.

— Não precisa dizer nada, Al, tenho tudo sob controle — interrompeu com ar superior.

— Mas...

— Ah, que maravilha! — exclamou, quando notou algo por trás de mim. — Olhe, eles estão organizando um karaokê!

Olhei para um pequeno palco em frente ao bar, onde se via um homem ajeitando um microfone.

— Você vai cantar uma música comigo, não vai? — perguntou Gretchen ansiosa.

Por uma fração de segundo me imaginei cantando, numa deplorável apresentação, "I Will Survive", sob um refletor solitário — Tom, traído e magoado, entre os presentes, fitando-me com raiva, e Bailey, braços sobre os ombros de uma moça bonita como uma modelo, um sorriso compassivo antes de me jogar um beijo e deixar o local. Nossa! Porra, por que ela foi dizer a Bailey que eu estava gostando dele?

— Não, obrigada — respondi num sussurro.

Mas Gretchen não admitia recusa. Uma hora mais tarde, continuava insistindo:

— Ah, por favooor?

Desde a hora em que chegamos, o bar ficara repleto, e o calor era sufocante. Eu já estava um pouco desidratada do vinho e começava a me sentir como se estivesse numa sauna em que alguém jogava com regularidade o suor de outras pessoas sobre os carvões. Precisava desesperadamente de ar. Na verdade, queria mesmo era ir embora dali.

— Acho que a gente devia encerrar por aqui, Gretch — disse eu.

— Ah, mas olhe! — Encantada, indicou o palco com a cabeça, onde quatro moças dançavam animadas ao som de "Wake Me Up Before You Go Go". — Elas estão se divertindo à beça. Vamos, se anime!

— Gretch, por favor! Eu realmente não estou a fim.

— Sabe de uma coisa? — Ela bebeu o último gole do vinho. — Vou sozinha cantar com elas.

— Você nem sequer conhece as moças!

— Elas não vão se importar. Você me espera aqui? — Gretchen me entregou sua taça vazia.

— Está bem — respondi com relutância. — Depois, então, eu acho que a gente devia ir embora, certo? — Ela estava se saindo bem demais para uma pessoa com uma terrível TPM. Eu estaria deitada no sofá chorando ao ver os comerciais da Associação Protetora dos Animais, comendo um pacote inteiro de biscoitos e, então, discutiria com Tom sem nenhuma razão aparente.

Ela saiu, e eu a observei subindo ao palco, de salto alto e vestido vermelho, sob os assobios de admiradores entre os presentes — alguns dos quais imediatamente pegaram seus celulares para tirar uma foto. Ela pôs um braço em torno de uma das moças, que no início pareceu um pouco surpresa, porém depois abriu um largo sorriso, puxando sua nova amiga famosa para o grupo — provavelmente bêbada.

Entretanto, era óbvio que Gretchen decidira que ia ser a cantora principal e foi para o microfone, o que não pareceu incomodar muito as moças, com exceção da líder do grupo, que ficou um pouco irritada quando Gretchen começou a pular animada a seu lado. Por sorte, a música chegava ao final, e, como todos começaram a bater palmas e a aclamar, procurei ver na minha bolsa se eu tinha dinheiro suficiente para o táxi. Mas então ouvi Gretchen dizer ao microfone:

— Não, não... toquem esta mais uma vez!

Ergui o olhar e vi as moças deixando o palco, lançando-lhe olhares curiosos. Gretchen ignorou o rapaz que montara o karaokê e que agora se inclinava e tentava falar com ela.

— Não! — repetiu ela claramente pelo microfone. — Somente mais esta... continue! Uma vez mais! — Inclinou-se e apertou um botão no monitor. Soaram então os primeiros acordes de "Wake Me Up" de novo, e ouviram-se algumas vaias e assobios, mas ela os ignorou e começou a cantar.

O rapaz, irado, aproximou-se e desligou o aparelho. A música parou.

— Ei! — exclamou Gretchen, aborrecida. — Ligue isso... agora. — O microfone caiu da sua mão e ouviu-se um som abafado. Chiou um pouco, enquanto eles gesticulavam, e ela o brandia pelo palco. O rapaz tentou agarrá-lo, mas Gretchen conseguiu se esquivar e gritou: — Muito bem, eu não preciso da música... vou cantar de qualquer jeito, e vocês não podem me impedir.

O que ela estava *fazendo*? Eu tive de rir... Maluca! Coloquei a mão sobre a boca e tentei conter o riso quando ela começou a cantar "Wake Me Up" a capela. Ouviram-se alguns gritos de "DESCE daí!" e "Cala a boca, louraça!" dos presentes.

Mas Gretchen os ignorou, começou a agitar os braços e dar chutes de um lado para o outro, enquanto cantava. Era como se eu estivesse vendo meu pai, meio bêbado, dançando ao som de "New York, New York", no final de uma festa de casamento, só que com um pouco mais de coordenação e pernas bem mais bonitas.

Ela começava a respirar com dificuldade. O organizador subiu ao palco e segurou-a pelo braço. No momento em que ele a tocou, ela parou de repente e gritou:

— NÃO toque em mim.

E lhe lançou um olhar furioso.

Assustado, o homem afastou-se para a extremidade do palco, mãos erguidas, e fez sinal para um dos garçons. Ele acenou com a cabeça e pegou um telefone.

Enquanto isso, Gretchen estava estranhamente imóvel e segurava o microfone no meio do palco, de olhos fechados, ainda cantando. Não entendi o que ela estava tentando fazer — será que queria deixar claro que só pararia quando bem entendesse? Não que ela tivesse uma voz ruim, na verdade, era uma bela voz, surpreendentemente grave e sensual, mas percebi, então, que alguma coisa não estava bem. Ela segurava o microfone como se sua vida dependesse daquilo. As pessoas no bar haviam se calado e começavam a sussurrar entre si, curiosas. Todos olhavam para ela. Vi uma mulher tocar de leve o lado da cabeça e revirar os olhos gesticulando para a amiga.

— Uu uuuu uu uu uu, uuuu uu uu uu uuuuuuu...

Gretchen havia começado a fazer o solo da guitarra, e então percebi que ela não ia parar e que já não era mais engraçado. De repente, completamente sóbria, vi abrir-se uma porta nos fundos do bar e entrarem dois seguranças com uma expressão assustadora. Peguei nossas bolsas e forcei passagem entre os presentes até chegar à frente. Os garçons diziam algo aos seguranças e apontavam para Gretchen. Com um gesto de compreensão, os homens se dirigiram para o palco. Mas eu cheguei primeiro e estendi minha mão para segurar o braço de Gretchen. Ela continuou cantando.

— Gretch? *Gretchen.* Você tem que parar.

Todos olharam para nós quando um dos seguranças subiu os degraus pelo lado esquerdo do palco. Segurei-a com força de forma protetora e puxei-a em minha direção. Ela deixou cair o microfone e abriu os olhos, parecendo surpresa de se encontrar ali.

— Eu só quero cantar — disse ela. — Deixem-me cantar.

— Não toquem nela! — gritei de forma ameaçadora, quando o segurança se aproximou, e arrastei-a para fora do palco. Puxando-a pelo meio da multidão, impelindo-a a andar mais depressa naqueles saltos altos, empurrei-a escada acima, passando pelo hall de entrada, e ela começou a rir de maneira descontrolada, como se estivéssemos participando de um jogo. Obriguei-a a sair, e o ar da noite nos atingiu em cheio quando chegamos à rua. Ela tropeçou, e eu a segurei pela mão para que não caísse. — Gretchen, você está bem? — perguntei, preocupada.

Ela levantou a cabeça e olhou para mim, e sob o neon da placa do bar percebi que suas pupilas estavam enormes, como duas poças. Ela continuou com as risadinhas. Com um sentimento de tristeza, compreendi por que ela demorara tanto nas idas ao banheiro. Gretchen estava totalmente drogada!

Por fim, consegui um táxi para nós duas. Ela recomeçara a cantar baixinho. Depois de dar meu endereço, recostei-me, exausta, e fiquei calada por alguns minutos. Tinha tanta coisa que eu queria perguntar que não sabia por onde começar. Lembrei-me do dia anterior, quando ela esteve a ponto de chorar. TPM uma ova. Havia, obviamente, muito mais do que apenas isso, algo que ela não queria me contar. Quebrei a cabeça pensando. Seria, talvez, por causa de algum namorado? Mas seu último namorado de fato fora um rapaz babaca de um grupo de música pop, e isso já fazia séculos.

Pela janela do carro Gretchen fixou o olhar do lado de fora, olhos brilhando com intensidade como se estivesse esperando pela próxima brincadeira. Por fim, como se estivéssemos dando uma paradinha depois de uma noite agradável no teatro, ela perguntou, alegre:

— Então, estamos voltando para sua casa?

Olhei para ela incrédula.

— Estamos, sim. — Fechei os olhos por um instante. Queria apenas que o dia terminasse. Para mim bastava.

— Ahhh, olhe! — exclamou ela, de repente animada, quando passávamos por um edifício. — É uma igreja! Vamos parar e entrar! — Tentou abrir a porta do táxi. — Puxa! — disse ela frustrada, quando a maçaneta que estava com a trava automática não cedeu. O motorista olhou pelo espelho retrovisor, aborrecido. — Não consigo sair. Abra aqui para mim, Alice, quero ter uma conversa com Deus. Preciso contar algumas coisas a ele. Vamos descer e fazer uma visita a Deus *agora*.

— Gretchen! — Tentei impedi-la rapidamente. — O carro está em movimento! Não faça isso... é perigoso!

Mas sua insistência era incontrolável e então tive de tirar a mão dela da maçaneta. Ela riu e se jogou para trás no assento, arquejando e tamborilando sobre a perna. Em seguida, começou a cantarolar.

Dirigi-lhe um olhar assustado e incrédulo. Que diabo ela havia tomado naquele banheiro? Eu não era ingênua a ponto de achar que uma pessoa que exercia aquele tipo de trabalho estivesse totalmente livre da influência de drogas, mas, mesmo assim, ela parecia em um mundo à parte. Ela queria falar com *Deus*?

Quando a igreja desapareceu de vista, no entanto, ela se aquietou. Chegamos a meu apartamento cinco minutos depois, e finalmente consegui convencê-la a entrar, minha voz muito mais calma do que de fato eu estava. Eu sabia que Tom já estaria dormindo fazia muito tempo, porque ele tivera aulas à noite, então o caminho estava livre, mas Paulo ainda estava assistindo à televisão e fazia exercícios para os bíceps com pesos enormes.

Ele ergueu a vista quando entramos e imediatamente colocou os pesos no chão, expressando admiração ao ver Gretchen. Afastou do rosto os cabelos pretos, molhados de suor, e lhe estendeu a mão depois de enxugá-la na parte anterior da camisa.

— *Hola* — cumprimentou-a com todo o charme, e percebi que ela não tirava os olhos dos ombros bem-desenvolvidos do rapaz... Desenvolvidos demais, em minha opinião... E abdômen absurdamente definido. — Muito prazer, Paulo.

— Oi, Paulo. Vou passar a noite aqui. — Ela deu um sorriso sedutor e uma risadinha em seguida.

Ahhhhh não, não. Essa era a última coisa que alguém poderia desejar.

— Boa noite, Paulo — disse eu com firmeza e segurei Gretchen pela mão.

Conduzi-a pelo corredor, fechando depressa a porta de nosso quarto para não acordar Tom. Ela viu apenas o contorno do corpo dele na cama ao esticar o pescoço para olhar para dentro do quarto escuro.

— Ele é adorável, Alice — disse ela, devagar. — Posso ficar com ele agora que você não está mais interessada? — Ela soluçou de leve. — Eu acho ele perfeito. — Tom? Perfeito? Meu Deus!, ela estava mesmo fora de si. — Ou posso ficar com o outro. Como é mesmo o nome dele?... Mario. Não me importo. Ele é muito bonito. É solteiro?

— É, sim, mas já está na hora de ir deitar, Gretch — disse eu baixinho. — Você pode dormir aqui.

Abri a porta de meu antigo quarto, agora meu escritório, e tirei as coisas que estavam em cima da cama desfeita.

— "Quarto" legal. — Ela abriu aspas com os dedos e riu agitada, jogando-se sobre o colchão. Depois deu um bocejo tão grande que eu vi todos os seus dentes no fundo da boca. — Quero dormir agora.

Talvez ela estivesse apenas alta.

— Você acha que vai conseguir descansar um pouco? — perguntei, e ela confirmou com um gesto.

— E você? Onde *você* vai dormir? — Ela deu uma risadinha.

— Durmo no sofá. — Menti, e registrei na mente que deveria me levantar cedo, antes de Gretchen, para que ela não descobrisse. — A gente se fala de manhã então, está bem? — disse eu, cobrindo-a com um edredom. Não havia um lençol ali, mas ela não pareceu se importar, seus olhos já estavam fechados. Fechei a porta com cuidado ao sair.

Na manhã seguinte acordei com um sobressalto por ter passado da hora. Tom já havia saído para o trabalho e eu me levantei rapidamente, a cabeça latejando, me arrastei de robe pela casa. Será que ela já estaria de pé? Devia estar num sono pesado. Olhei para meu relógio... Ainda bem que teria uma sessão de fotos somente à tarde. Eu teria tempo suficiente para acordá-la e descobrir o que afinal acontecera na noite anterior.

Fui na ponta dos pés até meu escritório e empurrei um pouco a porta.

A cama estava completamente vazia... Ela havia desaparecido.

Capítulo Quinze

Gretchen não estava em lugar algum. Na sala de estar não havia sequer um bilhete, nada, somente seus sapatos de verniz... despontando por baixo do sofá, uma lembrança um tanto perturbadora da Bruxa Malvada em *O Mágico de Oz*. Ao lado deles, largada, estava a bolsa dela. Cheguei até a ficar de quatro e olhar sob o sofá, porém, o que não foi surpresa alguma, ela não estava lá. Aonde poderia ter ido descalça e sem a bolsa?

Voltei para o corredor e dei de cara com Paulo, com uma confortável camiseta, calças de ginástica de cintura embaraçosamente baixa e enormes tênis de basquete.

— *Hola*, Alice — disse ele, apressado.

— Você por acaso viu a Gretchen...? — comecei, mas ele deu uns tapinhas em seu relógio e disse:

— Muito atrasado para a academia, desculpe. — Olhou de relance para seu quarto... A porta estava encostada... Então desceu afobado os degraus, batendo a porta da frente ao sair.

Por que estaria tão evasivo? Parecia até que eu o havia acusado de ter sequestrado Gretchen para *seu* quarto na calada da noite...

Ah, meeeeeerda.

Não, não era possível. Ela não pode ter feito isso. Não dirigira mais que uma frase a ele na noite anterior! Eles *mal* haviam se conhecido.

Ainda assim, me vi na ponta dos pés, indo com curiosidade até o quarto dele.

Muito, muito devagar, prendendo a respiração, segurando meu robe com uma das mãos e com a outra empurrando a porta, espiei para dentro do quarto.

A cama estava desfeita, mas vazia. Graças a Deus! Suspirei.

Porém, isso ainda não esclarecia onde diabo ela se metera. Não havia tantos cômodos assim em nosso apartamento para alguém se perder nele.

Olhei em todos os cantos da casa e — apesar de saber que não fazia sentido porque isso não era uma brincadeira bizarra de esconde-esconde, na qual ela iria colocar a cabeça para fora por baixo da pia e gritar "Ganhei!" — olhei mais uma vez.

Gretchen havia simplesmente desaparecido, sem deixar vestígios. Eu afundei no sofá e tentei raciocinar. Não consegui, então telefonei para Tom.

— Bem, ela não estava no seu antigo quarto quando me levantei hoje de manhã, disso eu tenho certeza — informou Tom. — Espere um minuto, Al... Sim, falo com você em dois segundos — disse a alguém no outro lado da linha. Escutei sons de telefones tocando, o ruído típico das atividades de um escritório, e então ele voltou a falar comigo. — Al, tenho que ir agora, as coisas estão muito confusas hoje de manhã. Ligo para você mais tarde, te amo. — E desligou.

Eu me sentei ali pensando se deveria chamar a polícia, mas não sabia o que dizer. "Minha melhor amiga ficou bêbada, e pode até ter se drogado, na noite passada, eu a botei na cama e agora ela está desaparecida." Eles me mandariam catar coquinho.

Peguei a bolsa de Gretchen e a examinei. Lá estavam o celular, uma carteira, alguns itens de maquiagem, um elástico de prender cabelo — nada que me desse alguma pista. Peguei o telefone dela: estava ligado.

Então tive uma ideia. Bailey. Eu podia telefonar para ele. Sua irmã havia desaparecido, e eu estava preocupada. Ele precisava saber.

Ahhh, mas eu não queria telefonar para Bailey. Ele já sabia que eu gostava dele. Eu pareceria uma adolescente perseguindo-o. Muitíssimo obrigada, Gretchen, pensei irritada, enquanto folheava a agenda de endereços dela e o nome do irmão me saltou aos olhos. Parei. Eu não queria *mesmo* fazer aquilo, mas ela *havia* desaparecido... SACO! Respirei fundo e, antes de mudar de ideia, liguei.

— Grot, *por favor*, não enche — disse uma voz sonolenta. — Ainda estou na cama...

Meu Deus! E se ele não estiver sozinho...

— Bailey, sou eu, Alice — disse, tentando me concentrar apenas no assunto em questão. — Nos conhecemos num café, lembra?

— Ah, claro! — respondeu ele depressa, e eu o imaginei sentando na cama. — Desculpe! Espere... você *está* no telefone da minha irmã, não é?

— É. — Respirei fundo. — Acho que aconteceu alguma coisa...

Ansiosa, esperei por ele num café, com a bolsa de Gretchen, na qual eu também havia colocado os sapatos dela. Às 10h30 a porta se abriu e ele entrou com um ar preocupado e parecendo cansado.

Não consegui me controlar. Meu coração disparou logo que o vi e, nervosa, tirei do rosto os cabelos recém-lavados e ajeitei uma dobra na blusa preta de decote um pouco maior que o normal, enquanto tentava não pensar no fato de que Gretchen lhe contara sobre minha súbita paixão. Havia coisas muito mais importantes com que me preocupar. Eu me levantei meio sem jeito e lhe entreguei a bolsa imediatamente.

— Oi, Alice. — Ele deu um sorriso tímido. — Ah, isso é dela, não é? Obrigado. — Ele pegou a bolsa da minha mão e colocou-a sobre a mesa entre nós. Então, puxando uma cadeira em frente a mim, sentou-se pesadamente. — Desculpe por você ter se envolvido em tudo isso.

— Tudo bem.

— Na verdade, não está nada bem. — Ele se recostou e me fitou. — É muito frustrante e... bem, triste, eu acho. Ela não tinha uma recaída como essa fazia um bom tempo, e dava quase para se acreditar que ela estivesse bem, mas aí... — Ele suspirou. — Dá para ver que ela não está bem mesmo. Pobrezinha.

Eu não tinha ideia do que ele estava falando.

— Ela deve ter interrompido, é isso, para entrar numa crise dessas. Ela não fazia uma besteira dessas há tempo.

— Interrompido o quê? — perguntei.

— O lítio — respondeu ele, surpreso com a minha pergunta.

Devo ter demonstrado meu total espanto, porque ele cravou os olhos em mim e disse, bem devagar:

— Que merda... Ela não contou a você, não é?

— Lítio? — repeti, quando comecei a entender. — Já ouvi falar sobre isso.

Bailey, porém, olhava para a mesa e depois cobria o rosto com as mãos, sussurrando por entre os dedos:

— Merda, merda, merda. — Ele suspirou, levantou a cabeça e disse simplesmente: — Gretchen é maníaco-depressiva. Achei que você soubesse. Desculpe.

Fitei-o sem conseguir dizer uma palavra.

— Eu supus... — continuou ele sem jeito, com a voz embargada. — É que ela fala muito sobre você, comenta como é atenciosa. Achei que teria contado. Gretchen, em geral, é bastante franca sobre essa questão... Embora isso tenha lhe custado muitas amizades no passado. Deve ter sido essa a razão para não falar dessa vez, preocupada com sua reação. Ah, droga, eu sou um *tremendo* idiota! — Parecia furioso consigo mesmo. — Onde está o garçom? Eu preciso de uma colher bem grande — disse ele tentando aliviar o clima, mas sem nenhum sucesso.

Minha mente era um verdadeiro turbilhão e retornou aos acontecimentos da noite anterior: ela cantando e tentando sair do táxi em movimento... Então Gretchen não estava bêbada nem drogada? Era maníaco-depressiva? Por que não me contou?

Bailey estava olhando para mim com bastante atenção.

— Você parece muito espantada. Não me leve a mal, mas sabe o que é ser um maníaco-depressivo? Não precisa ficar assustada, Alice, ela não é maluca.

Ele esperou, mas eu não disse nada. Só conseguia ver a mão dela apertando a maçaneta da porta várias vezes no assento traseiro do táxi. E se não estivesse travada? E se...

— Quer que eu tente explicar? — Bailey perguntou com gentileza.

— Você sabe como é estar sob o efeito de drogas, não é?

— Na verdade, não — respondi. — Já sopraram fumaça em mim, quando estava na universidade, ou algo assim.

— Você quer dizer que alguém soprou a fumaça para dentro da sua boca? Isso é uma peruana. — Ele riu um pouco da minha ingenuidade.

— Estou perguntando porque... — Ele fez uma pausa e respirou fundo. Ficamos ali quietos e em silêncio por alguns minutos, enquanto ele parecia organizar seus pensamentos.

— Imagine — disse ele, por fim — que você tenha tomado uma droga. A sensação é de uma felicidade extática, e é como se o mundo fosse maravilhoso. Você acredita que não existe nada que não possa fazer. Não sente necessidade de dormir e tem tanta energia que não consegue ficar parada. Começa então a ter ideias fantásticas e a fazer planos que antes não acreditava viáveis... Mas então passa a achar que *qualquer coisa* é possível. Dinheiro, outras pessoas, todo o resto é irrelevante... Você não se inibe mais, não é reprimida por nada nem por ninguém. Na verdade, se acha extremamente atraente e imagina que *todos* querem escutar o que tem a dizer. Acha-se sedutora e deseja ser seduzida ao mesmo tempo. Só quer dançar, dançar e correr sem parar. É como seguir em alta velocidade num conversível, numa estrada aberta, ao pôr do sol, seus cabelos soltos ao vento.

Prendi a respiração: parecia maravilhoso. Eu queria fazer tudo isso... com ele.

— Mas então — continuou Bailey — tudo se acelera. A sensação é a de que alguém grudou seu pé ao acelerador, e você não consegue removê-lo. Você sai numa disparada perigosa pelos cruzamentos, e suas ideias começam a ficar desconexas e confusas. Fica ansiosa, e as pessoas à sua volta começam a assustá-la e a aborrecê-la.

— Sem o menor aviso, você começa a se ver sob a nuvem mais escura, mais negra que já viu, mas não tem ideia de onde está ou de como chegou ali. Toda essa energia frenética começa a se avolumar... Trovões começam a ribombar no céu sobre sua cabeça... Há o fulgor de um relâmpago que faz você pensar que está ouvindo e vendo coisas que talvez não sejam reais. Você percebe essa confusão mental, e o medo se apodera com tal intensidade que você começa a gritar, mas então as pessoas se aproximam e a contêm. Você não sabe quem elas são, então tenta se proteger, se debatendo, mas elas seguram você, apesar de você tentar lutar e manter o controle...

Congelei onde estava. O ruído ao fundo do café pareceu desaparecer. Eu só tinha consciência da presença de Bailey e do que ele dizia.

— De repente, você acorda, sem se lembrar como adormeceu, sob essa chuva pesada e implacável que não para, e se sente triste e abandonada como nunca na vida. Não consegue enxergar como isso tudo vai terminar. Começa a se lembrar de todas as coisas terríveis e embaraçosas que fez enquanto esteve dopada. Sente muita vergonha e não quer ver ninguém. É como se você não tivesse nada a oferecer ao mundo... E o mundo parece não ter nada a lhe oferecer também.

Uma garçonete sorridente e atenciosa apareceu ao nosso lado e perguntou numa voz suave e cantada:

— Querem pedir agora?

— Hum, um café, por favor — pedi, tomada de surpresa por essa interrupção.

— Para mim, também — disse Bailey. — Com leite. Obrigado.

Ela desapareceu e nos deixou em silêncio.

— O cérebro de Gretchen faz tudo isso que acabo de descrever para você — continuou Bailey, determinado, enquanto me encarava. — Ela não precisa tomar nada para induzir esses sentimentos, embora, sem dúvida, as drogas e as bebidas que ela *de fato* toma não ajudem. Basicamente, ela tem esse desequilíbrio químico no cérebro. Os médicos não sabem o que causa nem por que de repente isso ocorre... Pode ser hereditário, eles não têm certeza. De qualquer forma, ela foi diagnosticada como maníaco-depressiva três anos atrás.

— Ela já desapareceu assim antes? — consegui, por fim, perguntar.

Ele confirmou com um movimento de cabeça.

— Então você sabe onde ela está?

Ele negou com outro movimento.

— A única coisa que podemos fazer é esperar. Aguardar um telefonema dela ou de uma outra pessoa. Não há nada realmente que possamos fazer. — Ele deu de ombros, desanimado.

Olhei para ele inquisitivamente, tentando imaginar como eu me sentiria se Phil desaparecesse assim, confuso e vulnerável, e estivesse em algum lugar onde nenhum de nós pudesse alcançá-lo, pegá-lo e simplesmente protegê-lo. Bailey desviou o olhar e fixou-o na mesa.

— A única coisa a fazer é esperar?

Ele fez um gesto positivo com a cabeça.

— Isso deve ser muito difícil.

Ele deixou escapar um riso de desespero.

— Você nem pode imaginar. Ao mesmo tempo em que espera por um telefonema, também teme isso, caso, Deus nos livre...

Não dissemos nada por um instante. A pausa parecia interminável. Tive vontade de me aproximar, colocar minha mão sobre a dele, mas não queria que ele interpretasse errado o meu gesto.

— E, aí, quando ela aparecer — perguntei em seguida, tentando ajudar —, o que vai acontecer?

— Eu tento levá-la de volta a um hospital psiquiátrico.

Inspirei de forma brusca, logo imaginando paredes brancas, corredores ressonantes, janelas com grades e camisas de força. Não consegui evitar.

— Não é como você está pensando — disse ele rapidamente, percebendo minha expressão facial. — É totalmente voluntário, e é um hospital particular. Ela não é internada contra a própria vontade ou coisa assim, mas tem que ir, porque pode chegar a certos pontos no ciclo que acabei de descrever em que não tem o menor controle sobre o seu humor... Existe o risco de ela ficar tão desesperada, incapaz de readquirir o controle, que chegue a atentar contra a própria vida, sem sequer ter *consciência* do que esteja fazendo. Não quero entrar em detalhes; basta dizer que isso já aconteceu no passado.

A garçonete reapareceu e, desajeitada, colocou nossos cafés sobre a mesa, derramando um pouco do líquido escuro nos pires.

— Ah! — exclamou ela. — Espero que gostem. — E desapareceu novamente.

Fiquei completamente horrorizada com o que Bailey acabara de me dizer. Quase não pude acreditar. Gretchen? A bela, divertida e corajosa Gretch? Era como se eu entrasse num elevador e descobrisse que ele não estava onde eu esperava que estivesse — apenas um enorme espaço vazio sob os meus pés.

— É só uma precaução, Alice — disse Bailey de imediato. — Parece terrível, mas ela já passou por isso antes, e superou. É provável que venha a acontecer de novo no futuro e, apesar de tudo o que acabo de contar, é, na verdade, controlável, posso garantir. O desequilíbrio pode ser tratado com uma medicação. Se tomar os remédios e for ao médico com regularidade, ela é totalmente normal. Pode acreditar, agora estou virando especialista. Acho que já li todos os livros e estudei o assunto em todos os sites da internet. — Ele tentou sorrir.

— Na noite passada... — Eu tentava, muito devagar, entender toda a situação. — Ela estava se comportando... de uma maneira bastante estranha. Foi por isso? Ela tinha parado de tomar os remédios, você acha?

— Parece que sim. Eu só sinto ter sido tão indiscreto e contado tudo a você dessa forma... Ela vai me matar. — Ele parecia arrasado. — Ela é muito reservada. Nossa, como sou idiota! — Bailey cobriu o rosto. — Simplesmente não me ocorreu que ela não tivesse lhe contado. Você parece tão controlada, o tipo de pessoa em quem ela podia confiar.

— Na verdade, não nos conhecemos há muito tempo — disse eu devagar. — Somos ótimas amigas, mas...

— Eu achava que as mulheres conversavam sobre todas as coisas — revelou ele corajosamente, fitando-me, e por um ingênuo momento pensei que ele estivesse se referindo à minha atração por ele. Porém seu sorriso desapareceu num instante. — Mas ao mesmo tempo fico imaginando quando seria a hora certa de se falar sobre coisas como essa.

Sim, quando? Pobre, pobre Gretchen.

— Você não vai desaparecer, vai? — perguntou ele, ansioso. — Eu sei que é um pouco demais para entender, parece muito pesado, mas ela precisa da companhia de bons amigos agora, Alice.

Olhei para ele.

— Claro que não vou desaparecer.

— Obrigado. — Ele pareceu muitíssimo aliviado. — Ela vai superar isso, garanto. E obrigado por me telefonar e se encontrar comigo. — Houve um momento de silêncio, e em seguida ele disse: — Eu ia mesmo telefonar para você.

Meu coração disparou na expectativa. A mão dele estava sobre a mesa, em frente à minha. Fiquei imaginando o que eu sentiria se ele me tocasse.

— Gretchen me disse... — começou ele.

— Estou sabendo, bem... — interrompi-o com rapidez, ruborizando.

— Ela não devia. Quero que saiba que geralmente não adoto a tática de uma adolescente de 15 anos, ou seja, "Minha amiga gosta de você".

— Eu ia dizer que Gretchen me contou que você e seu namorado terminaram.

— Nossa! — exclamei, e pensei que se houvesse um buraco ali por perto eu me enfiaria nele.

Bailey riu.

— Não fique com essa cara... Está tudo bem. Tenho que ser sincero. Ela falou sobre você, *sim*, mas acho que queria garantir que eu não perderia a chance mais uma vez. Eu ia ligar para você no dia seguinte àquele em que nos conhecemos, mas Gretchen me disse que você estava num relacionamento sério. Tem razão, ela não devia ter interferido, mas foi bom, assim mesmo.

Eu estava num relacionamento sério? Ela havia sido muito mais perspicaz sobre mim e Tom do que eu imaginara?

— Vamos nos sentar um pouco lá fora? — convidou ele. — Tem um tempinho?

Eu teria parado tudo por ele.

Pagamos, e Bailey caminhou na minha frente, abrindo a porta e saindo aliviado para a claridade da manhã. Ele encontrou um banco na Leicester Square entre os londrinos, que, aglomerados sobre a grama, abriam seus sanduíches de almoço. Eles voltavam os rostos agradecidos para o sol como flores, aproveitando uns instantes de paz, longe dos telefonemas e dos e-mails dos escritórios.

— Então — disse Bailey, tentando adotar um tom mais descontraído quando se sentou —, que assunto pesado e impróprio devemos escolher da próxima vez que eu convidar você para sair? Direitos humanos na China, talvez?

— Você parece bem calmo em relação a tudo — disse eu, pensando: *"Da próxima vez que você me convidar para sair?"*

— Eu preciso. Qual é a alternativa?

E aí ele deu um risinho trêmulo. Acho que foi essa centelha de vulnerabilidade que me fez superar todas as preocupações que eu tinha sobre ser malcompreendida. De forma instintiva, estendi o braço, peguei a mão dele e simplesmente a segurei... Porque eu sabia que ele precisava disso.

Ele não disse nada. Ficamos ali parados, de mãos dadas. Eu temia me mexer, para ele não achar que devia soltar a minha mão, mas ele não fez isso.

Por fim, o momento começou a mudar de figura, e o que começara com minha intenção inocente de confortá-lo passou a tomar a forma de algo que fez meu pulso disparar. Eu ainda segurava sua mão. Olhei em torno da praça casualmente, mas mal podia respirar. As pessoas estavam em mesas de cafés e bares ao ar livre, rindo, fumando, indiferentes. Podia ser uma cena em Paris — se eu apertasse os olhos e ignorasse os táxis pretos, as caixas postais e os copos de meio litro sobre as mesas. Pensei em Paris, e então me lembrei de Tom.

— Tenho que ir. — Voltei-me para Bailey.

— Está bem. — Ele olhou para mim e naquele momento percebi como estávamos próximos um do outro. — Obrigado por segurar a minha mão. — Ele sorriu. — Há muito que uma pessoa não me escuta dessa forma. Você foi muito legal. De qualquer forma, você é muito legal, ponto.

E então aconteceu.

Ele se inclinou e me beijou, bem ali, como se fôssemos as únicas pessoas na praça. Congelei por um segundo, mas, então, eu me permiti retribuir o beijo e esqueci tudo o mais, exceto como aquele beijo fazia eu me sentir. Minha boca formigava à medida que meus ombros retesados relaxavam, e senti a mão dele de leve sobre minha perna. Senti a fragrância da sua pele e o calor dele, quando comecei a cair... Por um segundo apenas me entreguei completamente e não me preocupei com quem poderia estar nos observando. Londres inteira podia estar parada à nossa frente de olhos fixos em nós dois. Se o mundo tivesse apenas dez segundos restantes antes de explodir, eu teria morrido feliz, desaparecendo naquele beijo. Foi como se cada um dos nervos do meu corpo adquirisse vida e quisesse que ele continuasse.

E *Tom*? O que fazer com *Tom*? Eu me afastei de súbito, e Bailey olhou para mim, totalmente confuso.

— Não devíamos fazer isso — disse eu, com sentimento de culpa.

— Por quê?

Parei.

— Gretchen está desaparecida e...

— Não, não — disse ele —, temos que aproveitar esses breves momentos de felicidade quando estamos diante deles. Eu sei que não é uma situação das mais fáceis, mas acho que Gretchen ficaria muito contente ao saber que sua tentativa de nos unir deu certo.

Lembrei-me dos comentários dela na sapataria naquela ocasião e não estava muito certa disso. Mesmo assim, ela dissera a Bailey que eu e Tom estávamos separados, e que eu me apaixonara por ele... Eu estava confusa. Mas então percebi que ela também estava — coitadinha. Ela parecia não pensar com clareza.

— Quero ver você novamente — disse Bailey. — Posso? Logo que eu resolver o problema da Gretchen?

Assenti com um gesto de cabeça. Foi uma reação instintiva: nem sequer pensei sobre a questão.

— Promete?

— Prometo.

— Ligo para você, então. Logo que Gretchen aparecer, assim você vai saber que ela está bem, e nós dois combinamos algo.

Nós dois. Ia haver um nós.

Perplexa com o que acabara de acontecer e com o que eu concordara em fazer, eu me levantei e, antes de me virar e deixar o lugar, disse, numa voz quase inaudível:

— Vou esperar sua ligação.

Eu percebia que ele estava me observando. Isso fez com que eu me sentisse bem.

Capítulo Dezesseis

— Você fez *o quê?* — perguntou Vic, sem acreditar.

Fechei os olhos e me joguei no tapete do meu quarto.

— Beijei Bailey.

— Quando?

Eu me encolhi.

— Dois dias atrás.

— *Dois dias atrás?* — Ouvi um ruído do outro lado da linha, depois houve uma pausa, e, então, escutei-a xingando ao fundo, antes de voltar ao telefone e dizer: — Estou de volta, deixei cair minha bebida. Porra, como assim?

— Você estava fora! Não podia telefonar e contar isso nas suas férias, não é? Vic, estou enlouquecendo. Estou me sentindo terrivelmente culpada, e, o que é pior, ele acabou de ligar para me convidar para sair.

— Agora? E o que você disse?

— Nada. Deixou uma mensagem, porque não tive coragem de atender. Ele disse: "Gretchen voltou, e você está livre amanhã à noite?" O que eu faço?

— Gretchen voltou? — Vic perguntou. — Onde ela estava? De férias também?

— Não exatamente, ela está... — Fui interrompida pela voz de Tom.

— Oi, Al, cheguei. Onde você está?

— Droga, Vic, Tom chegou. Espere um pouco — completei baixinho.

— Al, não se atreva a desligar!

Tom apareceu à porta, eufórico como há meses eu não o via.

— Tenho notícias maravilhosas — disse ele. — O que acha de — Ele fez uma pausa para criar um efeito dramático. — passar os próximos... Ah, você está no telefone. Desculpe.

— Diga a ele que estou chorando... que acabo de ter uma discussão com Luc — orientou-a Vic.

— Vic brigou com Luc — disse eu.

Tom fez uma careta.

— Quer um chá? — Neguei com um gesto. — Não demore, está bem? Quero terminar de lhe contar antes de Paulo chegar.

— Ele foi lá para dentro — informei, assim que Tom se afastou e eu podia falar sem ser ouvida.

— Certo — observou. — Agora me conte novamente o que aconteceu.

Dez minutos depois, no meio de uma acirrada discussão, Vic tinha absoluta certeza de que aquilo ia terminar em lágrimas.

— Então você deu um beijo perfeito. Deixe que fique nisso... guarde essa recordação, mas *afaste-se*! Eu estou lhe dizendo... Por tudo que me contou, ele parece lindo, perfeito e amável, então deve haver alguma coisa realmente errada com ele.

— Não há. Ele é maravilhoso — insisti. — E o que aconteceu com o seu conselho "você merece ser feliz, mesmo que não seja com Tom"?

— Você mal conhece esse cara!

— Você também mal conhecia Luc — retruquei. — E três meses depois se mudou para outro país com ele.

Houve uma pausa.

— Mas o rapaz é irmão de Gretchen! — continuou ela, mudando o rumo da conversa. — O que vai acontecer se você e o Sr. Perfeito de repente romperem a relação? Gretchen vai estar no meio disso, e você vai querer perguntar a ela qual é a dele, com quem ele está transando, e ela não vai querer dizer, porque quer se manter leal ao irmão... Ou vai descobrir que ele é um babaca que você vai ter que encontrar todo aniversário dela ou quando ela der uma festa. Isso certamente vai afetar a amizade de vocês. Não que eu me importe.

— Eu sei que você não gosta da Gretchen — suspirei.

— Nem conheço ela — retrucou Vic, com rapidez.

— É, bem, ainda tem algo que eu não lhe contei. — E repeti o que Bailey me dissera sobre Gretchen.

— Meu Deus, Alice! — exclamou Vic.

A porta do meu quarto foi aberta com delicadeza.

— Já está acabando? — perguntou Tom. — Eu realmente quero falar com você. — Então nós dois escutamos a campainha da porta. — Que di...? Deixe que eu vejo quem é. — Ele revirou os olhos e saiu sem fazer barulho.

— Por favor, não comece nada com o irmão dessa moça — implorou Vic. — *Por favor*.

— Já comecei, então vou *ter* que contar a Tom, não é? É a única coisa decente a fazer. Não sou desleal e não quero tratá-lo dessa forma.

— Foi só um beijo, Alice... Não é como uma transa incontida no seu apartamento ou no dele, e certamente não vale a pena acabar um relacionamento por isso. Vocês não são crianças, e Tom é um de seus... nossos... melhores amigos!

— Mas prometi a Bailey que me encontraria com ele de novo! — Olhei para o teto. Tudo era simples e bonito lá em cima. — E sei que quero isso. Esse é o problema. Não foi somente o que o beijo significou. É ao que vai levar, e eu não posso fazer isso com Tom. Você conhece bem ele... Sabe que ficaria arrasado com isso. — Fiz uma pausa. — As ações têm consequências, e eu vou ter que arcar com elas. Estou aqui ciente de que tenho uma decisão a tomar, e não tomei. Quero dizer, tomei no exato momento em que beijei uma outra pessoa.

— Está bem. Termine, então, mas *não* diga a ele que existe uma outra pessoa. De que adiantaria isso, fora fazer com que ele se sentisse um bosta... Você perderia um amigo também. Vai ter que mentir, dizer a ele que não existe ninguém e então evitar andar com Bailey abertamente por pelo menos uns dois meses.

— Seria fugir do problema! — aleguei, roendo a unha. — Não é?

— Claro que não, sua boba! Você só quer dizer a Tom que beijou alguém para se sentir melhor... Isso não é justo com ele. Vai guardar para você o que fez e facilitar as coisas para ele. É assim que se faz quando se gosta de alguém. Mas, sabe de uma coisa, Al? Você não devia *nunca* terminar um relacionamento com uma pessoa para ficar com outra. Termine porque não está dando certo e você não está feliz, mas não somente porque quer trocar o velho pelo novo. Nunca dá certo. Você sabe qual é a cor da grama do outro lado da cerca? É exatamente verde. É só. Gretchen está sabendo disso? — perguntou Vic, inesperadamente.

— Não sei. A única coisa que Bailey disse na mensagem foi que ela estava de volta. Quando nos encontramos, ele disse que ia tentar colocar a irmã num hospital psiquiátrico por algum tempo. Imagino que esteja lá agora. Não falei com ela ainda.

— Meu Deus!

— Não conte a ninguém — disse eu de imediato. — Na verdade, eu não devia nem ter mencionado isso. — Respirei fundo. — Está bem. Não vou dizer nada a Tom sobre o beijo. Vou fazer a única coisa decente e terminar o namoro.

— Nem acredito que você esteja realmente falando dessa forma... Como se dois anos com ele não significassem nada. Como você pode dar o fora desse jeito e...

Eu me fizera essa mesma pergunta por dois dias e estava longe de ter uma resposta, apenas a pura verdade.

— Eu beijei outra pessoa — repeti de olhos fechados. — Se eu estivesse realmente feliz, não teria feito isso. Nunca, em um milhão de anos.

— Mas foi *ele* quem beijou *você*! E as pessoas cometem deslizes o tempo todo! Elas ficam bêbadas, elas...

— Eu estava completamente sóbria, Vic. Só me deseje boa sorte.

— Boa sorte — desejou ela com tristeza e desligou.

Eu me levantei, ajeitei a saia e caminhei para a sala. Eu ia realmente fazer isso?

— Tom — comecei... mas fiquei muda quando, perplexa, vi *Gretchen* sentada na beira do sofá e Tom parado no meio da sala, a boca entreaberta, segurando de forma bizarra um pedaço de peixe em uma das mãos e um pano de pratos na outra. Ele tinha o olhar fixo em mim, como se estivesse me vendo pela primeira vez.

— Oi, Al! — cumprimentou Gretchen com a alegria de quem tinha me visto no dia anterior e não tivesse, de fato, desaparecido misteriosamente. Bailey não dissera que ela precisaria ser hospitalizada quando voltasse para casa? Ela parecia bem normal, mas eu desconhecia a aparência de uma pessoa com um transtorno mental. — Estava justamente dizendo a Tom que ele e eu não devíamos nos importar com o fato de você e meu irmão estarem saindo juntos agora. Vamos ter que agir como adultos quanto a isso, não é?

Senti meu estômago virar pelo avesso, dar um nó e despencar. Horrorizada, perdi um pouco o equilíbrio ali onde estava e por um minuto pensei que iria desmaiar. Tom não mexera um músculo.

Gretchen olhou para mim e depois para Tom.

— O que foi? — perguntou, com um ar inocente.

Não lembro quem pediu a ela para ir embora. Acho que foi ele.

Depois do ruído dos pés dela correndo escada abaixo e da batida da porta da frente, quando estávamos somente nós dois, em lados opostos da sala, um de frente para o outro, Tom disse por fim:

— O que quer que aconteça agora, não minta para mim, Alice.

Escutei um gemido de choro e percebi que vinha de mim.

— Que diabo está acontecendo? O que ela está dizendo sobre você e o irmão dela estarem saindo juntos?

Balancei a cabeça negativamente, em desespero.

— Não sei! Fui apresentada a ele num café, é só! O que ela disse a você?

— Vocês se encontraram num café? — Com toda a precisão de um bem-sucedido homem de negócios num treinamento, ele foi direto à questão. — Quando?

— Dois dias atrás.

— Você não me contou!

— A ger te quase não tem se visto! — falei a verdade. — Eu ia contar hoje, mas Vic telefonou... Nós dois muito mal temos tido tempo de dizer "oi"!

Percebi seu olhar hesitante, preocupado e desejoso de acreditar em mim. De repente, entendendo a teoria da mentirinha leve de Vic e vendo ali uma oportunidade de assumir o controle da situação, eu disse:

— É verdade, Tom, o que quer que Gretchen tenha contado, ela interpretou mal. Eu disse ao irmão dela que queria me encontrar com ele para falar sobre Gretchen. Ela não está bem, acabei de descobrir que ela...

Porém Tom me ignorou.

— Então foi apenas um café inocente?

Pelo canto do olho vi um pouco de fumaça saindo pela parte superior do forno. O que quer que Tom estivesse assando, começava a queimar.

— O forno, Tom.

— É só uma pizza, pode deixar. — Ele me encarou. — Foi apenas um café inocente?

Meus olhos encheram-se de lágrimas. Ele estava me perguntando de forma direta.

— Foi — respondi. O que era verdade... aquela tinha realmente sido minha intenção.

— Não aconteceu nada, absolutamente?

Fiquei ali parada, como um coelho paralisado diante dos faróis de um carro. Não sabia se ia direto a uma mentira para nos proteger ou se enfrentava a verdade e aceitava as consequências. Hesitei por um segundo longo demais.

Ele olhou para mim com ar de incredulidade.

— Alguma coisa aconteceu, não foi?

Confirmei com um gesto de cabeça e sussurrei:

— Sim. — O pano de pratos escorregou da mão de Tom e caiu no chão.

Vi o peito dele inflar e esvaziar enquanto ele continuava parado na minha frente, olhando para mim.

— Conte.

— Eu o beijei.

Ele se encolheu como se eu o tivesse atingido fisicamente, e uma súbita expressão de dor invadiu seu rosto. Tom caminhou em direção à frágil mesa que seus pais nos deram quando adquiriram uma nova e, sem olhar para mim, inclinou-se sobre ela em busca de apoio.

— Eu ia lhe contar que tinha conhecido esse rapaz, Tom! — falei, numa explosão. — É verdade... pergunte a Vic!

No momento em que as palavras saíram da minha boca, percebi que havia cometido um terrível erro. Ele levantou a cabeça bruscamente.

— Você conversou sobre isso com outras pessoas?

— Só com Vic — respondi, com ar de súplica, enquanto ele levava as mãos à cabeça.

A fumaça estava saindo com mais intensidade do forno.

— Tom, a pizza... — comentei com timidez.

— FODA-SE a pizza! — gritou ele de repente, me interrompendo. — Você quer saber o que aconteceu hoje? — explodiu ele. — Finalmente recebi uma oferta para passar seis meses em Nova York. Primeiro eles me disseram que eu poderia ter uma chance de transferência antes do Natal, e fiquei bastante entusiasmado, porque você havia acabado de voltar dos Estados Unidos e tinha adorado... achei que seria realmente maravilhoso para nós dois: você pode trabalhar de onde estiver; passaríamos seis meses em outro país com um apartamento subsidiado, livre de taxas, período em que poderíamos economizar o suficiente para comprar nossa casa quando voltássemos! Não falei nada antes porque não quis lhe deixar muito esperançosa, mas tenho trabalhado feito um cão para provar que estou pronto para ser transferido para um escritório em Nova York, e hoje, *hoje*, descobri que aprovaram a minha transferência... Eles querem que eu comece em maio. Eu disse que teria de consultar minha namorada primeiro, mas achei que você ia ficar radiante. Eu praticamente disse que iríamos, desde que você concordasse. Meu Deus!

— Ah, Tom... — falei. Então foi por isso que ele não comentou mais a respeito de financiamento de imóveis ou pesquisar o mercado imobiliário. Todo esse tempo ele estava esperando e trabalhando para me fazer uma surpresa. Estendi a mão e me aproximei dele. — Mas, amor, isso seria quando? Em duas semanas? Eu não ia poder deixar tudo de lado e viajar. — Fui sincera, tentando melhorar a situação. — Tenho compromissos marcados com clientes. Dei um duro tão grande para...

Ele deu um passo atrás rapidamente.

— Não me toque — disse ele com voz embargada. Então, para meu horror, vi lágrimas subirem-lhe aos olhos. — Eu estava me desdobrando enquanto você estava ocupada beijando o irmão da Gretchen e falando com Vic sobre isso? — perguntou ele num murmúrio, sem acreditar. Uma lágrima de raiva escorreu-lhe pela face.

Passando bruscamente por mim, ele saiu da cozinha em passos largos e entrou em nosso quarto. Eu o segui e vi quando ele pegou uma mala no fundo do armário e começou a jogar as coisas aleatoriamente dentro dela, inclusive um pé do tênis (o outro ele deixou embaixo da cama). Tom não percebeu isso, e eu não disse nada.

— O que você está fazendo? Você não está indo embora, está? Fique, vamos conversar. Tom, foi a primeira e única vez que isso aconteceu. Foi só um beijo! Eu dou a minha palavra!

Ele me ignorou, saiu do quarto resoluto, pegou as chaves e a carteira, que estavam na cozinha, parou apenas para olhar para o forno, antes de desligá-lo.

— Abra a janela logo senão o alarme de incêndio vai disparar — disse ele.

Então, pegando a mala, passou por mim e caminhou para a porta.

— Tom! Por favor, não vá — supliquei. Ele estaria realmente *indo embora*? — Tom, *por favor*, espere! — Escutei seus passos na escada e, segundos depois, a porta da frente batendo. Ele se fora.

Fiquei parada ali, naquele apartamento silencioso e ligeiramente enfumaçado, reagindo apenas quando o som estridente do alarme de incêndio deu sinal de vida.

Capítulo Dezessete

O bipe automático ressoa estridente nas paredes do hospital, meus olhos se arregalam de medo quando o alarme implacável dispara e começo a tremer. De novo, não — meu Deus!, de novo, não. O rosto de Tom empalidece quando ele olha, primeiro, para a enfermeira mexendo nos tubos acima da cabeça de Gretchen e, depois, para a própria Gretchen, a única pessoa que permanece inabalada pelo barulho.

Bailey está absolutamente petrificado; mal chegou à sala, nem sentou-se ainda, e agora isso.

— Não entrem em pânico! — diz a enfermeira em voz alta, caminhando para o outro lado da sala e pressionando um botão. O barulho para de imediato. — Não é o coração dela. Era um tubo que precisava ser reconectado — explica. — O alarme tem que soar para que a gente tome conhecimento, é só.

Segundos depois, quando ainda nos recuperávamos do susto, chega um médico para relatar a Bailey o que havia acontecido e atualizá-lo acerca do estado geral de Gretchen. Tom e eu, então, somos convidados a ir para a sala de espera outra vez. Tom está agora extremamente agitado. Não é o único.

— Ele não vai se lembrar de tudo que estão dizendo a ele, isso é ridículo! — Tom anda de um lado para o outro da sala. — Acabou de chegar; não é preciso ser o vencedor do Brain of Britain para saber que ele não vai conseguir registrar tudo. Um de nós dois devia estar lá também... Se não eu, você — argumenta Tom, provavelmente com um grande esforço.

— Tenha paciência, Tom, ele vai voltar num minuto.

— Paciência? — Ele olha para mim com ar de incredulidade. — Se fosse seu... — Mas ele morde o lábio e se controla para não terminar a frase.

A enfermeira aparece à porta.

— Tom? Você gostaria de ir até lá agora?

Sem me esperar, Tom praticamente a empurra para poder passar pela porta. Eu me levanto para segui-lo quando a enfermeira entra na sala e diz casualmente, mas com um tom de voz firme e determinado:

— Vamos dar um tempinho a eles.

Volto a me sentar, mas intuo que algo está acontecendo.

A enfermeira senta-se também.

— Então, há quanto tempo você e Gretchen são amigas? — pergunta, entabulando uma conversa, distraída, girando a aliança.

Assustada e atenta, olho para ela.

— Já faz mais de um ano. Por quê?

— Não faz tanto tempo assim, então. — Ela inclina a cabeça para o lado, cabelos claros e limpos, brilhando, e espera.

— Mas somos muito amigas — digo, para preencher a lacuna. — Sabe quando você se afina com algumas pessoas?

Ela sorri.

— Com certeza, espíritos afins, esse tipo de coisa. Conheço a minha melhor amiga desde a época do colégio. Adoro ela, mas às vezes ela me deixa louca. Imagino que Gretchen faz o mesmo com você.

Não digo nada. Apenas olho pela janela.

— É verdade, às vezes — digo, por fim. — De vez em quando ela é *muito* difícil... Mas, por outro lado, é maníaco-depressiva. — Olho para a enfermeira. — Embora eu ache que você já deve saber disso. Portanto, algumas coisas ficam fora do controle dela.

— Entendo — responde a enfermeira. — Mas acredito que deva ser muito difícil para *você*.

Ela não entende porra nenhuma.

147

— É mais difícil para ela, imagino.

— Claro, mas pode ser muito doloroso ver uma pessoa de quem você gosta lutando para levar a vida, em especial quando parece que ela, no fundo, não quer. Foi você quem encontrou Gretchen, não foi? — pergunta a moça com gentileza. — No apartamento dela?

— Foi — respondo baixinho. Já esperava por isso. — A porta da frente estava entreaberta — digo. — Entrei e a encontrei.

— Fico imaginando por que ela deixou a porta aberta — observou a enfermeira.

— Ela não estava em seu juízo perfeito — respondo rapidamente.

— Então você já havia falado com ela?

Olho para a porta.

— Não, quer dizer, eu imagino que ela não devia estar... para fazer uma coisa dessas.

Levanto-me com rapidez, quero sair dali. Ela estende a mão.

— O estado dela é realmente sério, Alice, e muito angustiante de se ver também. Só estou querendo lhe dar uma oportunidade de falar. Existem grupos com os quais você poderia entrar em contato e...

— *Ela* é quem precisa de ajuda — digo, interrompendo-a. — Ela devia saber controlar isso, não *tem* que ser dessa forma. — De repente, me vejo falando com mais energia do que deveria a essa hora da noite, principalmente diante do que aconteceu. — Isso tem tratamento. A pessoa pode tomar remédio para se manter estável, não ter mudanças repentinas de humor... Eu posso imaginar coisas muito piores. É somente quando a pessoa *não* segue o tratamento, quando é egoísta a tal ponto de parar de tomar os remédios por achar que não precisa, embora as pessoas que a amam e os especialistas tenham dito que ela precisa tomar... que se torna um problema.

A enfermeira fica um pouco surpresa com a minha explosão, mas não se abala.

— É normal sentir raiva, Alice. — Quando ela diz isso, subitamente tomo consciência de que cerrei os punhos com tamanha força que os nós dos dedos estão brancos. — É uma reação comum e...

Porém é tarde demais... Eu já havia perdido o controle. Todo o choque, o medo e a raiva começam a tomar conta de mim. Vejo-a sentada,

ombros caídos, na sala de estar, depois imóvel na cama do hospital...
Meu pulso lateja nas têmporas, faz pressão no fundo de minha boca.

— É puro egoísmo! — Por fim, me desmancho, e explodo. — Ela *sabe* o que está fazendo... isso *não é* algo que não consiga controlar! É *escolha* dela não seguir o tratamento, embora saiba o que vai acontecer. Ela sabe que Bailey, Tom e... Ah, que merda! — Procuro um lenço quando meu nariz começa a escorrer. Estou toda suja de secreção e de lágrimas quentes e furiosas de frustração e raiva. Sinto tanta raiva de Gretchen e de mim mesma que chego a tremer.

Também sei que já falei demais, e quero parar. Quero me afastar dessa enfermeira. Vou aos tropeções em direção à porta, para o corredor. Ouço-a me chamar, "Alice!", ao me seguir, mas eu a ignoro.

Quando volto para a sala, somente Tom e outra enfermeira estão lá. Não sei onde Bailey está.

— Você está bem? — Tom pergunta, curioso, olhando para a minha face coberta de lágrimas, quando despenco a seu lado.

— Estou.

— Você sabe de alguma coisa que eu não sei? — pergunta ele com voz firme. — Bailey ainda está falando com os médicos. O que foi? O que foi, Al? — Ele estende a mão e segura meu braço.

— Não foi nada, Tom — digo com voz fraca, de repente me sentindo exausta. *Que mentira, que lorota boa...* Nada de errado? Nunca esteve tudo tão errado em minha vida.

Inclino-me para a frente na cadeira, levo as mãos à cabeça por um instante e tento me manter tranquila. Que diabo estou fazendo aqui? Como isso aconteceu? Tom se curva em minha direção e alisa minhas costas por um segundo, de maneira um tanto estranha. Eu me sento ereta.

— Melhor? — pergunta ele, não muito convencido, e eu confirmo com um gesto, embora, para ser sincera, não esteja.

— Você provavelmente precisa comer alguma coisa — diz ele. — Imagino que...

Mas não o escuto, porque, nesse exato momento, embora eu ache que tenha imaginado isso, tenho certeza de que vi um pequeno movimento de dedo no lençol. *Será que Gretchen mexeu a mão?*

Meu Deus do céu!

Olho para Tom imediatamente, mas ele tem os olhos fixos em mim.

Ela mexeu, sim, tenho certeza. Ó meu Deus! *Ó meu Deus!*

Começo a tremer, mas tento fingir que está tudo bem, e que não vi nada. Absolutamente nada. Estaria ela recobrando a consciência? Não pode! Ela simplesmente *não pode.*

— Você está muito pálida — diz Tom. — Quer dizer, acho que até mesmo só uma barrinha de chocolate vai lhe fazer bem. Quer algum dinheiro?

A enfermeira que estivera me questionando surge à porta

— Alice, posso apenas...

E então vemos Gretchen mexer um pouco a cabeça. Sem sombra de dúvida. Um alarme dispara novamente e, sobressaltada, dou um pulo da cadeira como se tivesse recebido um choque elétrico. A cadeira bate na parede atrás de mim, e o plástico estala. Não aguento a porra dessas sirenes disparando a cada segundo — estão deixando em frangalhos o que resta dos meus nervos.

— Nossa! — exclama Tom em estado de choque, e abre um largo sorriso. — Você viu isso? — grita ele, virando-se para mim e depois retomando a posição anterior, ansioso. — Ela se moveu!

Cubro minha boca com uma das mãos e saio correndo da sala. Escuto a enfermeira chamar meu nome outra vez.

Disparo pelo corredor para o banheiro de mulheres, entro em um deles, debruço sobre um dos vasos e tenho ânsia de vômito. Meus dentes começam a bater. Acho que estou gemendo "Porra, porra, porra...", mas não tenho certeza. Escuto a porta principal abrir e a enfermeira dizer:

— Alice? — Mais calma dessa vez. Ela empurra a porta, que bate de leve no meu braço, porque não está trancada e o espaço é muito pequeno, e vejo o rosto dela pela abertura.

— Alice, você está bem?

— Ela recobrou a consciência? Recobrou, não foi? — Desesperada, digo de súbito. As palavras me saem da boca antes que eu possa freá-las. — Ela não pode despertar... simplesmente, não pode!

A enfermeira, em sinal de respeito, não demonstra estar horrorizada. Diz apenas bem devagar:

— Você está muito abalada, essa situação é muito intensa, mas...

Quase não escuto o que ela diz. Vejo novamente Gretchen tomando os comprimidos. Ó meu Deus, ó meu Deus! Isso não me torna uma pessoa má, não mesmo. Ela me pediu para ajudá-la...

— Ajudá-la? — diz a enfermeira, e percebo então que acabo de falar em voz alta.

Há um silêncio que parece durar uma vida.

— Alice — diz ela, por fim. — Você não *ajudou* Gretchen a fazer isso, não é?

Olho para ela e noto que, por trás da calma exterior, sua mente vasculha frases de livros didáticos... *suicídio assistido... ajudando uma pessoa profundamente deprimida a morrer, não importa a boa intenção... ilegal... acarreta uma ordem de prisão... mais de dez anos. Tirar a própria vida não é ilegal. Ajudar alguém a fazê-lo é.*

— É por isso que você não quer que Gretchen recupere a consciência, Alice?

Minha voz sai sufocada, mas digo de repente:

— Eu nunca desejei isso.

— Claro que não — observa ela com carinho. — O que você está sentindo é normal, Alice.

Não, não é! Nada a respeito disso é normal — absolutamente nada —, é uma grande merda! Como ela pode dizer que o que estou sentindo é normal?

— Você tem razão — continua ela, como se estivesse prestes a capturar um gato arisco com uma cesta —, isso não torna você uma pessoa má. É muito difícil presenciar o sofrimento e a luta de alguém que se ama.

Observo-a aproximar-se lentamente e de repente a exaustão toma conta de mim. Só desejo que tudo isso acabe. Não posso mais sustentar essa situação. Eu sinto muito, muito mesmo.

— Eu pensei... e Gretchen tinha esse plano, e eu disse que não fazia sentido e que era errado — esforço-me para dizer as palavras, meio sufocada e tremendo. — Ela disse que ia fazer de qualquer jeito e que eu tinha que ajudar... Ela tomou os comprimidos... E eu não fiz isso. Ela estava esperando, e eu não fiz nada, só fiquei ali... — Respiro com dificuldade. — Oh, meu Deus!, oh, meu Deus! Ela não parava de fazer isso. Machucando todos que se importam com ela e se machucando. É errado não querer isso para nenhum de nós?

Olho para a enfermeira, horrorizada.

— Gretchen pediu para você ajudá-la a morrer? É por isso que não quer que ela acorde? Porque está com medo de que tudo venha à tona?

Balanço a cabeça com veemência.

— Não! Ela...

Mas então escuto a porta se abrir. A enfermeira se vira, e ouço uma voz masculina... é Tom.

— Ela está aqui? Al?

— Estou aqui! — digo desesperada, e em seguida a enfermeira se afasta e Tom abre a porta.

— Está tudo bem! — fala ele. — Foi somente um alarme porque ela mexeu a cabeça... Mas isso é um bom sinal, querida... Um ótimo sinal. Não tenha medo! Vai dar tudo certo. — Ele olha para mim, seu rosto expressando preocupação.

Eu fungo e lanço a cabeça para trás, tentando muito, muito mesmo, me manter controlada.

— Desculpe! — digo, e as lágrimas afloram aos meus olhos de novo.

— Não seja tola! — fala ele. — Você está arrasada, já é quase madrugada... Venha. Volte aqui para a sala comigo.

Não posso! Ela vai acordar! Mas não consigo ficar aqui também... Não com essa enfermeira.

Ele me estende a mão e eu, sem olhar para ela, de cabeça baixa e de maneira furtiva, saio depressa do banheiro. Gostaria de saber o que ela está pensando e a quem vai contar. Mas eu não admiti nada, admiti? Quase... mas não exatamente.

Graças a Deus Tom chegou.

Capítulo Dezoito

O caminho de volta para o quarto parece o mais longo do mundo. Ponho um pé na frente do outro, observando-os me levarem até lá. Sei que ela não vai poder simplesmente sentar-se e falar, que estará zonza e confusa, mas não vai demorar muito até que *de fato* perceba onde está. Tenho que ir, tenho que...

Estamos quase chegando, e Bailey está de volta, escutando com atenção o que informa um médico de traços angulares e balançando a cabeça enquanto diz:

— Entendo.

O médico é direto e impessoal, sua expressão é bastante dura, mas a jovem enfermeira no fundo da sala parece desconcertada, o que leva a crer que ele seja o bonitão do hospital. Ele lança um olhar rápido a Gretchen, enquanto discute o caso. Graças a Deus ela está imóvel novamente, e tenho a nítida impressão de que ele trata a manifestação física de diversos sintomas como uma irritabilidade. Gretchen é apenas mais um corpo para ele, uma massa de células. E nós somos aquelas pessoas que não arredam o pé e que estão atrapalhando.

— Então isso é tudo, eu acho — diz ele, dando novamente uma rápida olhada para as anotações disponíveis, antes de dizer com polidez: — Obrigado, enfermeira.

E passa-as para ela como se fossem um copo vazio de martíni.

Ele se prepara para desaparecer da sala quando Tom diz com determinação e de forma bem clara:

— Então Gretchen está dando sinais de melhora depois do susto inicial?

O médico olha para Tom como se alguém vagamente familiar tivesse se aproximado dele no clube de golfe, cujo nome e posição ele não lembra bem, porém está quase certo de que é alguém com quem não vale a pena perder tempo. Ele lança um olhar inquisidor para Bailey, que diz:

— Tudo bem, eu gostaria que eles ficassem a par de tudo que está acontecendo.

Com isso, percebo um vislumbre de irritação surgir no rosto do médico, porque vai ter de se repetir. Porém, rapidamente, fixa uma expressão que poderia ter sido chamada de "Garantia de Preocupação", quando a retira de dentro da caixa marcada "Expressões de Médicos para Parentes e Amigos sem Importância".

— Olá — cumprimenta —, sou o dr. Benedict. Gretchen ingeriu uma mistura perigosa de drogas e álcool — explica ele, devagar. — Ela a induziu a um estado inicial de coma e, como já devem ter percebido, infelizmente isso provoca um grave risco de parada cardíaca. Há também um grande número de efeitos colaterais, inclusive o risco de insuficiência respiratória e renal, entre outros. É, no entanto, positivo o fato de ela ter exibido sinais de movimento e...

Ele então interrompe o relato, porque um alarme dispara de novo, mas essa é nossa terceira vez, e já estamos acostumados.

— Parece até combinado — diz ele secamente e olha para trás quando a enfermeira se aproxima de Gretchen.

Esperamos um segundo.

— Vocês estão bem? — pergunta ele, lacônico, aguardando para continuar.

— Os níveis de saturação caíram — diz a enfermeira. — Vou ter que fazer uma sucção.

— Isso é bom ou ruim?

Bailey olha para o dr. Benedict, desesperado por uma resposta que o acalmasse, mas o médico examina rapidamente os monitores, enquanto a enfermeira se concentra em um tipo de aparelho que se assemelha a uma bomba e um tubo.

— Bem, pessoal, vou pedir a vocês que saiam por um instante para que possamos limpar as vias aéreas dela — diz o médico com firmeza.

Tom e eu agora conhecemos bem o procedimento e nos afastamos. Bailey, por sua vez, entra em pânico.

— Por quê? Ela não está conseguindo respirar? Eu pensei que estava recobrando a consciência.

Uma outra enfermeira aparece.

— Por favor, vocês podem aguardar lá fora? — insiste Benedict, e depois, irritado, vira-se para a enfermeira: — Desligue esse alarme!

— Vamos, irmãzinha! — suplica Bailey desesperado, ignorando o médico e olhando para Gretchen. — Respire!

— Bailey, vamos! — Tom segura-o. — Deixe que eles cuidem dela.

— Me larga! — Bailey empurra-o bruscamente. — Não faça isso comigo, Gretch! — implora ele, o olhar fixo nela, os olhos enchendo-se de lágrimas. — Não se atreva a fazer isso comigo! — Ele leva uma das mãos à boca e, num estado de grande excitação, morde seu punho fechado. — Eu *sei* que você consegue me ouvir!

De volta à sala cor de menta, esperamos em silêncio. Tom e Bailey não estão se falando, claro, e eu não tenho nada para dizer. Estou anestesiada... Os dois pés no chão, as mãos no colo — olhar fixo no vazio à minha frente.

Não sei quanto tempo permanecemos assim, já não percebo o tempo passar. Enfileirados ao longo de uma parede, estou descon-fortavelmente imprensada entre os dois, presa num frágil banco de montanha-russa. Sobrevivi a uma rodada de loopings e mergulhos, mas percebo que essa volta, enquanto passo pela parte plana, está prestes a acabar. Estamos pegando velocidade outra vez.

Como era de se esperar, o dr. Benedict por fim aparece, acompa-nhado da enfermeira que me seguiu até o banheiro. Ele explica, com voz calma, que infelizmente a situação de Gretchen sofreu uma "piora significativa". Noto que a enfermeira me observa com atenção.

Ninguém diz nada, mas um dos rapazes, não sei qual, solta um soluço, assustado.

O dr. Benedict espera que suas palavras sejam bem-compreendidas e então continua:

— Infelizmente muitas vezes surgem complicações secundárias, e Gretchen agora apresenta dificuldades respiratórias. Removemos um muco obstrutor por meio de sucção. Ela estava resfriada, teve alguma gripe ou mesmo uma infecção pulmonar antes de... — Ele para, obviamente pensando numa maneira de evitar dizer "tentar cometer suicídio", e completa a frase com uma boa alternativa — ser internada?

Tom responde com um gesto positivo de cabeça.

— Ela estava resfriada.

— Acredito que ela seja fumante também, não é? — observa o dr. Benedict. — Quando um paciente está em coma e depende de ventilação, não consegue fazer coisas como expelir o muco que se acumula por causa de uma infecção, como fazemos normalmente quando pigarreamos. A oxigenação do sangue também estava muito baixa e tivemos que aumentar para 60 por cento.

— Mas ela estava voltando a si! — diz Tom de imediato. — Vimos quando ela se mexeu!

Os olhos de Benedict se voltam para Tom.

— Como eu disse, ela desenvolveu complicações secundárias. Embora pareça que Gretchen esteja se recuperando dos efeitos de sua overdose e de seus problemas de coração anteriores, agora vamos ter de fato que sedá-la, porque não queremos que ela lute contra a entubação quando voltar à consciência. É o tubo que ela tem na boca para poder respirar — ele acrescenta, quando Bailey lhe lança um olhar vazio. — Agora temos um outro conjunto de prioridades.

— Ela pode morrer? — Bailey empalidece. — Essas complicações podem matá-la?

Benedict não titubeia e olha para Bailey nos olhos.

— A situação dela é grave — diz ele. Há um silêncio doloroso. — Mas saberemos melhor pela manhã. — Entretanto, ao dizer isso, já não o olha mais nos olhos.

— Quanto tempo ela vai ficar sedada? — Não posso deixar de perguntar.

— Enquanto precisar de oxigenação — responde Benedict. — Então, se tudo correr bem, podemos reduzir a quantidade de oxigênio e aos poucos suspender a sedação. Aí removeremos a ventilação. Mas vamos ver como ela está amanhã. — Ele dá um sorriso que interpreto como sendo para demonstrar preocupação, mas também confiança. Será que praticam isso diante do espelho em casa? Ele não me engana.

Tom e Bailey levantam-se, então, de forma automática, eu também.

— Obrigado — diz Bailey, triste, e um a um deixamos a sala de espera.

Já estou na metade do corredor quando lembro que deixei a bolsa embaixo da cadeira, retorno sozinha. Minhas passadas são leves e cansadas. Os donos das vozes que vêm até mim, obviamente, não percebem que eu me aproximo. Paro. São Benedict e a enfermeira.

— Eu estava falando com a melhor amiga dela...

O tom de voz da enfermeira não é mais de quem quer acalmar. Ela parece ansiosa. Meu coração para.

— Acho que ela pode estar envolvida nessa tentativa de suicídio. Ela começou a me falar sobre um "plano" que elas tinham, mas aí o namorado dela entrou, só que ele não é o namorado dela e...

— Enfermeira — interrompe Benedict, aborrecido —, eu estou faminto e já devia estar em casa para o jantar. O que está querendo dizer?

— A amiga, ela se chama Alice, disse que não queria que Gretchen sofresse mais. — A enfermeira não parece nem um pouco afetada pelo tom de voz brusco de Benedict. Ao contrário, está determinada e convicta. — Ela disse que não queria que a amiga voltasse a si. E eu acho que Gretchen não *estava* inconsciente quando Alice a encontrou... Ela disse que a porta da frente estava aberta, mas isso não parece fazer sentido... E ela ficou agitada quando eu sugeri que ela podia estar envolvida.

Escuto Benedict retrucar:

— Não é de surpreender. Os parentes tendem a ficar um pouco ofendidos com alegações infundadas de uma natureza tão grave.

— Dr. Benedict, eu não *estou acusando* a moça de nada. Eu acho que ela estava a ponto de confessar que ajudou Gretchen a fazer isso. Isso é suicídio assistido... Assassinato!

Benedict dá um riso leve, um riso superior.

— Não acha que anda assistindo a muitos dramas na televisão?

— Mas é meu dever relatar a alguém se eu desconfiar de alguma ilegalidade que possa estar ocorrendo, ou achar que tem alguma coisa ou alguém que possa fazer mal ao paciente — persiste a moça. — Bem, estou contando para o senhor!

Benedict suspira.

— Muito bem. Diga tudo que ela lhe contou...

Ah, não. Ah, não não não!

— Ela começou dizendo que as duas tinham um plano! E se esse plano fosse para ajudar Gretchen a morrer? Ela disse que Gretchen pediu ajuda a ela.

Não, eu não disse isso! Disse?

— Ajudar a amiga a fazer isso? Ou ajudar a *evitar* que fizesse isso? — Julgando pelo tom de voz de Benedict, imagino que ele não esteja acreditando no que a enfermeira disse e parece considerá-la meio idiota. — O que essa moça disse *de fato*? Ela disse "Eu a ajudei a cometer suicídio"?

— Não, mas...

— Bem, o *que* ela disse?

— Nada exatamente, mas...

— Nada exatamente — repete Benedict, sem acreditar.

Começo a respirar ofegante... Ele não acredita no que ela diz.

— Perguntei se ela havia ajudado Gretchen, e ela disse que não, aí ela estava a ponto de...

— Então ela realmente *negou*?

— Mas o senhor não acha que...

— Não — interrompe Benedict, irritado. — Eu tento não achar nada a menos que seja absolutamente necessário.

158

Começo a recuar, aliviada, mas aí eu a escuto dizer, com insistência e firmeza:

— Dr. Benedict, sei que tem algo errado.

Há um silêncio, e eu imagino que ele parou e virou-se para olhá-la.

Ele suspira e eu o escuto dizer:

— Está bem, está bem. Fique de olho, se faz você se sentir melhor. Monitore a moça.

— Eu o faria, mas vou estar de folga. Por isso quis lhe contar.

— Está certo. *Eu* vou monitorar as coisas, e, quando eu sair, peço a alguém para fazer isso. Deixe comigo.

Saio correndo após ouvir essa conversa — volto depois para buscar minha bolsa. Sigo rápido pelo corredor. Graças a Deus essa enfermeira intrometida está indo embora, mas será que esse médico vai ficar me observando? Será que vai mesmo contar a outra pessoa quando for para casa? Pareceu que ele só disse aquilo para calar a boca da enfermeira, mas ainda assim...

Tom e Bailey estão sentados olhando para Gretchen, que, de fato, parece muito calma e em paz, não como se estivesse lutando para se manter viva. Eu me sento.

O único som é o do *bipe bipe* das máquinas e das pessoas andando de um lado para o outro do lado de fora. Tento me concentrar nisso, em vez de me preocupar com a equipe de enfermagem. O som da rotina que acontece além dessas paredes finas e monótonas faz com que eu me encolha. Conto até sete bipes, mas então Bailey, sentindo-se muito mal, diz de repente:

— Eu sabia que ia perder o voo. Tivemos uma festa para comemorar o fim das filmagens... Dormi demais e sabia que não ia chegar na hora, aí telefonei e fiquei na fila de espera.

Tom olha para ele sem acreditar.

— Isso aconteceu porque você foi a uma *festa*?

— Se eu pudesse voltar no tempo, não teria perdido aquele voo e teria nos poupado disso tudo, eu juro. — Ele lança a Tom um olhar de pavor. — Você não pode me culpar mais do que eu culpo a mim mesmo, se é que adianta alguma coisa.

Lágrimas sobem aos meus olhos quando o vejo ali, sentindo-se responsável quando eu sei que ele não tem a menor culpa. *Ah, o que foi que fizemos, Gretchen?*

— Você foi para a droga de uma festa! — repete Tom, sem acreditar no que ele próprio diz.

— É verdade, mas... — começa Bailey.

— Parem com isso, por favor! — grito, ao chegar a meu limite e levantando-me de vez.

Jogo minha cadeira para trás e saio correndo da sala, o mais rápido possível.

Capítulo Dezenove

— Desculpe-me, desculpe-me, por favor — sussurrou Gretchen, tão baixinho que quase não consegui escutá-la. Ela estava deitada no sofá-cama, no apartamento de Bailey. Eu me sentara em frente a ela. — Não percebi. Não queria criar essa confusão toda...

Era a primeira vez que eu a via desde que ela fora a meu apartamento e criara aquele caos. Estava um pouco mais magra, depois de passar duas semanas numa unidade psiquiátrica, e parecia, de certa forma, uma versão menor dela mesma — frágil e abatida —, mas também eu nunca a vira sem maquiagem, de camiseta e calças como as de um pijama. Parecia exausta e acabada.

— Eu sei que você não teve essa intenção — observei, tentando me recostar na cadeira e deixar transparecer um relaxamento que eu não sentia.

— É que, como você tinha dito que não havia nada muito sério entre vocês, eu achei que não... — Sua voz foi sumindo, e ela parecia arrasada. — Mas eu não devia ter dito nada. Desculpe.

Nesse mesmo instante lembrei que Bailey dissera "Gretchen me disse que você estava num relacionamento sério".

Então, se houve alguma confusão e ambiguidade, eu era a única culpada. Esse era exatamente o tipo de situação difícil e desagradável que ocorria quando não se era honesta com as pessoas. Se eu não tivesse me comportado como uma criança e, desde o início, tivesse sido franca com Gretchen — e talvez comigo mesma —, sobre o que havia entre Tom e eu, as coisas não teriam terminado de forma tão dolorosa. *Ela estava* muito perturbada quando apareceu lá em casa e, inadvertidamente, meteu os pés pelas mãos, sem o domínio pleno de suas faculdades mentais. Qual era a minha desculpa? Eu não conseguia trazer de volta a lembrança de Tom, no meio de nossa cozinha, olhando para mim, sem ter vontade de chorar.

Pigarreei e adotei um tom alegre de conversa.

— Então, como você está se sentindo? Bailey — foi estranho pronunciar o nome dele assim ao lado dela — me disse que eles mudaram um pouco a sua medicação. Está ajudando?

— Um pouquinho, talvez... Então, você e Tom estão se falando?

Fiz um gesto negativo com a cabeça e disse com dificuldade:

— Ele foi embora. Eu comprei uns DVDs para você. — Peguei minha bolsa. — Achei que podíamos assistir juntas. Ainda não vi...

Ela se sentou na cama com esforço.

— O que você quer dizer com foi embora? Foi para onde?

— Estados Unidos.

— *Estados Unidos?* — Ela congelou, como se eu tivesse dito a Lua, e depois ficou totalmente desconsolada.

Confirmei com um gesto. Apesar de fazer um grande esforço, minha voz havia se tornado um pouco trêmula. Eu precisava me controlar, estava ali para animá-la, pelo amor de Deus, e ela já estava se sentindo suficientemente mal pelo que tinha feito. Desviei o olhar para que ela não pudesse ver meu rosto, e fingi mexer dentro de minha bolsa.

— Quando foi isso? — perguntou Gretchen.

— Ele deixou uma carta. — Tirei os DVDs de dentro da bolsa e comecei a remover o plástico.

O envelope endereçado a mim me esperava em casa sobre a mesa, um dia depois que ele foi embora:

Alice,

Voltei aqui para pegar minhas coisas. Passaporte etc. Vocês não estavam em casa e talvez tenha sido melhor assim.

Você foi e é muito importante para mim. Amo você, e tudo o que eu queria era fazê-la feliz. Sinto muito não ter sido capaz disso.

Sei que nunca me magoaria intencionalmente, mas espero que entenda por que não consigo falar com você por enquanto.

Estou indo para Nova York em breve. Falei com Paulo e concordamos que vou pagar o aluguel durante os meses em que estiver fora. Contando com os feriados etc., volto no final de novembro. Até lá, tenho certeza de que você já vai ter encontrado um lugar para morar. Espero que concorde que é justo lhe pedir para deixar o apartamento e não eu — não será possível procurar um novo lugar já que estarei fora. Paulo se encarregará de encontrar alguém para ocupar o seu antigo quarto.

Seja feliz.

Com amor,

Tom

— Desculpe, Alice — repetiu Gretchen. — Se eu pudesse voltar no tempo e não dizer o que disse... Eu não queria...

— Gretch, sei — eu a interrompi, achando também muito difícil continuar falando sobre esse assunto. — Você não fez de propósito. — Levantei-me para colocar o DVD. — E ao menos foi uma separação definitiva. De certa forma, talvez até tenha ajudado, para que ele tivesse a oportunidade de tomar a decisão e viajar.

Ela ficou em silêncio por um instante.

– Com certeza, facilitou as coisas para você e Bailey.

Voltei a me sentar. Não havia sido essa minha intenção. Eu queria dizer que certamente fora melhor para Tom poder sair da situação, embora não pudesse negar que, com a partida dele, eu e Bailey ficamos com certa liberdade que talvez não conseguíssemos se não tivesse sido assim.

Vic havia me suplicado para não apressar as coisas.

— Al, é muito importante dar um tempo entre os relacionamentos. Você precisa enfrentar a separação entre você e Tom... Lamentar, e depois superar... Fazer o que é necessário para ser livre e seguir em frente. E não acha que seria uma boa coisa ter um tempo só para você? Retomar o contato com algumas das suas antigas amigas? Eu vi aquele e-mail do grupo sobre um piquenique no Richmond Park. Você não respondeu... Não vai trabalhar no sábado, não é?

— Não — respondi. — E também não tem nada a ver com Bailey. É o aniversário de meu pai e eles queriam que todos nós fôssemos, mas Phil não vai poder, Fran também não, então, eu vou *ter que* ir.

— Bem, fico feliz de saber que você não vai trabalhar... Mas, por favor, não fique recusando os convites — aconselhou Vic —, ou as pessoas vão pensar que não está interessada e vão deixar de convidá-la. Essa é a oportunidade perfeita para retomar seus contatos sociais, Al, decidir qual o rumo que você *quer* que as coisas tomem e não apenas se deixar levar. Se Bailey gosta mesmo de você, ele vai esperar até que esteja pronta.

Mas ele não queria esperar, e eu me senti tão lisonjeada e feliz por ele querer muito me ver novamente. Descobri que eu também não queria esperar.

Fomos jantar num lugarzinho que servia *tapas*, de que eu nunca ouvira falar, e conversamos durante horas sobre os lugares que ele havia visitado e países que eu tinha vontade de conhecer. Ele se debruçou sobre a mesa e segurou minha mão, acariciando a parte interna do meu pulso com dedos suaves. Então, no banco de trás do táxi, com um espaço muito pequeno entre nós, ele colocou uma das mãos sobre minha perna. Ele riu quando o carro deu um solavanco ao passar por um quebra-molas e eu fui jogada em sua direção.

— Assim é bem melhor — disse ele, e me beijou de novo.

Aquela viagem de táxi foi a mais rápida de toda a minha vida — eu só tinha consciência de sua mão sobre minha coxa, minha respiração cada vez mais acelerada, e seu beijo se tornando mais profundo enquanto nos virávamos no banco traseiro para olharmos um para o outro.

164

— Quer entrar? — ele perguntou quando o motorista parou em frente a sua casa e ele me beijou suavemente, na ponta do nariz. — Sem pressão.

Hesitei, mas depois recusei apenas com um gesto. Ele acenou positivamente e disse:

— Adorei a noite. Mande uma mensagem de texto quando chegar em casa... Para eu saber que chegou bem.

Assim eu fiz, e recebi uma mensagem de volta: "Estou deitado na minha cama pensando em você Bj." Segurei meu celular com prazer e saudade. Ele era inacreditavelmente sexy. Por diversos dias uma sensação inebriante tomou conta de mim no trabalho, onde não conseguia me concentrar, chegando até a esquecer por completo um compromisso. Passei então por um momento de sobriedade quando, com ar sonhador, cheguei para abrir o estúdio e encontrei um cliente muito zangado à minha espera. Na sexta-feira, eu estava tão embevecida na expectativa de encontrá-lo outra vez que tirei as piores fotografias de toda a minha carreira. Apenas aceitáveis, porém sem graça, sem graça, sem graça. Isso me incomodou um pouco, mas não o suficiente para refazê-las. Em vez disso, apressei-me em ir cedo para casa e ter tempo de me aprontar, antes de colocar lingerie combinando, comprada especialmente para aquela noite. Só para garantir.

Não ficaram em mim por muito tempo. Depois de outro jantar e de duas garrafas de vinho tinto, minha determinação e a culpa que eu sentira em relação a Tom desapareceram completamente.

— Não quero que pense que faço esse tipo de coisa com qualquer um — disse eu depois, deitada na cama, em seus braços.

— Claro que não, mas mesmo assim você faz isso muito bem. — Ele beijou meu pescoço.

— Não, é sério. — Fechei os olhos e expirei enquanto tentava me concentrar. — Eu não...

Ele interrompeu o beijo e olhou para mim.

— Você está dizendo que sou especial? — provocou ele.

Eu ri.

— Muito. Mas pare de falar. Me beije de novo.

— Alice? — chamou Gretchen. — Você precisa pressionar o botão enter no menu para começar o filme.

Tomada de sobressalto, me empertiguei na cadeira, prestando atenção de novo na tela da TV. Apanhei o controle remoto e apontei-o rapidamente para o aparelho.

— Você não precisa ficar aqui comigo dessa forma, sabe? Tenho certeza de que teria um lugar mais interessante onde poderia estar — disse ela quando pressionei o botão play, em seguida balancei o controle remoto e dei umas pancadas com ele na palma de minha mão antes de tentar novamente. Por fim, os créditos iniciais apareceram na tela.

Determinada, discordei:

— Quero assistir a este filme com você — repliquei, e aumentei o volume. Para ser franca, eu havia sido convidada por um cliente para uma festa de lançamento, à qual deveria ter ido, mas sabia que Gretchen estava sozinha, e Bailey fez questão de me pedir para ir visitá-la.

Eu esperava que ela fosse diretamente para a casa dos pais quando saísse do hospital psiquiátrico, como eu teria feito no lugar dela, mas Bailey me informara calmamente que essa opção não era viável.

— Elas vão entrar em choque — explicou ele. — Mamãe tentaria assumir o controle, o que seria bom no início, mas depois começaria a fazer mil planos para Gretchen... com a melhor das intenções, obviamente. — Ele ergueu uma das mãos. — Gretchen não suportaria. A situação iria explodir, e ela desapareceria outra vez... Não vale a pena. Ao menos, se ela estiver aqui, vou saber onde está.

— Então ela vai morar com você? — perguntei um tanto surpresa.

Ele fez um gesto afirmativo com a cabeça.

— Por um período curto. Ela vai melhorar e ficar mais forte quando a medicação começar a fazer efeito. Aí vai se sentir entediada e vai querer voltar para o apartamento dela. Foi isso que aconteceu da última vez. Não vai tirar nosso... espaço... juntos. Prometo.

— Eu não estava preocupada com isso, de forma alguma — apressei-me em dizer. Meu Deus, se sair de um hospital psiquiátrico não era o bastante para fazer com que todos os cuidados e atenções se voltassem para ela, eu não sabia o que era. Ela, sem dúvida, tinha todo o direito a ser prioridade para ele. Se fosse Phil, ou Fran, eu faria a mesma coisa.

— Ela vai sair daqui antes de você se dar conta — garantiu ele, e me puxou contra si.

— Desculpe-me por estar aqui, atrapalhando você — disse ela num fim de tarde, cerca de duas semanas após ter ido morar com Bailey.

Eu telefonei para avisar que iria vê-la depois do trabalho, porque ela parecera um pouco triste, quando liguei durante o dia. Gretchen trocara de roupa, mas parecia sem nenhuma maquiagem, e eu não estava certa de que havia penteado o cabelo. Ao lado do sofá vi diversas tigelas de cereal pela metade e canecas quase vazias com fedorentas pontas de cigarro boiando na superfície do líquido. Gretchen pulou por cima delas e voltou a se deitar, cobrindo-se, embora a noite estivesse cálida e agradável.

— Como pode estar me atrapalhando, se fui eu que vim para ver você? — provoquei-a gentilmente, afundando numa poltrona a seu lado.

— Ah! — exclamou ela. — Então você veio para me visitar? Pensei que tivesse vindo procurar Bay.

Hesitei. Ela parecia ter saído daquele estado meio para baixo de mais cedo e ficado supersensível.

— É sempre bom ver vocês dois — disse eu de forma sensata, procurando fazê-la sentir-se não tão mal como uma doente no horário de visitas de hospital e, ao mesmo tempo, valorizada. — De qualquer forma, pode fazer o que quiser, o apartamento é do seu irmão.

— Mas seu namorado — contra-argumentou ela com rapidez.

Ficamos em silêncio.

— Você quer que eu abra as cortinas? Está um pouco sombrio aqui. — Estava a ponto de me levantar.

Ela deu de ombros, indiferente, e em seguida piscou quando puxei as cortinas para o canto e o brilho do sol de fim de tarde inundou a sala.

— E aí, o que fez hoje? — perguntei, sentando-me.

Ela olhou para mim, depois de volta para a televisão.

— Nada de extraordinário. Fiz uma sessão de terapia. E você?

— Tirei uma foto de um cachorro sentado ao lado de um saco de ração. Um grande dia! — Sorri.

Ela deu um sorriso tão passageiro que mal consegui ver.

— E, então, algum telefonema da sua agente? — continuei com determinação.

Ela acenou afirmativamente com a cabeça, pegou o controle remoto da televisão e ficou mudando os canais.

— Ela ainda está no modo de observação. Vamos dizer que me afastei um tempo para curar um problema com bebida. Não posso fazer nenhuma apresentação neste estado. — Apontou para si mesma com um sentimento de aversão.

— Você não poderia simplesmente... dizer a verdade? — sugeri.

Ela não tinha culpa de estar doente. Afinal, ninguém podia esperar que ela trabalhasse se tivesse pneumonia ou algo assim.

— As pessoas não "entendem" a doença mental — respondeu Gretchen de cara, ainda trocando de canal, as imagens e as cores mudando na tela à sua frente. — Elas dizem que entendem, mas não entendem. Não conseguem enxergar... Você tem aparência normal, então, como pode estar doente, não é? Bem, um problema com a bebida pode aparentemente me tornar mais interessante, mais descolada, menos adequada para lidar com crianças. — Sacudiu a cabeça em reprovação. — O que é uma merda.

Ao menos, ao que parecia, ela não ia ficar desempregada para sempre, o que era uma coisa boa, com certeza. O celular dela começou a tocar sobre o cobertor a seu lado, ela o apanhou e, irritada, olhou para a tela.

— Ah, me deixa em paz, mamãe — resmungou, olhando para o número, e em seguida deixou o aparelho cair a seu lado.

— Pode atender, se quiser — disse eu. — Não se preocupe comigo.

— Não quero falar com ela — falou Gretchen com voz inexpressiva, e lançou um olhar vazio à sua frente.

— E onde está Bailey? — perguntei, procurando mudar o rumo da conversa. Era difícil encontrar tópicos neutros. Ela não fizera nada durante o dia para ter sobre o que conversar.

168

— Ele teve que ir pegar um material na biblioteca. Disse que voltaria às 19 horas. E, então, o que vocês pretendem fazer hoje? — Ela olhou para mim rapidamente e depois voltou-se para a televisão.

— Não sei ainda, talvez comer algo, eu acho. — Deliberadamente dei pouca importância a nossos planos por me sentir culpada de ver que íamos sair e deixá-la sozinha. — E você?

Ela riu.

— Eu? Bem, hoje vou assistir à televisão e atender as ligações dos meus malditos pais, que vão me telefonar de cinco em cinco segundos, como pôde ver. — Ela apontou para o seu celular, que agora estava silencioso. — Mamãe vai fazer uma reunião do grupo de teatro em nosso jardim amanhã: estão montando uma peça para o próximo ano e esse vai ser o primeiro encontro para um ensaio. Ela quer que eu vá. Na verdade — Gretchen mudou de canal de novo com vigor —, ela quer que eu *participe* da peça.

—- O quê? — Franzi o nariz.

— É isso mesmo. — Ela trincou os dentes. — Porque, depois de 18 anos de trabalho, é essa *realmente* a minha aspiração... Uma triste produção amadora de "Somos Todos uma Bosta no Teatro Local!". Aparentemente, isso vai "me fazer bem". Ela vai continuar insistindo. Foi por *essa* razão que estava me telefonando agora, tentando me vencer pelo cansaço. Dessa forma, ela vai acabar de me ferrar.

Fiquei sem saber o que dizer. Pobre Gretch.

— Está vendo? — Ela se voltou para mim. — Caso você estivesse se perguntando por que eu não lhe contei sobre a minha doença, foi por isso... Porque ninguém entende. Ela pensa que eu sou assim porque *quero*! — Gretchen gesticulou agitada. — Se eu pudesse fazer alguma coisa para evitar essa situação, faria. Minha mãe não entende porra nenhuma. — Os olhos de Gretchen faiscaram e ela cruzou os braços com raiva, depois de mudar de canal com violência e, por fim, jogar longe o controle remoto. — Eu só preciso de um pouco de espaço e de tempo para me recuperar desse estado, é só.

Fiz um grande esforço para não me sentir ofendida por ser incluída no mesmo bolo que todos os outros.

— Você podia ter *me* dito — observei em seguida. — Eu ia gostar de você da mesma maneira, e podia ter ajudado. Dado mais apoio a você.

— Ajudado? — repetiu ela imediatamente. — Me ajudado a fazer o quê?

Abalada com a forma direta como Gretchen se dirigia a mim, não sabia o que dizer.

— Escutado? — Eu me arrisquei a dizer. — Ajudado você a procurar um tratamento melhor?

Ela olhou de soslaio para mim, cansada.

— Não me venha com essa de estar aborrecida porque eu não lhe disse nada, por favor. Eu mal consigo lidar com meus sentimentos. Você vai ter que resolver essa questão sozinha.

Envergonhada e em estado de choque, fiquei boquiaberta.

— Eu não estava...

— Ah, sim, estava. Não estou dizendo que é errado, Alice. As pessoas se sentem bem quando veem que os outros precisam delas.

Magoada e sentindo-me totalmente punida, fechei a boca. A intensidade do mau humor dela tornava a sala pequena e desconfortável. Decidi que seria melhor ir embora e deixá-la sozinha.

— Desculpe — disse ela uns segundos depois, quando eu já estava prestes a pedir licença. — Eu falei besteira, não queria descontar em você. Você *tem* ajudado, tem estado muito presente. — Gretchen me lançou um olhar rápido. — Você tem sido maravilhosa comigo, vindo aqui depois do trabalho, alegre, mesmo quando eu estou num humor insuportável. Como agora.

— Não é isso. Você está doente.

— É verdade, estou. Eu não *quis* contar a você — disse ela com a vista baixa, voltada para o cobertor. — Tem sido muito difícil manter amizades durante minhas... fases mais complicadas. Alguns amigos do passado não conseguiram aceitar o meu comportamento, mesmo quando fui sincera com eles. Em geral, tenho achado mais fácil manter segredo. Não queria perder você também. — Os olhos dela encheram-se de lágrimas, e ela desviou o olhar, a voz abafada. — Não é a melhor coisa saber que você é a única que enlouquece num mundo de pessoas sãs.

Fui tomada por um sentimento de afeição e tristeza ao ver seu conflito interior. Tive vontade de abraçá-la. Saí da minha cadeira e me ajoelhei a seu lado, afastando uma tigela de cereal.

Peguei a mão dela e segurei-a com firmeza.

— Não há nada que você pudesse fazer que me fizesse deixar de ser sua amiga — disse sem titubear.

Ela não conseguia olhar para mim.

— Desculpe-me — sussurrou, as lágrimas escorrendo-lhe pela face. — Decepcionei muito você.

— Não, de jeito nenhum — confortei-a.

— Estou morrendo de vergonha. Naquela noite em seu... Eu nunca teria, sabe, com Paulo, se... — A voz dela fraquejou, o rosto em fogo. Tentei esconder minha surpresa. Teria ela dormido com ele? Eu dei de ombros e abri um meio sorriso. — Essas coisas acontecem.

— Eu sei que não devia ter parado de tomar os remédios. — Ela mexia ansiosa na ponta do cobertor com a outra mão. — Mas senti falta do estado de euforia. Gosto da pessoa em que me transformo. Você se acha linda... Acesa por dentro como um vaga-lume humano, saltando de um lugar a outro... Tudo que você toca adquire vida. É como se estivesse num avião e colocasse o braço para fora da janela no pôr do sol e tocasse a parte inferior de uma nuvem iluminada: eu consigo senti-la deslizando pelos meus dedos.

Mas a que custo?

Ela puxou a borda do cobertor para cima num pico de agitação.

— O lítio me deixa lenta e apática. Não sinto nada... Só quero *sentir* de novo. E eu fico chata, as pessoas que me telefonavam antes não me ligam há séculos e não posso telefonar para elas porque não tenho nada a dizer... Principalmente porque não faço nada, não sinto nada. — Ela parecia estar desesperadamente triste.

— Você tem a mim — disse eu. — E a Bailey.

— Eu sei. — Ela fungou. — Mas também não é justo. Bailey está sempre me socorrendo, não importa o que faça. Não mereço ele.

De repente, me pergunto se o fato de Bailey e eu estarmos juntos não piorou as coisas, duas das pessoas com quem ela podia contar começando um relacionamento novo e empolgante. Será que ela se sentiu abandonada, sozinha?

— Incomoda você o fato de Bailey e eu estarmos juntos? — perguntei um pouco depois.

— Claro que não — respondeu ela de imediato. Ela retirou a mão da minha e pegou um lencinho. — Fui eu que aproximei vocês, lembra?

Sorri para Gretchen e ela quase deixou transparecer um sorriso entre as lágrimas.

— Detesto que me veja neste estado patético, chorando como um bebê — comentou ela. — Mas fico muito feliz por você estar aqui.

Capítulo Vinte

— Alice, o que você está fazendo, porra? — explodiu Gretchen, quando eu peguei um prato que ela havia deixado no chão da sala de visitas para levar para a cozinha.

Eu chegara à casa de Bailey tarde na noite de sexta-feira, depois de um ensaio fotográfico exaustivo em Barcelona, louca para contar a ele tudo sobre meu trabalho, mas descobri que Bailey havia saído para comprar comida, e encontrei Gretchen no lugar de sempre, no sofá, e a sala, um lixo. Não era exatamente o começo da noite que eu tinha em mente. Fazia dois meses apenas que ela havia surtado? Pareciam mais dois malditos anos.

— Pensei em fazer um chá para nós duas, por isso estou levando o prato para a cozinha, já que vou para lá. Isso não é nada de mais — disse, com a maior calma possível.

— Eu vou fazer isso num minuto! — retrucou ela, irada. — Não sou uma inválida, apesar de as pessoas acharem isso.

Mordi a língua, coloquei o prato de volta no chão e me sentei. Essas novas explosões de tédio e comportamento autocentrado irritantes eram insuportáveis. Embora eu me sentisse feliz por ela estar notoriamente menos deprimida, adquirindo mais energia e tornando-se mais ativa — todos esses podendo ser considerados bons sinais —, desejava que ela se apressasse e ficasse logo boa.

— Desculpe — disse ela imediatamente. — É que estou entediada, num grau que me deixa louca... Sei que você estava tentando ajudar. Como foi lá em Barcelona? — Tentou demonstrar interesse.

— Ah, maravilhoso! — Meus olhos se iluminaram. Então percebi a expressão de melancolia e tristeza em seu rosto. — Mas muito cansativo — menti —, e desconfortavelmente quente. — Fiz um grande esforço mental para conseguir um tópico mais neutro. — Sabe da novidade? Descobri que minha irmã está esperando um filho, o primeiro!

A novidade de Fran passara a ser o assunto da família, em particular de minha mãe, que estava eufórica. Ela me telefonara para me convocar para um almoço, animada e orgulhosa da família.

— Estive pensando e acho que você pode trazer esse seu novo Bailey com você — convidara ela, magnânima em sua desaprovação —, desde que ele não se importe em conhecer também Frances e Adam. Vou fazer um almoço para eles, porque Frances está naquele estado de total exaustão. Você vai saber quando for a sua vez. E estou preparando uma massa vegetariana, porque ela não está suportando o cheiro de carne cozida. Já! Incrível, não é?

Eu tinha certeza de que "esse Bailey" não ia querer, absolutamente, conhecer a maioria dos meus familiares queridos para falar sobre bebês, principalmente num estágio tão inicial de nosso relacionamento. Nem eu, inclusive. Estar cercado da família parecia tudo o que andávamos fazendo.

— Nossa, esta é uma boa notícia! — disse Gretchen com um ar desinteressado, e era claro que não dava a mínima para Frances. Ficamos em silêncio por um instante e então, de súbito, ela se levantou com rapidez. — Acho que vou para o meu apartamento hoje. — Ela calçou um pé do sapato. — Sei que Bailey acha que não estou pronta ainda, mas eu estou.

Dobrei as pernas, esperançosamente depiladas, e me sentei sobre elas. Gretchen não iria ouvir nenhuma objeção de minha parte. Seria uma experiência diferente passar uma noite de sexta-feira sozinha com Bailey. Aparecer de repente no apartamento dele depois de um longo dia de trabalho, ansiosa por uma grande taça de vinho — e sexo — e encontrar Gretchen enrolada no sofá, num estado lastimável, recusando-se a comer, exceto um biscoito ou outro, com o olhar fixo na televisão como se não estivesse vendo imagem alguma, começava a perder o encanto. E como eu era sua melhor amiga, não podia sequer dizer: "Já estou cansada da sua irmã por perto o tempo *todo*, será que você não pode dizer a ela para dar o fora?"

Eu não *queria* nem mesmo passar a noite lá. Queria sair com Bailey, procurar algum divertimento, os programas típicos do início de um relacionamento, que eu também não fiz com Tom porque morávamos no mesmo apartamento quando começamos a namorar. Bailey, no entanto, ficava nervoso ao deixar Gretchen sozinha por longos períodos, então, quando saíamos, eu tinha a impressão de que precisávamos voltar rápido por causa do horário da baby-sitter. Na verdade, era pior — nós *éramos* as baby-sitters. Bailey e eu nos dávamos as mãos castamente, enquanto esperávamos ansiosos que ela fosse para a cama, para que pudéssemos transar no sofá. Exceto que eu já passara da idade de me satisfazer com esse tipo de momento furtivo. Seria assim *tão* egoísta de minha parte querer algum tempo com meu novo namorado que não a envolvesse?

— Bem — disse Gretchen, como se tivesse lido minha mente —, você e Bailey precisam muito desse tempo para vocês. Diga a ele que mando uma mensagem de texto avisando que cheguei bem ao meu apartamento.

— Você tem certeza de que vai ficar bem? — perguntei de imediato, achando-me uma total canalha por ter pensamentos tão maus.

Mas ela já estava saindo e me respondeu somente com uma batida estrondosa na porta.

Duas semanas depois, quando aparentemente ela já havia passado algumas noites sem problemas no próprio apartamento, tentei sugerir a Bailey que passássemos um fim de semana em Paris, uma espécie de gesto de "Comecemos de novo, está bem?", ao mesmo tempo em que eu o apresentaria a Vic, claro.

Ele concordou, depois que se certificou com Gretchen de que ela ficaria bem.

— Pode ir — disse ela. — Vai ser o teste perfeito para mim... Três dias inteiros sozinha. Olhe, se for preciso, prometo que telefono para mamãe e papai, está bem?

Eu, no entanto, não tive dúvidas de que fora a coisa certa a fazer quando finalmente acordei ao lado de Bailey, em nosso quarto anônimo e privativo de hotel. Ele me beijou devagar, como se eu fosse a primeira mulher que ele conhecera e a última que queria amar. As coisas estariam então tomando novo rumo? Meus Deus, era o que eu esperava.

— Obrigado por ter sido tão paciente nesses últimos dois meses — disse ele, olhando para mim e alisando minha cabeça. — Você é, sem dúvida, a mulher mais incrível, forte e bela que já conheci. Como consegui viver sem você? — Então fizemos amor, e foi tão maravilhoso que realmente me senti como a mulher que ele acabara de descrever.

— Como conseguiu viver sem você? — repetiu Vic naquele mesmo dia à tarde. — Ele disse isso?

Fiz um meneio afirmativo de cabeça.

— Eu sei! Quase derreti. Então? O que você acha?

— Eu acho que é muito bom você ficar fora da cama por um certo tempo para a gente se encontrar para um café durante seu programa de amor em Paris. Obrigada — agradeceu ela. — Sinto-me honrada.

— Quer dizer — continuei baixinho, enquanto caminhávamos em torno da Galeria Lafayette —, o que você acha dele? — Fiz um gesto indicando Bailey, que estava admirando a impressionante cobertura envidraçada da loja de departamentos, mostrado a ele por Luc.

— Certo, certo, eu gosto dele.

Sorri aliviada.

— Ótimo. Eu também. E não acha ele lindo?

— De partir corações — respondeu ela.

— Você acha que teríamos filhos bonitos? — perguntei, sonhadora.

Ela parou um instante e disse, com cuidado:

— Eu deixaria todo esse tipo de coisa para sua irmã, nesse momento. Não consigo imaginar Bailey com filhos. Um tio divertido, talvez, mas ele já fez bastante essa parte de tomar conta, não é mesmo?

Caminhamos em silêncio por alguns minutos, enquanto eu chegava à conclusão de que ela estava errada, mas preferi não dizer nada.

— Tive notícia de Tom na semana passada — disse ela, mudando de assunto. — Ele está bem. Está namorando.

O que curiosamente me fez sentir muito estranha. Eu de fato não havia me permitido pensar em Tom.

— Achei que você gostaria de saber — continuou ela, tirando uma mecha de cabelo preto da boca. — Na verdade, acho que ele estava esperando que eu lhe contasse, coitado de Tom. Ele ainda não entrou em contato com você, não é?

Sacudi negativamente a cabeça.

— Dê um tempo. Ele vai entrar. Tenho certeza.

— Ele perguntou por mim?

Ela assentiu com um gesto de cabeça.

— Perguntou se você e Bailey estavam... juntos.

Fiz uma contração involuntária com o corpo.

— Eu não contei que ia me encontrar com você hoje — disse Vic. — Isso seria demais para Tom, mas falei que achava que você estava namorando. Nada além disso. Foi aí que ele disse que estava saindo com alguém.

Fiquei calada. Ela estendeu o braço e segurou minha mão.

— Então — disse Vic, sabiamente mudando de assunto outra vez. — Foi divertida a reunião de mulheres na casa da Tanya? Às vezes acho que preferia não ser incluída nos e-mails. Sei que as pessoas fazem isso para me manter em contato, mas detesto saber que vocês estão todas reunidas se divertindo sem mim. Dane-se Luc e seus modos suaves franceses!

— Que e-mail? — Franzi o cenho. — Não vi nada disso. — Houve um breve silêncio e então Vic disse, complacente:

— Deve ter sido uma omissão acidental, Al, ou talvez eu tenha dito a Tanya que você tinha tirado uns dias para ajudar uma amiga. A propósito, como vai Gretchen?

Eu estava desolada quando voltamos à Inglaterra no domingo à noite, já sentindo falta da agradável companhia de Vic e sabendo que Gretchen nos esperava no apartamento de Bailey.

Ao passarmos pela porta, no entanto, achei que talvez estivéssemos entrando no lugar errado. O apartamento exalava um suave aroma de limpeza e esforço. Havia flores frescas num vaso na sala e a mesa estava posta, repleta de comida, à nossa espera. Mas foi a diferença na própria Gretchen que me chamou mais a atenção.

Ela, literalmente, parecia outra pessoa. Seus cabelos estavam soltos e sedosos, usava maquiagem e um vestido que não reconheci. Estava brilhando de alegria. Era como se a outra Gretchen tivesse feito as malas e deixado a cidade. Parecia a antiga Gretchen.

— Venham para cá e sentem aqui — disse ela, tímida. — Preparei um jantar para vocês. E tenho boas notícias.

— Eu sei que é a coisa certa para eu fazer — insistiu ela mais tarde, enquanto eu tirava a mesa. — Ser atriz e cantar é o caminho, chega de ser apresentadora, e essa oficina de verão de três meses na qual me inscrevi vai ser o pontapé inicial perfeito. Estou tão empolgada! Começa em agosto. Vocês dois foram maravilhosos, mas preciso me estruturar e voltar à minha rotina. Não posso ficar aqui o dia todo ou no meu apartamento, como Miss Haversham.

— Excelente ideia, Gretch — disse Bailey, animado, enquanto pegava atrás dele o enorme bolo que havíamos trazido para ela. — Repentino, mas excelente. — Ele se levantou e pegou três pratos e colheres, depois sentou-se, cortou uma fatia grande para si mesmo e começou a comer. — Então, onde é esse curso? — perguntou, de boca cheia.

— Nova York — respondeu ela.

Bailey parou um instante.

— Mas, minha irmã, eu não vou poder, de uma hora para outra, pegar um avião se você tiver uma crise ou deixar de tomar o lítio.

Ela olhou para ele com paciência.

— Eu entendo por que você se preocupa com isso. Mas não se preocupe. Não vai acontecer. Eu prometo. Veja como estou bem melhor. Já entrei em contato com um terapeuta lá... Fiz isso antes mesmo de procurar um lugar para morar! Vou viajar muito antes de o curso começar, então vou ter muito tempo para me estabelecer. Todos pensam que eu já havia planejado ir para lá de qualquer jeito, então é melhor mesmo que eu faça isso. Faz todo o sentido!

Bailey parecia estar em dúvida. Eu, por outro lado, prendi a respiração na expectativa. Era a primeira vez em séculos que ela se mostrava tão animada, e não seria uma oportunidade para Bailey e eu agirmos como um verdadeiro casal? Só nós dois? Ela podia ter dito que ia nadar até os Estados Unidos, e eu teria me oferecido para encher as boias de braço. Estava ansiosa para vê-la agarrar essa oportunidade com unhas e dentes.

— Por falar em um lugar para morar. Meu apartamento. — Ela pôs a mão no bolso e tirou de lá uma chave. — Não ficaria contente de deixar vazio por muito tempo e, Al, sei que você vai ter que se mudar em breve, de qualquer forma... Estou planejando ficar nos Estados Unidos até o final do ano, então me fará um grande favor, e não precisa pagar aluguel, claro. Vai economizar para quando achar um lugar para você. Pode ficar lá para mim? — Gretchen jogou a chave por cima da mesa, que caiu bem no meu colo.

— Não posso negar que ela já tem tudo planejado — disse Bailey mais tarde na cama. — Mas Gretchen não conhece ninguém em Nova York! O que vou fazer se receber um telefonema de um hospital dizendo que ela foi internada? Já recusei tantos trabalhos nesses últimos meses para ficar aqui com ela. Não posso começar a atravessar o Atlântico de uma hora para outra. Você acha que devo persuadi-la a ficar?

— Não, não acho — respondi devagar. — Talvez ela tenha razão. Ela precisa de um desafio. E parece bem mais estável. Acho que temos de confiar nela. — Na verdade, eu sentia bastante orgulho dela... Gretchen havia sido muito paciente, atravessara um longo caminho para chegar onde estava. Fiquei um pouco triste, porque, agora que minha amiga estava de volta, ela ia partir. Mas, por outro lado, esses últimos meses haviam sido intensos demais! Eu achava que precisava dessa distância também.

— Acho que vai ser muito bom para ela — disse eu. — E Nova York! Sortuda!

Ainda não entendo como fui tão burra.

Capítulo Vinte e Um

Bailey, enfim, me encontra na capela do hospital.

— Não desapareça dessa forma novamente — diz ele. — Fiquei maluco. E o que está fazendo aqui neste lugar?

Ele tem razão. A capela é fria, escura, e as paredes estão impregnadas de orações desesperadas. É difícil imaginar qualquer coisa boa num lugar como esse, reservado às pessoas que estão à espera de um milagre ou procurando encontrar o conforto em suas crenças habituais. Há um pequeno Cristo de plástico, braços abertos, equilibrado sobre uma mesa, ao lado de um caderno e uma caneta, um tipo de livro de pedidos religiosos. "Ore pela alma de Mary McCarthy", "Faça com que meu pai melhore, por favor". Mas pelo menos não há médicos nem enfermeiras à espreita.

— Acho que passei três vezes pelo mesmo homem que usava um roupão. Era como se eu estivesse em algum tipo de escada médica de Escher — diz Bailey, entabulando uma conversa. Ele então vira uma cadeira ao contrário, atrás de mim, de modo que ela fica voltada para o lado oposto. Senta-se e me enlaça pelos ombros e pescoço. — Não chore — pede ele, e beija minha nuca.

Na verdade, quando ele faz isso tenho mais vontade ainda de chorar.

— Como você sabia que eu estava aqui?

— Eu não sabia — confessa ele. — Foi Tom quem sugeriu.

Ah!

Bailey olha para o meu colo.

— Você está lendo a Bíblia? — Ele estende o braço a meu redor e antes que eu tenha tempo de fechar o livro ele o pega.

— "Senhor, quantas vezes devo perdoar meu irmão, quando ele pecar contra mim? Até sete vezes?" Jesus respondeu: "Eu lhe digo, não sete vezes, mas setenta vezes sete." — Bailey lê em voz alta. — Humm — ele murmura. — Setenta vezes sete. É coisa pra caralho.

— Bailey! Isto aqui é uma capela — digo rapidamente.

Ele olha em torno daquele buraco.

— Al, eu não estou muito certo de que Deus esteja aqui mais do que se eu estivesse num armário cheio de material de limpeza. Você veio aqui para perdoar quem, afinal? Gretchen? A mim?

Balanço a cabeça.

— Claro que não... Não é culpa sua. Tom só está com medo. Ele está procurando alguém em quem pôr a culpa.

— Eu não estava me referindo somente ao fato de eu ter perdido o voo. Ninguém devia ter que ficar ao lado da cama de sua melhor amiga com dois ex-namorados, entre todas as pessoas. Não é razoável.

Tento sorrir.

— Não, não é... Você tem toda razão.

— Sinto muito por tudo isso, Alice. Por tudo mesmo.

Não há nada que eu possa dizer em relação a isso. Não vai mudar nada.

— Tente não culpar Gretchen — diz ele. — A culpa também não é dela.

Fico calada.

— Mas tenho que admitir que as coisas não têm sido muito fáceis para nós, não é? Se tivéssemos tido mais tempo juntos no início... Se ela não estivesse tão deprimida e não precisasse tanto de nós dois, talvez tudo tivesse sido diferente...

Ah, por favor, não faça isso. Não preciso escutar ainda mais isso.

— Você foi maravilhosa durante todo aquele tempo, sabe? — continuou ele. — Gretchen não estava fácil, mas você foi incrível.

Não, não fui. Ela era minha amiga, e precisava de ajuda. É o que se faz, não é?

— *Sinto* muito mesmo — diz Bailey, olhar fixo no Cristo de plástico. — Eu gostaria que tivesse sido diferente. É que no momento em que ela foi para os Estados Unidos, e eu tive a oportunidade de começar a trabalhar novamente... Você sabe, eu não podia recusar as ofertas, Al. Àquela altura eu já estava apertado de dinheiro. Quase não nos vimos naqueles três meses, não foi? Eu me sentia um exilado voluntário, que emigra para evitar impostos. E, acho — suspira ele com tristeza e dá de ombros —, que esse é o lado negativo do meu trabalho. *Preciso* viajar muito. Não tenho escolha.

— Não temos que fazer isso, Bailey — digo.

Principalmente porque não quero... Ainda é muito cedo para discutir esse assunto. Eu me escuto agora falando com ele pelo telefone em Los Angeles, na Cidade do Cabo, na porra de Timbuktu e só Deus sabe onde mais, um tom carente na minha voz, nada familiar e indesejado, quando eu dizia: "Estou com saudades." Preocupando-me, mas tentando esconder quando ele respondia meio distante: "Estou com saudades também, mas estou trabalhando muito, e é bom estar de volta às atividades. Escute, minha linda, preciso desligar, tenho ainda coisas para escrever. Quero começar agora enquanto está fresquinho na cabeça, sabe?"

— Então, me perdoa? — pergunta ele, fechando a Bíblia com uma das mãos e devolvendo-a em seguida.

— Não há nada o que perdoar. — Dou de ombros. — As pessoas deixam de se amar. Acontece. — Nesse momento me sinto tola e envergonhada, porque ele nunca disse realmente que me amava. Era eu que o amava.

— Você é maravilhosa, Al. — Bailey balança a cabeça, admirado. — Nada perturba você, não é? — Ele tem um calafrio. — Podemos voltar, agora? Está realmente frio aqui. E está me deixando um pouco assustado. — Ele estremece quando olha para a imagem sobre a mesa.

— Não está nada frio, seu bobo! — Forço um sorriso. — É que você está acostumado a temperaturas mais exóticas.

— Eu não fico fora tanto tempo assim — diz ele em tom de reclamação.

Arqueio uma sobrancelha.

— Está bem, fico. — Ele suspira. — Porém agora vou ter que reavaliar isso um pouco. Eu achava que Gretchen estava indo tão bem! Mas... enfim. Vou ter que ir mais devagar de novo, por enquanto. Artigos sobre "Cem fins de semana de divertimento na Inglaterra", aqui vou eu!

— Você vai fazer isso só para estar perto dela? — Não consigo esconder a incredulidade da minha voz. Ele *precisa* viajar, não é? Não tem escolha, não é? Aparentemente, não... Não quando ele não quer.

— Claro! — diz Bailey, surpreso. — Ela vai ficar realmente deprimida quando despertar — acrescenta ele, com toda convicção, como se não houvesse alternativa: ela *vai* melhorar. — Não lembra?

Sei que ele é irmão de Gretchen e que faria qualquer coisa por ela, e é assim que deve ser. Se Gretchen o chamasse gritando do topo da montanha mais alta no meio da pior das tempestades, ele arranjaria uma maneira de chegar até ela. Acho muito bonito que ele tenha um coração tão grande, tão generoso e amável, que permaneça cheio de esperança de poder amá-la ainda mais. Essa é uma das razões para eu ter me apaixonado por ele. É importante dar apoio à família. Dói, realmente dói, ver tão claramente que não sou tão importante para Bailey quanto Gretchen — e nunca serei. Ela virá sempre em primeiro lugar para ele.

— Quando vejo minha irmã deitada ali naquela cama de hospital, cheia de tubos, tenho vontade de arrancar todos eles — diz ele subitamente —, apesar de saber que ela não vai ser capaz de respirar sem eles. Ela parece tão frágil, tão vulnerável! Não dá nem para dizer o que sentimos quando vemos uma pessoa que amamos nesse estado. Sinto meu coração se estraçalhar fisicamente no peito. — Bailey balança a cabeça. — Você quer fazer tudo o que pode... *por* eles, e me deixa arrasado ver que ela estava tão mal a ponto de fazer isso a si própria, mesmo sabendo o que acontecerá comigo se um dia... que

Deus não permita... ela conseguir. A única maneira de me consolar é dizer a mim mesmo que ela jamais faria isso se estivesse em pleno uso da razão. Nunca.

Os olhos dele brilham, e ele continua:

— Sei que Gretchen é adulta e que não é perfeita, claro, mas, sabe, quando olho para ela, Alice, só vejo uma menininha. Ela era uma chata quando éramos crianças, mas sempre, sempre sorria quando eu chegava. Ela costumava me seguir por toda parte. Sempre dizia: *"Bailey! Deixa! Mããããããããããeeeee!"*, ele imita. *"Ele não deixa eu brincar!"* Bailey dá uma risadinha. Eu já estava subindo a escada correndo com um dos meus amigos, a essa altura, malvado, mas ela nunca desistia... Eu a escutava subindo a escada, determinada, atrás de mim. Ela só queria estar por perto, eu acho. — Ele para e se deixa levar por lembranças mais felizes, e depois acrescenta: — Eu a deixaria brincar agora, se ela quisesse.

Uma súbita lágrima de raiva desponta no canto do olho de Bailey e escorre por sua face, mas ele a enxuga de imediato.

— Eu devia ter estado lá, Alice! É isso que os irmãos mais velhos fazem! — Cala-se então por um instante. — Fui eu quem estava com ela da primeira vez. Quando Gretch tinha 17 anos. — Ele não me dissera isso antes. Nem ela.

— O namorado terminou com ela. A história de sempre... Primeiro amor, grande paixão e tudo o mais. Gretch ficou muito, muito deprimida, e mamãe me mandou lá em cima para tirá-la do quarto, porque ela não queria descer para o chá. Ela estava no parapeito da janela, no escuro. Sabe, tudo de que eu me lembro é ver a janela batendo com o vento, no espaço. Passei 20 minutos tentando fazê-la descer, mas ela pulou.

— Ah, Bailey!

Estendo o braço e seguro a mão dele com firmeza. Faria qualquer coisa para aliviar seu sofrimento. Qualquer coisa.

— Ela só quebrou o tornozelo e três costelas... nem sei como. Pensamos que ela estava apenas abalada com o rompimento, mas agora vejo que foi quando tudo começou. Foi terrível, e sinto muito que tenha sido você a encontrá-la, Alice, sinto mesmo. Mas não a odeie por isso. Ela realmente não sabe o que está fazendo.

Bailey me encara com um olhar sincero, é verdade, porém ainda não consigo dizer nada.

— Não a criticaria se você a odiasse, quer dizer, até mesmo mamãe não suporta mais. Não sabe mais o que fazer. Está completamente abatida e não consegue ver Gretch lutar outra vez... Talvez papai consiga persuadi-la a vir até aqui amanhã. — Ele passa uma das mãos pelo rosto cansado. — Eu não entendo. Se fosse um filho meu, eu iria até o inferno se fosse preciso para tirá-lo desse estado de inconsciência — diz ele, de repente furioso.

Finalmente joga a cabeça para trás, fecha os olhos e acrescenta:

— Quando tudo isso acabar, vou levá-la a algum lugar de clima quente onde ela possa enfiar os pés na areia aquecida e beber uma cerveja gelada. Esse tipo de coisa bem simples.

Sei que ele faria isso mesmo — trocaria todas as boas experiências de sua vida, cada riso ainda a sair de sua boca e tudo o que possuísse, pelo bem dela.

— Bailey — disse eu baixinho —, posso lhe perguntar uma coisa? Gretchen alguma vez lhe pediu para romper comigo?

Ele parece atônito.

— Não! Por quê?

Então Vic estava com a razão — Bailey simplesmente não tinha força suficiente para dar atenção a nenhuma outra pessoa que precisasse dele, e, para ser franca, eu *havia* me tornado dependente. Vic era amada infinitamente em Paris, Gretchen estava em Nova York, onde havia uma diferença de cinco horas de fuso horário, Tom havia me deixado, minha família andava obcecada com as ultrassonografias do bebê, Fran em processo de mudança para uma casa maior, a visita seguinte à parteira. Eu estava sozinha, mas vejo como, durante os telefonemas internacionais, ao dizer a Bailey "Estou com saudades", eu o sobrecarregava de responsabilidade pela felicidade de alguém mais, quando tudo o que ele queria era se divertir um pouco. Talvez ainda estivéssemos juntos, se eu não tivesse exigido nada dele, se tivesse apenas ficado a seu lado quando ele precisava de mim — sua Alice forte, confiável e amorosa.

— Desculpe-me. — Ele me alisa o braço. — Não quis descarregar em ninguém, encher seus ouvidos de lamúrias dessa maneira. Mas me sinto bem melhor agora, obrigado — diz ele, agradecido. — Vamos sair daqui, Al! — Levanta-se e estende uma das mãos. — Vamos. Já chega de capela para mim. E tem um cheiro esquisito também. — Bailey torce o nariz. — Gretchen precisa de nós dois, Alice.

— Vou daqui a um minuto, prometo.

Ele concorda com um gesto de cabeça, empertiga-se e sai porta afora.

— Obrigado por me escutar, Al — agradece. — Ajuda bastante o fato de você conhecer Gretchen tão bem assim. Ela... nós devemos muito a você. Obrigado. — E sai.

Com mãos trêmulas viro a página da Bíblia que fala sobre o perdão para uma que fala sobre a inveja. Leio a frase diversas vezes, focando minha atenção de tal forma que chego a ver a granulação do papel quando as palavras marcam meu cérebro:

Onde há inveja e ambição egoísta, aí se encontram a desordem e todas as formas de maldade.

Tiago 3:16-18

Capítulo Vinte e Dois

— Respire fundo, querida, agora me diga o que aconteceu.

— Ele me deixou! Quando finalmente conseguimos um tempo juntos, ele terminou comigo! — Eu estava recostada na parede, no apartamento de Gretchen, chorando ao telefone.

— Agora, agora? — perguntou Vic.

Tentei manter a voz sob controle.

— Ele voltou do Rio ontem...

Vic demonstrou irritação.

— Típico.

— E me pediu para ir encontrar com ele o mais rápido possível. Eu nem imaginei que era para isso, só achei que ele queria me ver. — Olhei à minha volta aflita à procura de outro lenço. — Ele disse que queria sair de casa para evitar cair no sono — continuei. — Então nos encontramos no Hyde Park para um café e depois fomos passear. Eu estava superfeliz por ele estar de volta e querendo conversar.

— Claro que estava — concordou Vic, solidariamente.

— Saí chutando as folhas e falando pelos cotovelos sobre como sempre quis ir à Nova Inglaterra e ver o outono lá, dizendo coisas como "Não acha que as cores são maravilhosas? Por que não chuta as folhas também?" — Fechei os olhos, humilhada. — Como sou *idiota!* *E* ele vai pensar que eu estava sugerindo que fôssemos juntos, o que é ainda pior.

Vic esperou, paciente.

— Bailey estava muito quieto, mas achei que fosse por causa da diferença de fuso horário, então eu disse que chutaria por ele, mas chutei um monte de cocô de cachorro por engano. — Tentei rir, mas não conseguia.

— Ah, não! — Vic, sensatamente, não riu.

— Estava escondido embaixo de um monte de folhas. Eu estava limpando o meu pé na grama e dizendo que lavaria o sapato quando voltássemos, mas ele aí disse que não estava dando certo, e eu disse que estava, sim, e levantei o pé para mostrar que já tinha limpado quase tudo, e *então* ele disse: "Não, não é o sapato, somos nós. Não está dando certo para *nós dois.*"

— Aaaaaaiiiiii — gemeu Vic. — E o que você disse?

— Não me lembro bem. Nada, no início. — Eu me debrucei sobre o telefone. — Ele me trouxe de volta para cá, o que deve ter sido estranho para ele, por ser o apartamento da irmã.

— Isso era o mínimo que ele podia fazer! — disse Vic, enfurecida.

— Mas quando voltamos, e eu sabia que ele ia embora e que estaria tudo acabado, tentei convencê-lo de que ele estava cometendo um erro. — A dor e a ferida da lembrança recente, ele ali, decidido, enquanto eu dava razões por que valia a pena ficar comigo, me fizeram começar a chorar.

— Nada podia ser mais arrasador do que isso — disse Vic.

— Eu sei. — Engoli em seco. — Um pouco de dignidade teria sido bom.

— Rompimentos nunca são razoáveis...

— Eu continuei até que ele perdeu a paciência comigo. E então perguntei se havia uma outra. Aquele não foi o meu melhor momento.

— E aí? Ele está com outra?

— Ele diz que não, e que jamais faria isso, que ele só não podia me dar o que eu precisava ou queria. Disse que não seria justo fingir o contrário.

— Bom, ao menos ele admitiu que não é homem bastante para você, afinal, e que tem sérios defeitos — disse Vic abruptamente —, mas foi ele quem procurou *você* e era todo "Estou ansioso para me encontrar com você" e "Vamos ser felizes agora". Urrggghhh! *Detesto* esses merdas como ele!

— E aí pedi a ele que ficasse, de todo jeito, só por mais uma noite — deixei escapar, meu coração aos pedaços. Eu não queria admitir ter descido ao fundo do poço, nem mesmo para ela, mas também não conseguia interromper minha confissão.

— Ah, Al... — Vic ficou calada por um instante.

Ela esperou que eu chorasse baixinho, o som ecoando pelo apartamento de Gretchen. Então, com delicadeza, ela perguntou:

— E ele ficou? É por isso que você está me telefonando agora? Ele acabou de ir embora?

Balancei a cabeça negativamente, o que era uma estupidez, claro, porque ela não me via.

— Ele se recusou a ficar. — Tentei rir e assoei o nariz um pouco. — O que me deixou arrasada. Ele ficou mal-humorado e começou a olhar para o relógio e dizer diversas vezes que tinha que trabalhar. Por fim, fiquei tão irritada que comecei a gritar para ele sumir, se era tão importante assim, e ele foi embora.

— Bem, podemos agradecer porque poderia ter sido pior — disse Vic. — Ao menos ele e você fizeram alguma coisa certa. É disso que tem que lembrar, Al... que no final você disse a ele para desaparecer.

— Só porque ele me forçou a isso.

— Não importa — insistiu Vic. — De qualquer forma, você disse a ele. Gretchen sabia que ele ia fazer isso? Você telefonou para ela, imagino.

— Eu tentei — admiti —, mas é tão difícil conseguir falar com ela, por causa das cinco horas de diferença e tudo o mais. Ontem de noite ela não estava em casa, e ainda é muito cedo para ligar... São 6 horas de um domingo de manhã, e ela vai estar dormindo. Você estava certa, disse que isso ia acontecer se rompêssemos o namoro, e aconteceu.

— Pois é, bom, não fico feliz por isso.

— Você estava certa em relação a tudo. Isso é parte do problema também... Estou muito *puta* comigo mesma por tudo isso. — Chorando, aperto meu lenço na mão. — Quando eu e Tom terminamos o namoro, você disse "dê um tempo e retome a vida social". Mas, em vez disso — joguei o lenço longe irada —, passei cada um dos minutos em que estava desperta na casa de Bailey, com Gretchen e ele, durante os primeiros dois meses, o que, bem, não foi realmente culpa dele ou dela, já que Gretchen estava doente, mas aí ela viajou e ele começou a sair pelo mundo... E, então, o que eu fiz?

Vic ficou em silêncio, sabendo que eu não esperava uma resposta.

— Fiquei de prontidão, esperando que ele voltasse das viagens, como uma idiota... fiz *dele* a minha prioridade — desato a falar. — Recusei uma proposta de trabalho na Itália, porque teria que viajar quando ele estivesse voltando para passar dois dias. Aceitei um monte de trabalhos locais, de modo que estivesse sempre por perto num abrir e fechar de olhos. Quer dizer, o que eu estava *pensando*, porra? — Puxo outro lenço da caixa com violência. — É muito patético!

— Pare com isso, Al, nós todas já fizemos isso — disse Vic. — Você ficou caidinha por ele, e achava que ele tinha muito a oferecer, então se jogou de cabeça nesse relacionamento. Você não é a primeira a perceber que viver em função de uma pessoa é uma roubada. Na pior das hipóteses, perdeu seis meses para um merdinha. Contudo, não vai mais cometer o mesmo erro.

Escutei enquanto secava meus olhos inchados e exaustos e assoava o nariz, que estava vermelho e dolorido.

— Quando se está o tempo todo trabalhando e lidando com as coisas chatas da vida... *vivendo* de fato a situação... é difícil dar um passo atrás e ter uma ideia clara do que está indo errado. Não conheço nenhuma pessoa que não tenha pensado "Eu devia telefonar para uma das minhas amigas e marcar um encontro, mas, enfim, estou cansada, e foi um dia terrível. Tudo o que eu quero é ir para casa, tomar um chá e ficar lá com a minha outra metade". Isso já aconteceu comigo. É triste ter que admitir isso, mas metade do tempo estou cansada demais até para usar o Facebook e me manter em contato. Só vou lá para bisbilhotar as fotos das outras pessoas. E isso é ruim.

Expirei de leve e depois funguei.

— Você não está me dizendo isso só para me fazer sentir melhor, não é?

— Claro que não! Pare de se torturar. Você tem a vida inteira pela frente, Alice. Tem um talento extraordinário, construiu um negócio realmente bem-sucedido e agora está livre para o trabalho que quiser! Comece a procurar de novo aqueles que realmente a interessam, as reportagens de viagem.

— Eu devia, eu sei — disse. — Sou uma pessoa de sorte porque trabalho no que gosto, sei disso.

— É assim que se fala! — observou Vic, animada. — Você não precisa ver o nojento de novo. O restante de sua vida começa agora. E aí, o que vai fazer hoje? Acho que não devia ficar sozinha, porque, agora, você pode estar com raiva, porém mais tarde pode voltar a ficar triste.

Mais tarde? Meus olhos já se enchiam de lágrimas. Vic tinha razão! Talvez aquela tivesse sido a última vez que eu o via. Tínhamos dado nosso último beijo. Aaaahhhhhhhhhh! Aquilo doía.

— Por que você não vai visitar seus pais? Ficar um pouco com eles?

— Tenho um trabalho amanhã cedo e preciso ficar aqui... Um trabalho tranquilo, até. Somente eu, uma cliente e uma caixa de esmaltes. Graças a Deus!

— Está bem, então vá só almoçar. Escute, tenho certeza de que já pensou nisso — disse ela —, mas hoje é Halloween. E essa é uma grande comemoração nos Estados Unidos, então se lembre disso se tentar telefonar para Gretchen mais tarde. Agora, quero que você desligue e telefone para sua mãe. Está bem? Ligue para mim hoje à noite, quando chegar em casa.

Desliguei e chorei de novo, enquanto imaginava onde ele poderia estar e o que estaria fazendo. Então estive bem perto de mandar uma mensagem de texto idiota para ele, para "saber se ele estava bem" e dizer que eu esperava que "continuássemos amigos", e que eu me arrependia de tê-lo mandado sumir.

Mas logo me lembrei do que Vic dissera e apaguei o que havia escrito. Telefonei para minha mãe e meu pai imediatamente. Levaria umas duas horas para chegar lá, mas *seria* bom receber um abraço e poder chorar em casa.

Minha mãe respondeu bruscamente, mal o telefone tocou pela segunda vez.

— Frances, pelo amor de Deus, *são só contrações de Braxton Hicks, e eu já estou de saída!* Quanto mais me telefonar, mais você me atrasa.

— Não é Frances — disse eu, fungando com pena de mim mesma.

— Sou eu.

— Ah, Alice — disse ela. — Não fungue, assoe o nariz. Agora escute, eu adoraria falar com você, mas não posso... Sua irmã tem certeza de que entrou em trabalho de parto e corre o risco de ter o bebê no chão da cozinha, embora seja a quarta vez em dois dias que isso acontece.

Está explicado por que Fran não respondeu à minha ligação no dia anterior, logo depois de Bailey ter ido embora.

— Não apenas isso, seu pai e Phil estão às turras, porque seu irmão convidou uns amigos ontem de noite e agora tem um buraco no meio da cerca de trás. Philip! — gritou ela, zangada. — Não faça esse gesto com a mão para o seu pai! É falta de educação... É, ele sabe o que significa, na verdade, essa não é a questão. Tenho que ir, querida. Graças a Deus você existe. Eu devia ter tido você primeiro e parado aí. Telefono mais tarde. Philip, fale com sua irmã.

— Oi, Al — disse Phil. — Quais são as novidades? Papai está ficando *maluco* aqui e Frances tem muito a ver com isso também, porque não para de telefonar e, tipo assim, fica *choramingando* pelo telefone. É de deixar qualquer um louco. Ó meu *Deus!* Está bem! Al, vou ter que ir. Tem, tipo, um velho maluco gritando comigo e dizendo que tenho que consertar a droga da cerca... Apesar de não ter *nada a ver comigo.* Vou chamá-lo.

Então meu pai atendeu o telefone e disse, tenso:

— Alô, Alice. Estamos com um probleminha aqui hoje, eu acho. Philip, como deve ter percebido, ainda não conseguiu um emprego e adotou uma existência noturna, que envolve deitar-se no sofá se coçando, comendo qualquer coisa que dure tempo suficiente, bebendo meu uísque, e agora teve a audácia de destruir a casa para se divertir. Fez, *sim*, Phil! — gritou ele, e tive que afastar o telefone do ouvido. — Você está pensando que eu sou algum idiota? A bola de futebol estava *bem ao lado da cerca!*

Assim, em vez de ir para casa, onde eles todos pareciam ter enlouquecido, passei a maior parte do dia chorando na cama, o que não era bem o começo do restante da vida que eu teria escolhido. Então descobri uma garrafa de *schnapps* de pêssego largada embaixo da pia da cozinha, mais ou menos às 17 horas. Como efeito direto, as coisas foram tomando um rumo pior.

Com dedos trêmulos, que podiam ser consequência do meu nervosismo, ou o primeiro sinal do meu fígado entrando em colapso, disquei e prendi a respiração quando escutei o tom estrangeiro pouco familiar. Merda! Estava tocando. Não estava certa de que ele ainda tinha o mesmo número de celular, quanto mais de que estaria funcionando nos Estados Unidos. Esperei.

Durante toda a tarde, sempre que pensava em Bailey, que até o dia anterior fora meu namorado — para quem eu podia telefonar quando quisesse —, eu me entreguei à dor e a uma grande saudade no mais íntimo do meu ser. Mas, como uma masoquista sociável, em meio à minha crescente confusão mental, começara a pensar em Tom com sentimento de culpa também. Teria ele se sentido como eu me sentia naquele momento? Será que tivera de ir para outro país e agir como se tudo estivesse bem, demonstrar inteligência e alegria, começar um novo emprego numa cidade desconhecida, *se sentindo dessa maneira*? Ah, coitado do Tom!

Era uma péssima mistura de culpa e desilusão, que mal conseguia suportar e, às 23 horas, já não conseguia mais raciocinar e me sentia muito, muito triste. Eu queria Bailey e também sentia falta de Tom. Parecera perfeitamente sensato telefonar para ele nos Estados Unidos e me desculpar por tê-lo decepcionado.

Ele atendeu com um alegre "Alô?". Foi como se seis meses sem nos falarmos nunca tivessem acontecido.

— Oi — sussurrei. — Sou eu. Você está acordado?

— Alice?

Ele pareceu muito surpreso, como era de se esperar, mas não se mostrou irritado, o que tomei como um bom sinal... Mas eu estava tão bêbada que teria tomado um golpe no rosto com uma placa de trânsito como estímulo.

— Eu só queria dizer que sinto muito — disse com voz enrolada, enquanto andava pela sala do apartamento de Gretchen com o telefone sem fio. — Sinto muito, muito mesmo. Bailey me deixou, achei que você gostaria de saber, e não é legal, não acha? Eu me senti mal, porque você é uma pessoa maravilhosa, Tom... Maravilhosa, terna, generosa e tem um grande coração. E sinto muito mesmo sua falta. Na verdade, queria poder lhe dar um abraço. — E nesse ponto comecei a chorar. — Você sabe abraçar tão bem!

— Alice, você está bêbada? — perguntou ele distintamente.

— Claro que não — respondi com cuidado, olhando para a garrafa quase vazia de *schnapps*. — Sei como estou me sentindo, porque sou eu que estou falando. E não, eu queria lhe dizer, a bebida. — Pigarreei, ciente de que estava tendo um pequeno problema de fala, e trôpega fui para o sofá. — Eu estou bem. É verdade.

Então pensei ter escutado uma voz de fundo. Uma voz feminina.

— Alice, não posso falar com você agora porque estou de saída.

Eu me sentei subitamente.

— Com uma garota? — perguntei, lembrando-me que Vic me dissera que ele tinha uma namorada americana.

— Sim — disse ele, pouco à vontade. — Uma espécie de festa de Halloween. Telefono para você de manhã, horário daqui, se você achar bom.

— Não, não — recusei, sacudindo a cabeça, de repente sentindo-me muito triste e confusa. Tudo estava dando errado. Escutava sua voz, que me era tão familiar, mas ele estava numa sala que eu não conhecia, em outro país... Com uma outra garota. — Eu... vou sair com Gretchen amanhã à noite — menti, de repente querendo provar que eu também tinha uma vida e não era uma alcoólatra qualquer, que estava sozinha se embebedando com uma bebida adocicada... —, então não vou estar em casa. — Senti lágrimas aflorarem aos olhos outra vez e lutei para controlar a voz. — Mas foi bom falar com você novamente. Quando voltar, gostaria de vir tomar um drinque comigo?

— Claro — respondeu ele, sem jeito. — Podemos combinar alguma coisa.

— Amigos nunca são demais, não é? — Tentei rir, mas minha voz soou mais como um berro.

Ele falou com voz suave:

— Eu nunca deixei de ser seu amigo. Só precisava de um pouco de tempo, nada mais. Aí, vá para a cama. E coloque uma cestinha de lixo ao seu lado, está bem? Promete?

O tom carinhoso de sua voz foi o bastante para acabar comigo completamente.

— Farei isso. Tchau, então — disse de imediato, e desliguei.

Chorosa, levantei a cabeça e vi meu terrível reflexo no vidro da janela. Quase não me reconheci. Eu simplesmente não conhecia a moça desesperada, inconsolável, sentada sozinha numa enorme sala vazia, encarando-me de volta. Naquela noite, adormeci chorando.

Graças a Deus eu tinha trabalho para me fazer levantar pela manhã. Fiquei à espera da cliente no silêncio e na paz do estúdio vazio, acalmando-me, e pela milionésima vez agradecendo a Deus por não trabalhar num escritório cheio e barulhento, onde teria de me vestir de forma elegante para impressionar. Um visual um pouco descuidado era parte do pacote criativo e aparentemente o esperado pelos clientes. Por sorte, o trabalho do dia era fácil — mesmo sentindo-me um lixo, como estava, era impossível estragar fotos de esmalte de unhas. Uma vez iniciada a sessão de fotos, fiquei totalmente envolvida com as curvas dos vidros e as cores dos líquidos. Quando meu celular tocou no bolso, logo depois do almoço, eu estava concentrada no trabalho — e teria ignorado o telefonema, mas não o fiz por ser Gretchen.

— Oi — disse ela de bom humor, como nos velhos tempos. — Desculpe, voltei tarde ontem à noite e encontrei todas as suas mensagens, mas então já estava tarde demais para ligar. Então o idiota do meu irmão tomou a clássica decisão imbecil de deixar você escapar?

Expirei, afastei-me das luzes do estúdio e da cliente, que mexia como uma neurótica nos vidros de esmalte de novo — embora eu tivesse lhe pedido com paciência durante toda a manhã para não tocar na montagem — e me sentei numa cadeira ao fundo do estúdio tão rapidamente que meu cérebro ressacado girava na cabeça como a água suja de um tanque de peixes.

— Então ele lhe contou — falei em seguida. — O que ele disse?

— Você deve estar se sentindo um lixo — comentou ela, solícita.

— Lamento, Al.

— Já me senti melhor. — Eu me mexi e abaixei a voz para que a cliente não me escutasse. — E, oh, Deus, Gretch, você não vai acreditar. Telefonei para Tom e ele estava com uma garota, os dois prontos para sair. — Fechei os olhos, envergonhada. — Ah, como eu queria que você estivesse aqui!

— Volto em quatro semanas. Só isso. Aguente firme, e, quando chegar, *eu* tomo conta de *você*! Vamos sair e nos distrair... Um tempinho para *nós* duas. Para animar você.

As palavras dela eram extremamente reconfortantes, lembrando-me de tempos mais felizes.

— E não se preocupe por ter telefonado para Tom — disse ela. — Nós todas já passamos por isso, já fomos abandonadas, ligamos para o homem que sempre foi nossa tábua de salvação à procura de um pouco de conforto, choramos etc. etc. Não é nada de mais.

Graças a Deus, ela e Vic existiam!

Fechei os olhos.

— Você acha que ele desligou o telefone e disse a ela "Desculpe por isso, foi a minha ex-namorada britânica bêbada que me traiu"?

Houve um silêncio, e depois ela respondeu, com cuidado:

— Não, ele não disse isso. Só comentou que você estava confusa e um pouco bêbada. Para ser sincera, foi por isso que não telefonei de imediato, mas estou aqui agora.

A princípio pensei que não ouvira direito, depois fiquei pensando que *ainda* estava bêbada.

Empertiguei-me na cadeira e perguntei idiotamente em seguida:

— O quê? — Incapaz de entender. — Você estava na casa do Tom? O quê?

— Alice, o que quer que faça, não desligue — pediu ela. — Quero que me deixe explicar.

— O que você estava fazendo lá? — perguntei, totalmente confusa. — Você nem sequer conhece o Tom! Ele disse que estava saindo com uma garota americana.

— Não, ele não disse isso. Você concluiu isso — explicou ela com delicadeza. Ela respirou fundo. — Ele estava saindo comigo... Bem, ele *está* saindo comigo.

Fiquei paralisada, enquanto, indiferente a mim, tudo acontecia ao meu redor. A cliente derrubou um dos vidros e o esmalte se espalhou por todo canto. A porta do estúdio se abriu, e um entregador entrou com um pacote... Tudo normal. Exceto pelo que Gretchen acabara de me dizer.

Ela estava o *quê*?

— Alice — começou ela.

Mas antes que ela dissesse qualquer outra palavra, tomada pelo choque, mexi no telefone enquanto ele ainda estava ao meu ouvido e interrompi a ligação. Fitei a parede à minha frente.

Tom e Gretchen?

Juntos?

Eles haviam se encontrado *duas vezes*. Como ela estava no apartamento dele?

De repente, uma imagem nítida dos dois, num elegante e espaçoso apartamento em Manhattan, me veio à mente — Tom desligando o telefone após falar comigo, que estava bêbada, virando-se para Gretchen, lindamente produzida, sentada no sofá e dizendo com ar de piedade "Pobre Alice", mas depois estendendo a mão para ela e convidando-a: "Vamos?" Ela se levantando e olhando para ele com amor, e ele se inclinando para beijá-la...

Senti a punhalada de um objeto afiado penetrando em mim e perdi o fôlego.

E, ó Deus! — fechei os olhos com força —, eu havia mentido para ele, dizendo que ia sair com Gretchen à noite para dar a impressão de que tinha uma vida...

E o tempo todo ela estava com ele.

Capítulo Vinte e Três

Às 21 horas daquela noite, de volta ao apartamento — o apartamento dela —, encontrei a secretária eletrônica repleta de mensagens de Gretchen, que variavam entre súplicas para eu atender o telefone, insistir irada em que não fizera nada de errado e me lembrar de como eu era importante para ela — afinal, quem promovera a minha união com o irmão dela? Quem me emprestara o apartamento para ficar lá sem pagar aluguel? A última dizia simplesmente que ela queria se explicar.

Antes que eu tivesse chance de tirar o telefone da tomada e arremessá-lo longe, ele tocou de novo, e eu quase o arranquei com força, mas, no último minuto, decidi não o fazer. Entretanto, não foi a voz dela que encheu o apartamento depois do sinal — foi a de Tom. Desabei no sofá e cravei os olhos no aparelho enquanto o escutava, falando calmamente, do outro lado do mundo.

— Al, sou eu. Sinto muito que Gretchen tenha ficado com a delicada decisão de lhe contar ou não sobre nós ao telefone.

Sobre nós? Deixei escapar um grito.

— Tínhamos combinado que Gretchen contaria a você quando estivéssemos de volta à Inglaterra, mas, hum... as coisas nem sempre acontecem como a gente imagina e... Bem, você é a melhor amiga de Gretchen... Vocês duas passaram por tanta coisa juntas, e não dar a ela a oportunidade de explicar tudo isso está deixando Gretchen arrasada.

Fiquei boquiaberta. Está *deixando* Gretchen arrasada?

— Espero que você concorde em se encontrar com ela quando voltarmos, que dê a ela a chance de explicar tudo, para que veja que *ninguém* teve a intenção de magoar você. Ligue para mim se quiser conversar, mas eu entendo se agora não for o melhor momento.

— Você sabia? Você sabia que os dois estavam juntos? — exigi saber, quando telefonei para Vic um segundo depois de ele ter desligado.

— Claro que não! — respondeu ela de imediato. — Al, não é que eu não queira discutir isso com você, eu quero. Mas posso lhe ligar em cinco minutos? É que Luc e eu estávamos terminando de assistir a um DVD quando você telefonou, e ele está querendo dormir...

— Ah, desculpe — respondi prontamente. — É que fiquei tão chocada, e... precisava...

Escutei-a respirar fundo.

— Vamos, não se preocupe — disse ela. — Não tem problema. Eu posso terminar de ver o filme depois. Luc pode assistir ao final agora, e eu deixo para amanhã ou depois.

— Dá para acreditar? — perguntei, atônita. — Primeiro Bailey e agora isso?

— Eu sei — ela disse, tentando me acalmar. — Deve ser terrível.

— Como ela pôde fazer isso comigo? Você não pode nunca, *nunca*, se envolver com um ex-namorado importante de uma amiga; isso faz parte de um acordo tácito!

— Concordo que é revoltante depois de tudo o que você fez por ela — disse Vic. — Mas, *por favor*... Eu lhe peço para não reescrever a história. Por sua sanidade mental, *tem* que se lembrar de que você e Tom romperam a relação por causa de Bailey, *não dela*... Ambos, ela e Tom, estavam livres, e os dois achavam que você estava namorando. Não é legal, e eu entendo que machuca, mas você estaria dando tanta importância se ainda namorasse Bailey e descobrisse que os dois estavam juntos? Não me leve a mal, eu acho que é perfeitamente natural ter um pouco de ciúme, mas...

— Não estou com ciúme! — interrompi. — Acho que é *esquisito*, que é *horrível*. Eu contei a ela segredos, coisas sobre Tom... Detalhes sexuais sobre ele... E agora ela está dormindo com ele! E eu realmente amei Tom. Certo, eu não estava mais apaixonada e sei que o machuquei muito seriamente, mas não se deixa de amar uma pessoa da noite para o dia. Seria ruim o suficiente saber que ele estava com uma namorada firme independentemente de quem ela fosse... Mas Gretchen? Quer dizer, que diabo! Como podemos continuar amigas agora? Como vamos poder nos sentar e conversar sobre o que está incomodando na nova relação? Não podemos, podemos?

— Bem, você também não podia quando estava namorando o irmão dela — disse Vic. — Foi por isso que...

Eu sabia que ela estava a ponto de dizer "Eu avisei", então, continuei indiferente.

— Eu disse a *ela* quando comecei a gostar de Bailey, e, no começo, quando vi que ela reagiu mal, não insisti. Ela, definitivamente, nunca me falou nada desse tipo sobre Tom. Nada! Ela nem sequer me disse que tinha se encontrado com ele! — Eu me sentei, a cabeça rodando. Aquilo parecia irreal, como uma piada de mau gosto, e, no entanto, eu escutara a confirmação... vinda dos dois.

Vic ficou calada, só ouvindo.

— E o que você acha que eles dizem um ao outro sobre mim? — sussurrei. — O que ele terá dito a ela, e ela a ele? Ambos sabem de coisas muito pessoais sobre mim que não quero que fiquem falando... E você acha que os dois estão com pena de mim porque levei um pé na bunda? Não vou suportar a piedade deles. Não quero isso!

— Tenho certeza de que não vão dizer nada, Al. Você está passando por um período muito difícil e fica imaginando coisas que normalmente não imaginaria. — Vic tentava me confortar. — Tom é uma boa pessoa, ele não é assim. Para ser justa, Al, ele não tinha que telefonar para você para dar explicações... Muitos rapazes não fariam isso.

— Por causa do que aconteceu com Bailey? — perguntei.

— Bem, em parte por isso, sim — admitiu ela, sem jeito.

— Mas eu não pretendia contar a Tom sobre Bailey! Eu ia fazer o que você sugeriu... Mentir para protegê-lo. Se Gretchen não tivesse dado com a língua nos dentes... Ela não tinha nada que estar lá, era para estar no hospital, porra.

E então, naquele mesmo instante, um insight me atingiu bem entre os olhos. Como uma viga de ferro oscilando no ar, me atingiu no meio da testa e me derrubou.

— Oh, meu Deus, Vic! Você acha que ela teve a *intenção* de dizer a ele?

— Não estou entendendo — disse Vic, confusa. — Teve a intenção de dizer a ele o quê?

— Que Bailey e eu estávamos "saindo"? Foi o que de fato nos separou, não foi? E agora ela está namorando Tom. Então é claro que ela o acha atraente.

— Eu não estou querendo ser grosseira, mas isso é afirmar o óbvio, não é?

— A questão é: quando ela realmente começou a gostar dele? Quando se conheceram? Enquanto ele ainda era *meu* namorado?

Minha mente entrou num ritmo acelerado, enquanto Vic considerava as implicações do que eu acabara de dizer.

Ela hesitou.

— Sinceramente, parece que eles se conheceram nos Estados Unidos, e que começou a partir daí... Talvez você precise...

— O quê? Acidentalmente, numa cidade de milhões de pessoas? Quais são as chances de isso de fato acontecer?

Dirigi o olhar à parede, na qual havia um enorme quadro de Gretchen no estilo Warhol, uma recriação das fotografias de Monroe, cabeça inclinada para trás e rindo, todas em diversas cores. Era como olhar para um jogo de quebra-cabeça e começar a colocar as peças no lugar para construir uma imagem límpida como o cristal.

— Do nada ela decide fazer um curso em Nova York, onde não conhece ninguém... Mas *sabe* que ele está lá, porque eu disse a ela. E, bingo! Eles então se encontram e se apaixonam? Numa cidade daquele tamanho?

— Al — Vic começava a se preocupar —, você teve um fim de semana péssimo e estou notando que está irritada, procurando razões e explicações, mas isso é demais. Você está dizendo que ela foi para lá de propósito, como um míssil guiado? Ela não é Glenn Close em, como é mesmo... *Atração Fatal.*

— Bem, ela acabou de sair de uma internação num hospital psiquiátrico — falei de imediato.

— Oh, Alice! — exclamou Vic, horrorizada. — Para com isso. Você é superior a isso. Tenho certeza de que amor e romance eram a última coisa na mente dela. Você mesma disse que ela esteve muito mal, que tinha feito coisas horríveis.

— E fez! Como contar a Tom, de propósito, sobre mim e Bailey!

— O quê? Então a doença dela era uma desculpa fajuta para fazer o que fez? — perguntou Vic, incrédula, o que não me havia sequer ocorrido antes.

— ISSO MESMO! — exclamei. — Claro! Você tem toda razão!

— Desculpe, mas *isso* é realmente loucura. Alice, por favor. Você está ficando confusa, eu não estava falando sério. Nenhuma pessoa pode ser tão manipuladora e calculista assim.

— Não estou acreditando! — disse eu, sem escutar. — Tenho que ir. Ligo para você depois.

— Alice, *não* telefone para Tom... — Escutei-a começar a dizer, mas encerrei a ligação e disquei com muita raiva.

Capítulo Vinte e Quatro

— Quer dizer que Gretchen se apaixonou por mim em Londres, intencionalmente nos fez romper o namoro e depois veio atrás de mim nos Estados Unidos? — disse Tom, devagar, totalmente incrédulo. — Desculpe, Alice, não engulo essa... Não sou *tão* bonito assim.

Não achei graça. Estávamos numa discussão pelo telefone já fazia 20 minutos, nossa antiga intimidade nos permitindo acreditar que era aceitável dizer o que quer que nos viesse à mente.

— É ridículo. Quer dizer, não me venha com essa — disse Tom. — Eu e ela — continuou ele, pouco à vontade — realmente lutamos contra o que começava entre nós...

Óbvio. Claro, eles *realmente* lutaram muito.

— Nenhum de nós percebeu o que estava acontecendo.

— Chega! — retruquei de imediato. — Não quero saber dos detalhes!

— Não tínhamos intenção de magoar ninguém, mas você estava namorando, lembra?

— Lembro, e veja como você "acidentalmente" descobriu isso!

Perdi o fôlego quando uma outra coisa me ocorreu: a rispidez e a irritação de Gretchen logo que eu disse que estava gostando de Bailey, e depois a súbita atitude, inteiramente oposta, disposta a promover nosso namoro. Teria ela me empurrado para Bailey só para me tirar do caminho?

— E foi Gretchen quem promoveu meu namoro com Bailey... Ela lhe contou isso?

Tom ignorou o que eu dizia.

— Alice, o que aconteceu entre mim e Gretchen foi acidental. Eu estava sozinho aqui, e ela, também. Ninguém premeditou nada... É loucura sugerir isso! Você precisa relaxar um pouco.

Não acreditei que ele estivesse querendo *me* acalmar. A maluca não era eu! Olhei para as fotos dela na parede outra vez e precisei me conter para não atirar alguma coisa nelas.

— Você acertou em cheio — repliquei com toda a violência de um choque elétrico. — É uma insanidade. Vamos todos nos apiedar da pobre e inocente Gretchen: "Ah, eu disse alguma coisa que não devia ter dito? Não fui eu! Foram as drogas, ou a doença mental, ou a depressão..." *Besteira!* Ser maníaco-depressiva não é desculpa para um mau comportamento. Você não pode fazer o que lhe dá na telha e depois se virar e dizer: "Desculpe, não tive a intenção de fazer isso, foi meu lado perverso!" Ela se esconde por trás da doença quando é conveniente para fazer exatamente o que quer... Eu simplesmente não posso acreditar que não tinha percebido até agora!

— Alice, está escutando o que você mesma está dizendo?

— E você nem se importa com o fato de ela ser uma doente mental? Isso não preocupa você?

— Então você está querendo detalhes — disse Tom com paciência. — Olhe, eu não conheci Gretchen em Londres, por motivos óbvios, mas, apesar da doença dela, tudo o que você disse sobre ela é verdadeiro. Ela é incrivelmente engraçada, generosa, amável e espontânea...

— E igualmente manipuladora e inescrupulosa, dá para qualquer um quando está eufórica e sai por aí gastando fortunas como se usasse dinheiro do Banco Imobiliário — interrompi com maldade.

Tom respirou fundo e não se alterou.

— Nós dois nos divertimos muito juntos, é só. Quanto às manias dela, ainda não houve nenhum problema. Ela foi muito franca desde o início e tem tomado os remédios... Às vezes fica um pouco irrita-da ou um pouco triste, mas eu deixo que ela resolva por si mesma, calmamente.

— Fica um pouco irritada? — repito sem acreditar. — Que porra de brincadeira é essa? Eu já vi Gretchen tentar saltar de um carro em movimento!

— Al, por favor. — Tom fez uma pausa. — Isso não é justo com Gretch... e você não é assim.

— Então me diga como vocês se "conheceram" — continuei, como um policial determinado a reexaminar os indícios e descobrir uma pista.

— O que é isso, Alice! — exclama ele, exausto. — Ela se mudou para cá e não conhecia nenhuma outra pessoa. Não sabia como conseguir assistência médica, não podia contar a ninguém no curso dela, porque não queria que soubessem do seu problema. Ela se lembrou de você ter dito a ela que eu estava aqui temporariamente e se lembrou da empresa em que eu trabalhava. Estava desesperada... Você imagina como deve ter sido difícil para ela telefonar para alguém que só tinha encontrado duas vezes? E não exatamente sob as melhores circuns-tâncias na última ocasião...

— Mas isso não é verdade! — explodi. — Ela disse a mim e a Bai...
— Parei subitamente. — Disse antes de viajar que já havia contatado um psiquiatra. Por que ele não deu a Gretchen o apoio médico? Por que telefonar para você?

— Talvez ele não tenha correspondido ao que ela esperava, talvez simplesmente não soubesse... Qualquer um aqui se intitula psiquiatra — disse Tom. — É uma vergonha.

Será que ele estava escutando o que *ele próprio* dizia? Desde quan-do ele era um especialista em psiquiatria?

— Oh, Tom, não me venha com essa.

— Como você pode saber se eu tenho ou não razão? — perguntou ele, perdendo a paciência. — Você não mora aqui... eu moro.

— Ela manipulou nós dois... E você é idiota demais para perceber!

— Então foi ela quem *fez* você se apaixonar pelo irmão também, não é? — revidou ele. — Olhe, eu sou um homem, Al... Você tem razão, não sou tão complicado assim. Nós nos encontramos, gostei dela e eu não estava namorando ninguém. É só. Concordo que teria sido muito mais adequado estar com alguém que *você* não conhecesse, mas ninguém escolhe por quem vai se apaixonar. Você provou isso com o Bailey. — Tom teve certa dificuldade para pronunciar o nome dele. — E não tive a intenção de ser sarcástico. Pode ter parecido, mas não tive.

— Nem lhe passou pela cabeça que poderia me deixar chateada?

— Você quer uma resposta sincera, Al? — interrompeu-me rapidamente. — Na verdade, passou sim. De início pensei nisso. Por mais que eu não queira admitir, uma parte de mim queria se vingar de você. Quer dizer, porra, Alice, você foi a *Paris* com ele.

Prendi a respiração.

— Vic disse que não ia contar a você!

— Ela não me contou. Eu liguei e Luc atendeu ao telefone e deixou escapar sem querer. Mas vou ser sincero com você: o que eu sinto agora pela Gretchen...

Escutá-lo falar assim de Gretchen me deu náuseas. Estava tudo *errado*!

— ... não tem nada a ver com isso. Nada mesmo. Não estou fazendo isso para magoar você, Alice. Eu amei você.

E aquilo dizia tudo... O verbo no passado. Não dava para escutar mais.

Desliguei e me sentei, paralisada.

Como ela podia ter feito isso? Como *ele* pôde? Mas, especialmente como uma de minhas melhores amigas pôde fazer isso comigo e nem sequer me contar mesmo depois de tanto tempo? Fiquei me lembrando dos nossos momentos ao telefone, quando jogávamos conversa fora: o curso dela, meu trabalho, os professores de quem ela gostava, as notícias de minha família. E durante todo esse tempo ela havia se encontrado com Tom e estava namorando com ele. Transando com ele. Olhei à minha volta, devagar, como se enxergasse as coisas que pertenciam a ela com um novo olhar. Eu estava sentada no sofá dela, morando no apartamento dela, o que, claro, havia sido ideia dela também.

Estava abalada pela facilidade assustadora com que Gretchen havia manipulado tudo com tamanha habilidade, e enquanto permanecia ali, tentando colocar as peças nos seus devidos lugares, uma onda de ódio, mágoa, traição e ciúme começava a crescer dentro de mim.

Eu a considerava uma das minhas melhores amigas. Todos, tudo o que era importante para mim girava agora em torno dela.

Eu não sabia se seria capaz de suportar aquilo.

Capítulo Vinte e Cinco

Cheguei de volta ao apartamento silencioso de Gretchen e larguei os classificados sobre a mesa. O lugar era de um sossego opressivo em comparação ao burburinho do restaurante movimentado em Mayfair, no qual eu passara o dia numa locação, e onde a presença de outras pessoas e suas vozes me serviram de conforto. Não havia televisão ligada, nem chaleira com água fervente, ninguém para me perguntar como fora meu dia. Somente as merdas das fotos no estilo Andy Warhol de Gretchen rindo para mim. Decidi telefonar para Vic.

— *Salut*, Alice — atendeu Luc, a voz calma e firme de médico soando ao meu ouvido. — Eu soube que você está passando por uma fase difícil. Sinto muito. Quer falar com Victoria, não é? Ou será comigo?

— Hum, na verdade, era com Vic que eu queria falar — respondi, um pouco confusa com sua pergunta. — Se ela estiver em casa.

— Claro — respondeu ele, educadamente. — Ela está terminando o jantar. Na verdade, já está aqui do meu lado.

— Oi, Al — atendeu Vic, de boca cheia. — Como você está?

— Enlouquecendo. Preciso sair deste apartamento, Vic. Você não pode imaginar como está sendo difícil. Estou me sentindo presa num espaço que pertence a ela, mas não consigo achar nenhum outro lugar.

— Olhei em torno do apartamento de Gretchen e senti um arrepio.

— Tentar uma mudança às vésperas do Natal é quase impossível. Somente as pessoas verdadeiramente desesperadas conseguem um quarto numa hospedaria.

— Bem, você não está desesperada. Ainda não. — Escutei barulho de talheres sobre um prato ao fundo. — Obrigada, Luc, maravilha... Sei que você está detestando ficar aí, Al, e entendo muito bem por quê, mas ela está em outro país e não é o mesmo que morar *com* ela. Quando ela volta?

— Acho que é no final de novembro... Duas semanas. Se eu não conseguir um lugar até o fim desta semana, vou para um hotel ou vou dormir no estúdio, ou coisa do gênero.

— Mas hoje é quarta-feira! — Vic bocejou. — Então lhe restam somente o quê, praticamente três dias.

— Eu sei. Tenho procurado nos jornais, religiosamente, aluguel de curta temporada, longa temporada — disse eu cansada —, mas não tenho condição de alugar um apartamento de um quarto sozinha, então só me resta dividir um apartamento com alguém. Lembrando que tenho muitos equipamentos fotográficos, e não é nada fácil encontrar um com pessoas seminormais, que não seja um antro de drogados, ou uma espelunca com janelas frágeis por onde qualquer um pode entrar em silêncio no meio da noite. Algumas pessoas disseram que pode aparecer alguma coisa no ano-novo, mas isso não ajuda muito agora.

— Que tal o alojamento da universidade? — Vic bocejou de novo. — Meu Deus, desculpe, Al! É que hoje tive um dia intenso de trabalho. É muito cansativo tentar entender certos termos quando as pessoas falam rápido demais. Eu realmente tenho que me concentrar, senão as palavras em francês não fazem sentido para mim. De qualquer forma, as amigas da universidade...

— Certo — interrompi. — Imagine como isso soaria se você fosse uma delas: "Oi, aqui é Alice. Olhe, eu sei que recentemente quase não tenho podido me encontrar com vocês, fora aquela comemoração de aniversário, em geral porque tenho trabalhado muito, mas também porque ando meio preguiçosa e era mais fácil numa sexta-feira à noite ficar com o meu então namorado do que fazer o esforço para me encontrar com vocês. Bem, não estou mais com ele... Ele está namorando minha melhor amiga, que é louca, e na verdade acabo de romper com outro namorado! Ah, e eu disse que preciso de um lugar para morar? E achei que talvez um bom lugar fosse o seu apartamento. Nos vemos nesta sexta-feira?"

— Entendo você. — Vic suspirou. — Tem razão.

— Além disso, é embaraçoso. Estou velha demais para essa droga... suplicar por um quarto extra. Essa história de eu ficar no apartamento dela me pareceu uma ótima ideia na ocasião, uma opção conveniente e fácil. Nunca parei para pensar sobre o que aconteceria se nos desentendêssemos. Nunca me passou pela cabeça que isso podia acontecer.

Senti o então familiar misto de tristeza e raiva se revolvendo no meu íntimo quando pensei em Gretchen. Eu havia analisado nossa amizade durante horas desde que descobrira o envolvimento dela com Tom, e chegara à conclusão de que o que quer que tenha se desenvolvido entre nós duas fora construído sobre areia. Havia desabado por terra tão rapidamente quanto surgira, de tal forma que eu não tinha sequer certeza de que um dia existira, apesar de ter se tornado tão importante para mim. Seria o troco por esperar demais de alguém que talvez não devesse ter passado de uma companhia para um coquetel ou um café? Afinal, ela havia admitido que tinha a intenção de me usar para ampliar seus contatos no mundo da moda.

Eu me perguntava se, em seu íntimo, tudo teria ido além daquilo, se ela havia sido sincera quando, no período da crise depressiva, disse que não queria me perder. Quaisquer que tenham sido seus motivos para o que fez, era óbvio que ela já havia conseguido tudo o que buscava em nosso relacionamento e estava pronta para partir para o próximo. Eu via, agora, que outros antes de mim teriam sido deixados de lado, com doença ou sem doença. Porém, em momentos de tranquilidade, sentia-me apenas desolada, incapaz de enxergar como ela pôde ter feito tudo aquilo: mentido, manipulado... e *sabendo* que Tom era especial para mim. Eu achava que Gretchen tinha mais consideração por mim.

Eu teria feito algo diferente, se tivesse tido oportunidade? Mas o que eu poderia ter feito? Perguntado, quando a conheci, se era mentalmente sã? Porém, ao mesmo tempo, não era a doença dela que constituía o problema — era ela. Como havia *escolhido* agir. Não fora senão má sorte termos nos conhecido. Ela parecia uma pessoa divertida. Havia sido, sem dúvida, uma dessas amizades que mudam nossa vida.

E, apesar de tudo, por mais que ainda estivesse com raiva de mim mesma por ter desperdiçado meu tempo e energia, tinha esperanças de que ela telefonasse e se desculpasse de novo. Ela não o fez. Com seu silêncio ela estava deixando claro que nossa amizade acabara.

— Entre todas as pessoas para se fazer amizade — disse, tentando aliviar o tom —, escolhi a excêntrica mentalmente instável. Sabe, a única coisa boa que resultou dessa droga de mês foi que perdi mais de 6 quilos sem nem mesmo me esforçar. — Dobrei as pernas sob o corpo.

— Perfeito! Você está magra, de coração partido... Deveria vir a Paris! — Vic parou um instante. — Você podia ficar aqui por uns tempos até achar seu *pêche.*

— E colocar mais uma roda na bicicleta francesa para dois que você e Luc têm? Obrigada, mas preciso me firmar sobre meus próprios *pieds.* Por falar nisso, *pêche* significa "pescar" — expliquei, ajudando-a.

— *Pieds* são pés.

— Ah! — exclamou ela. — Não é de admirar que comprar meias outro dia tenha sido tão difícil. Você não acha que seria melhor mudar-se para a casa de seus pais por algum tempo?

— Quatro horas de trem, depois de um dia inteiro de trabalho! — exclamei. — E se a viagem não me matasse, Fran se encarregaria disso. Ela vive atrás de papai e mamãe: irritada, cansada da gravidez e à procura de uma briga. Talvez eu devesse procurar saber se uma igreja local não tem uma manjedoura para me acolher. Se eu conseguir um pastor que me mostre o seu cajado, ficarei feliz.

— Eu acho que está sendo muito corajosa, sabe — disse Vic, com firmeza —, e tenho orgulho de você. Sei que é difícil não ser mais parte do grupo, quando *ambos* pertenciam exclusivamente a você, e acho também que está se saindo muito bem. Está quase conseguindo, Al. Levante a cabeça. Agora, querida, desculpe por ter que interromper nossa conversa, mas preciso ir. Estou exausta e terei um longo dia amanhã.

— Ah, é? — Horrorizada, de repente percebi que estava ao telefone fazia séculos e não havia perguntado sequer como ela estava. — Desculpe, Vic. Não parei de falar sobre mim e não perguntei nada sobre o que você tem feito.

Ela hesitou.

— Tudo bem — disse ela, por fim. — Você está passando por uma fase difícil. Eu entendo, sinceramente. Vai superar tudo isso, Al... Tenho certeza.

As palavras dela me confortaram mais tarde quando me sentei no sofá de Gretchen, preocupada, assistindo a uma porcaria qualquer na televisão, de pijama, meias de dormir e sem maquiagem, fazendo meu lanche: um saco tamanho família de Doritos. Acabara de receber uma mensagem de texto avisando que um apartamento que eu tinha ido ver pela manhã havia sido alugado naquela mesma tarde. O tempo e minhas opções estavam se esgotando.

Todos os pensamentos me fugiram da mente, contudo, quando escutei vozes do lado de fora da porta da frente e vi a maçaneta começar a girar devagar. Alguém estava ali tentando arrombar a porta! Por razões que só eu sabia, imediatamente abaixei o som da televisão: foi uma reação automática. Fiquei paralisada. Escutei então o ruído de uma chave sendo enfiada na fechadura.

A porta se abriu e, como um pesadelo, lá estavam eles: Tom e Gretchen, em carne e osso, diante de mim, entrando na casa, rindo quase sem fôlego, mochilas caindo dos ombros deles. Gretchen colocou a mão no interruptor e disse, meio confusa:

— A televisão está ligada! — Era óbvio que não conseguia me ver, paralisada com o choque no sofá, mas quando a luz clareou o apartamento, ela se assustou ao me encontrar ali inerte e disse:

212

— Droga! Alice?

O braço de Gretchen caiu pesadamente ao lado do corpo. Ela ficou perplexa ao me ver. Era claro que me imaginava tão indignada, tão magoada e traída que teria deixado seu apartamento numa explosão de raiva: "Não fico aqui nem mais um minuto."

— O que você está fazendo aqui? — perguntou ela, atônita. — Quer dizer, eu pensei... Bem, eu achei que você não... Não esperávamos...

Ela olhou para Tom, que colocava cuidadosamente sua mochila no chão, avaliando a situação. Ele se virou para ela e aquilo foi o bastante. Somente aquilo, um "olhar" de cumplicidade que não precisava de nenhuma outra palavra.

Gretchen usava uma saia de caxemira cor de areia... Parecia simples, porém cara, que lhe caía bem sobre os graciosos quadris e era um pouco mais larga na parte inferior, enquanto a blusa preta de gola alta colava-se às suaves curvas de seu corpo. Tinha elegância e estilo, o tipo de mulher que deixa o homem profissional orgulhoso de voltar para casa, e constatei, quando olhei para Tom, que ele era esse homem.

Seu terno não era mais clássico, e sim moderno. Após os sete meses desde a última vez que o vira, ele parecia mais forte. Quando colocou as mãos nos quadris numa atitude de "Vamos ter problema" e abriu o paletó, forçando sua camisa a colar-se contra o peitoral e o abdômen, pude ver que eram músculos firmes e bem-delineados. Alguém havia lidado com a mágoa contida na academia, isso era claro. Não usava gravata, e seus sapatos não eram mais aqueles sérios, de cordão, com os quais ele deixou Londres. Pareciam mais dizer: "Não é para qualquer um, e, se perguntar, não vai ter condições de comprar." Os cabelos estavam mais curtos e o corte, diferente, e havia substituído os óculos por lentes que deixavam seus olhos mais luminosos e penetrantes.

Era simplesmente perfeito que eu estivesse ali naquele estado patético. Eu podia muito bem ter uma plaquinha pendurada no pescoço dizendo: "Uma esmola, por caridade."

Respirei fundo e disse, com calma e o máximo de dignidade possível:

— Eu achava que vocês só iam voltar daqui a duas semanas. Estou tendo dificuldade para encontrar um lugar para morar. Desculpem por ter causado essa surpresa a vocês e por ainda estar aqui.

Houve um silêncio, então Tom tossiu e disse:

— Olhe, isso não é problema. Podemos ir para minha casa, Gretch. Resolvemos isso pela manhã. *Voltamos* mais cedo, é obvio. Gretchen conseguiu um trabalho e eu fui chamado de volta também... — concluiu ele. — Bem, não tem importância.

— Às vésperas do Natal, este não é o melhor momento para mudanças — falei. — A não ser, é claro, que este seja um problema para vocês.

— Tudo bem, Tiny Tim. — Gretchen girou os olhos e deu um sorriso sem graça. — Não vou botar você para fora. Pode ficar o tempo que quiser, você sabe bem disso. Só acho que não vai querer morar comigo. Apesar de o apartamento ter dois quartos, então...

Encarei-a. Estaria ela tomando uma medicação forte demais? Eu não queria ficar na casa dela, ponto final! Gretchen não pode ter achado que eu gostaria de morar *com* ela, estivesse ela mentalmente sã ou desequilibrada. Talvez eu devesse ficar responsável pelo café da manhã quando Tom dormisse lá. Quem sabe nós todos ficássemos acordados assistindo a um filme embaixo das cobertas, comendo pipoca, eu e ela de marias-chiquinhas, e antes de eles dois irem para a cama, para trepar como coelhos, nós todos disséssemos em voz alta "Boa noite!", como faziam os Walton da série de TV.

Percebi, então, que aquela era uma atitude para impressionar Tom. Tudo cuidadosamente planejado para se fazer passar pela mais sensata das duas, por uma pessoa que havia tentado ser gentil, mas que fora recebida com quatro pedras nas mãos. Ah, eu não era tão ingênua assim... Muito característico de Gretchen achar que poderia me colocar à sombra de sua amizade.

— Obrigada, mas não — respondi baixinho.

— Eu entendo perfeitamente — disse Gretchen. — Deve estar sendo duro para você... Sei que não deve querer falar agora. Bem, sei que não, porque você não retornou meus telefonemas, nem respondeu a todas aquelas mensagens. Mas você pode, com certeza, ficar aqui até encontrar um lugar. Eu vou para a casa de Tom até você conseguir se mudar. — Ela olhou para Tom com olhos grandes e inocentes. — Sem problemas, não é?

— Claro! — disse Tom, parecendo acuado.

Eu tinha de admitir... Ela era bem melhor do que eu imaginava. Precisou apenas de, o quê?, cinco segundos para se mudar para o apartamento dele, deixando-o sem ter o que dizer.

Ele olhou para mim e naquele olhar não havia traição nem malícia. Apenas uma verdadeira preocupação.

— Estamos realmente querendo ajudar, Al.

— Então está resolvido — disse Gretchen rapidamente. — É o mínimo que podemos fazer. Não vou incomodar você enquanto estiver aqui. Basta me avisar quando encontrar um lugar. Sem pressa.

Claro que não havia pressa, o arranjo era o mais conveniente possível para ela.

— Vou dar uma passadinha por aqui amanhã só para deixar algumas coisas, se não se incomodar, está bem? — perguntou ela, e eu confirmei com um aceno de cabeça.

E, vitoriosa, de malas e bagagem — Tom levando o restante —, eles partiram.

Eu me levantei mais cedo do que de costume, na manhã seguinte. Sabia que seria melhor estar fora quando ela chegasse, embora uma parte de mim desejasse muito estar ali. Mas, apesar dos meus esforços, às 8 horas escutei a porta se abrir; entrei na cozinha e encontrei-a tirando os sapatos e entrando. Uma vez mais, ela passara a perna em mim.

— Ah, que bom — Gretchen abriu um sorriso —, você ainda está aqui. Desculpe ter chegado tão cedo... Tom teve que sair para o trabalho e não fazia sentido eu ficar por lá... Peguei a correspondência para você lá embaixo. — Ela jogou um cartão em minha direção, enquanto colocava a bolsa no chão e começava a tirar as luvas.

Ele caiu aos meus pés, e eu o apanhei. Era uma foto de um hipopótamo com um passarinho nas costas, e na parte superior se lia "Amigos".

Virei o cartão e li:

Querida Al. Espero que esteja bem. Vamos tomar um drinque de Natal, hein? A África do Sul é quente, quente, quente! Com carinho, Bailey. Bjs

— Desculpe. Não sabia se devia esconder isso ou não — disse ela, a cabeça inclinada para o lado, com ar de solidariedade. — Tenho certeza de que ele teve boas intenções. Al, sinceramente... Mas, para ser franca, preciso dizer que ele devia ter escolhido outro cartão. Ninguém merece ser associado a um hipopótamo.

Aquilo não tinha sequer me ocorrido até aquele momento.

— Sinto muito que não tenha dado certo para vocês dois — disse ela.

— Não se preocupe, Gretchen — retruquei, olhando firme para ela. — Tom não está aqui. Não precisa gastar sua saliva.

Ela suspirou com tristeza.

— Oh, Alice. Não diga isso. Estava procurando ser delicada. Por quanto tempo mais você vai tentar descontar em mim?

— Quanto tempo mais você tem?

— Mas, Al, você terminou o namoro com Tom. Não o queria mais! Claro que deseja que ele seja feliz, do contrário, estaria... sendo muito egoísta. A *mim* não incomoda o fato de ele ter namorado *você*.

— Bem, a mim incomoda! — gritei, de repente irada. — Você era a minha melhor amiga, Gretchen! Nunca me disse nem que gostava dele! Tom não era um cara com quem eu tinha ficado durante um mês ou dois... Estávamos juntos fazia dois anos! — Teria ela realmente me chamado de egoísta? Na minha cara?

— Certo, eu sei disso *agora* — informou-me ela. — Mas...

— Ah, para com isso, você sabia desde o momento em que jogou aquela bomba ao contar sobre mim e Bailey! Sabia muito bem que ele era parte importante da minha vida.

— Mas já que estamos falando sobre o assunto, você já estava namorando meu irmão fazia cinco meses. Se não tivessem terminado, nós duas não estaríamos agora tendo esta conversa, e você sabe muito bem disso.

— Estaríamos, sim — retruquei rapidamente. — Você mentiu para mim, me manipulou, você...

— Sabe de uma coisa? — disse ela, fechando os olhos brevemente. — Vamos parar com essa merda toda. Isso não é digno de nenhuma de nós. Tentei explicar nosso namoro, mas você não atendia a meus telefonemas e se recusava a escutar. Na verdade, agiu como uma criança o tempo todo. — Ela pegou a bolsa. — A sorte é que uma de nós é capaz de agir como um adulto. Eu estou indo.

— De volta para o apartamento onde eu morava? — perguntei. — A propósito, Tom sabe que o Paulo pegou você antes dele?

No segundo em que as palavras saíram da minha boca, eu me arrependi. Era indigno de mim dizer aquilo.

Ela ficou vermelha.

— Esse foi realmente um golpe baixo. Eu estava doente naquela noite, como você bem sabe. E, a propósito, seja muito bem-vinda. — Ela estendeu os braços a seu redor.

— Pode acreditar, estou fazendo todo o esforço possível para desaparecer da sua vida.

Ela não falou nada, mas se virou, calçou os sapatos com raiva e num gesto brusco pôs as luvas. Dirigiu-se à porta, parou, voltou-se para mim e disse:

— Não estou aqui para pressionar você, Alice. E não pense também que lhe devo nada, então não fique achando que estou fazendo isso para aliviar a minha consciência, porque não sinto nenhuma culpa. É simplesmente porque me deu apoio quando precisei. Então estou disposta a ajudar você. Isso é uma amizade verdadeira, caso tenha esquecido.

Ela olhou para mim e esperou que eu dissesse algo, mas eu não disse.

Gretchen sacudiu a cabeça desapontada e saiu, fechando a porta em silêncio.

Capítulo Vinte e Seis

Não fiquei muito surpresa ao receber outro visitante na noite seguinte. Acabara de chegar em casa do trabalho e ainda estava preparando um chá quando a campainha da porta tocou. Ao abri-la, deparei com Tom.

— Oi — disse ele, sem jeito. Lembrava mais o velho Tom do que aquele que aparecera diante de mim da última vez: usava óculos e seus cabelos pareciam um pouco mais desalinhados. — Alguém estava saindo do prédio e me deixou entrar, então não usei o interfone, subi direto. Espero que não se importe.

— Claro que não! — apressei-me em responder. Era isso a que tínhamos nos reduzido? Explicações educadas sobre interfones?

— Posso entrar? Quero falar com você.

Abri mais a porta.

— Aceita um chá?

— Aceito, obrigado. — Ele entrou e tirou os sapatos, em seguida tirou o casaco, colocando-o com cuidado sobre o braço do sofá. — Está muito frio lá fora. — Ele tremia enquanto se dirigia ao balcão da cozinha de meias e sentava-se num banco.

— Um bom dia no trabalho? — perguntei, ao pegar uma xícara e colocar nela uma colher de açúcar que eu sabia ser o que ele tomava.

Era o início para uma conversa que havíamos tido centenas de vezes antes, mas nunca em circunstâncias tão surreais.

— Podia ter sido pior. — Ele bocejou, tirando os óculos e limpando-os com agilidade, antes de colocá-los de volta. — Todo mundo trabalhando feito louco para terminar tudo antes do Natal, e achando que eu posso simplesmente recomeçar do ponto em que parei, seis meses e tanto atrás: "Vamos, Tom, você sabe que guardamos esses documentos no terceiro andar, no fundo do armário onde ficava o escritório de Heather antes de ela sair de licença maternidade, ou tente o gabinete de Jonty. Ele agora divide com Don." — Tom balançou a cabeça. — Não sei quem são essas pessoas, e, francamente, isso me dá vontade de entrar no mítico armário de Heather e esperar que me leve a Nárnia. Ou de volta a Nova York. Qualquer um dos dois seria muito melhor. Bem, basta de falar sobre mim. Como vai seu trabalho?

— Bem, obrigada.

Decidi não mencionar o episódio embaraçoso que ocorrera pela manhã. Eu estava tirando umas fotos promocionais de uma ex-estrela pop petulante, que tentava desesperadamente reivindicar o restante dos seus 15 minutos participando de qualquer reality show que estivesse passando na televisão, quando escutei, com toda a certeza, vindo dela, ou de sua agente, comentários sobre Gretchen, ditos em voz muito baixa. Logo virei a cabeça. Gretchen não era exatamente um nome comum. Estariam elas cochichando sobre nós? Seria possível que soubessem que agora ela estava com meu ex? Gretchen deve ter dito a elas. O que teria dito?

Senti o efeito da adrenalina no meu corpo trêmulo. Não conseguia escapar dela nem sequer no trabalho?

— Se tiverem algo a dizer — disse eu em alto e bom som, parecendo mais corajosa do que de fato me sentia —, por favor, fiquem à vontade. Talvez eu possa esclarecer qualquer informação inexata que possam ter escutado.

A agente lançou um olhar de advertência à mal-humorada estrela e disse calmamente:

219

— Desculpe, Alice, estávamos apenas comentando como foi *bom* para Gretchen, apesar de ter ficado fora de cena por alguns meses, ter o nome dela cotado para um papel principal num novo projeto de trabalho, segundo dizem. — A moça grosseira saiu irritada para o banheiro. — Peço desculpas por ela — disse a agente, pouco à vontade. — Ela está com ciúme. Sei que Gretchen é sua amiga. Não tinha intenção de ofender.

— Não estou ofendida — disse eu baixinho, inclinando-me e mexendo num cabo da iluminação para esconder meu rosto em chamas. Precisava me controlar. Supor que os clientes estão falando mal de mim, e ainda criticá-los, não era nada profissional.

Larguei o chá de qualquer jeito em frente a Tom e me perguntei o que ele teria *de fato* vindo me dizer.

— Obrigado. Então você acha que vai terminar o ano sem dívidas? — perguntou Tom.

— Com um pouco de sorte. — Tentei um sorriso, mas saiu meio sem graça.

— Excelente! Você trabalhou bem. — Tomou um gole do chá, e os óculos dele embaçaram um pouco.

Houve um momento de silêncio e, por fim, eu disse:

— Então, esta não é uma mera visita social, não é?

— Não, não é. Eu vim aqui para falar sobre a questão de moradia.

Eu me sentei e perguntei:

— Foi *ela* que mandou você?

Ele franziu o cenho e balançou a cabeça.

— Não, não. Ela sabe que estou aqui, mas o assunto que vim tratar com você é ideia minha. Então... É claro que você não pode, e imagino que não queira, continuar a morar num lugar que, afinal, é a casa dela... Não importa o que ela tenha dito na noite passada. — Tom não foi rude, porém, também não fez rodeios, mas eu não teria esperado nada diferente dele.

— Eu não... — comecei, mas ele levantou uma das mãos e com a outra ajeitou os óculos que escorregavam no nariz.

— Por favor, deixe eu terminar. Sei que, de uma forma ou de outra, esta situação tem sido insuportável para todos nós. Mas, na verdade, me orgulho de nós três. Eu me orgulho de podermos estar os dois aqui sentados conversando, me orgulho de Gretchen não ter feito confusão por você ainda estar aqui quando voltamos e acho que isso diz muito sobre nós, sobre o tipo de pessoa que somos. É bom e correto que se dê apoio e ajuda às pessoas por quem se tem consideração, mesmo que algumas vezes pareça ser em detrimento de si próprio. Nós conseguimos isso quando foi preciso, e pode-se dizer que é uma grande conquista.

Ele ainda não entendia. Ainda não a via como ela realmente era.

— Mas, em primeiro lugar, *não* me orgulho de ter pedido a você para deixar nosso apartamento, por causa do que existia entre você e Bailey. A casa era tanto sua quanto minha. Mas eu estava magoado e... Bem, de qualquer forma, são águas passadas. Gretchen precisa voltar para a casa dela, e eu queria saber como você se sentiria se voltasse lá para casa. — Ele sorriu, mas mudou de posição, pouco à vontade, em seu banco. — Parece que houve uma vaga.

O quê? Encarei-o. Será que ouvi bem? Morar com ele de novo? Ele estava maluco?

— É totalmente dentro de seu orçamento — continuou ele. — Dois companheiros de apartamento legais... Bem, Paulo é um deles, mas não se pode ter tudo. E você pode se mudar quando quiser. O que acha? — Ele olhou para mim com ansiedade.

A pessoa que me substituíra estava se mudando? Olhei para ele sem acreditar. Ele estava falando sério!

— Sim, porque Gretchen vai *adorar* isso — retorqui com sarcasmo.

Ele me olhou atônito.

— Não vejo como isso tenha a ver com ela.

Arqueei uma sobrancelha, perplexa.

— Olhe, eu sei que esta é uma situação que não podíamos nem imaginar em um milhão de anos, mas estamos diante dela e você precisa de um lugar para morar urgentemente. — Ele relaxou. — Eu não devia nunca ter pedido a você para deixar o apartamento, Al...

Sinto-me muito mal por isso. Volte para lá ao menos temporariamente, até encontrar uma alternativa. Como for melhor para você.

Abri a boca para recusar, fechando-a em seguida. Eu não tinha uma opção melhor... Suponha que eu fique lá apenas até o ano-novo quando... Não! O que eu estava pensando?

— Não posso — disse eu com firmeza. — Isso é uma loucura.

— Admito que seja pouco comum — concordou ele. — Mas não é loucura. Na verdade, é o que eu quero. — Ele hesitou e depois disse: — Sem querer desencavar as coisas, eu me arrependo de no passado não ter sido mais espontâneo e menos cuidadoso... Sempre me preocupando com dinheiro e em fazer o que era sensato. Se você vê alguma coisa que deseja, tem que fazer essa coisa acontecer. Então... — Ele pôs a xícara no balcão com firmeza. — O que acha?

Hum... Que diabo significava aquilo? Estaria ele falando sobre *nós*?

— Tom — retruquei de imediato. — Eu acho que não...

Ele levantou uma das mãos.

— Alice, não existe nenhuma expectativa de nenhum tipo de compromisso. Nenhuma expectativa de nada, na verdade. Acho que você deve encarar as coisas dia a dia e ver como se sente quando estiver de volta. Se for estranho demais, você se muda de novo.

— Mas e Gretchen...

— Pare de se preocupar com Gretchen! Deixe isso comigo. — Ele então apontou para uma pilha de caixas minhas que estavam próximas à porta. — Bem, parece que você já está com tudo empacotado mesmo.

— Estou realmente louca para sair daqui, Tom — disse eu, calma. — Você nem imagina, mas...

— Então volte para o apartamento! Você pode ocupar seu antigo quarto já no domingo. Eu diria sábado, mas vamos fazer uma festa de boas-vindas/antecipação do Natal sábado à noite. Era a única data que Paulo podia antes de viajar para ver a família no Natal. Gretchen vai estar lá.

— Tom — disse eu —, você acabou de me convidar para me mudar de volta e está preocupado com uma festa?

— É justo, eu acho. — Ele contraiu um pouco os músculos da face. — Deixe comigo, eu resolvo isso. Sábado, então. — Ele ergueu a xícara. — A um novo começo — saudou.

Olhei para ele meio em dúvida.

— Eu não disse sim.

— Eu acho que você não tem nada a perder.

Quando cheguei ao apartamento no sábado à tarde, com minhas coisas, Paulo era o único lá.

— *Hola*, Alice! — disse ele com um largo sorriso. — Seja bem-vinda! — O que foi muito delicado da parte dele. Até me ajudou a tirar minhas caixas do táxi e levá-las para cima, despejando-as em meu antigo escritório. Seria estranho dormir lá de novo. Ele olhou para o relógio e disse:

— Tenho que sair para comprar as bebidas para hoje à noite, prometi a Tom. Você quer que eu compre algo para você? — Neguei com um aceno de cabeça, e ele ergueu o polegar antes de descer a escada gritando: — Até mais tarde!

O quarto tinha um cheiro não familiar de alguém que havia estado ali, mas estava limpíssimo. Havia também nove caixas empilhadas na sala de estar, todas fechadas com fita adesiva, que eu imaginei que fossem da pessoa que estava deixando o apartamento. Talvez já tivesse levado metade e estivesse voltando para pegar as últimas. Resolvi bisbilhotar para ver o que Tom fizera de nosso antigo quarto, mas, estranhamente, encontrei-o trancado. Uma decisão sensata, uma vez que alguém estava se mudando.

Entrei no corredor, escutei uma chave girando na fechadura, passos na escada e de repente dei de cara com uma moça de cabelos escuros, sorridente, mas totalmente desconhecida, usando jeans e uma parca. Ela carregava duas bolsas de compras do Sainsbury.

— Oi — disse ela, colocando-as no chão, tirando os sapatos e arregaçando as mangas do casaco. — Você deve ser Alice. Eu sou Kitty. — Ela estendeu uma das mãos e automaticamente cumprimentei-a.

— Os outros ainda não voltaram? — Ela olhou para o relógio. — Droga! Estou muito atrasada!

Ela pegou as compras, foi direto para a cozinha, abriu a porta da geladeira e começou a colocar lá dentro o conteúdo das bolsas de compras, onde quer que tudo aquilo coubesse, de forma bem familiar. Eu me perguntava se ela era a namorada de Paulo.

— Está um puta frio lá fora! — disse ela em tom amigável, pegando a chaleira, enchendo-a e colocando-a no fogo. — Muito bem! É melhor eu começar a me aprontar! Já usou o banheiro? — perguntou ela enquanto se dirigia ao corredor.

Bastante confusa, segui-a e disse:

— Ah, Kitty... Desculpe-me... Você é...?

Ela parou em frente à porta do quarto de Tom, mexendo num monte de chaves. Quando selecionou uma e enfiou-a na fechadura, escutei o barulho da porta da frente se abrindo e sons de risadas seguidos da voz de *Gretchen*. Que diabo ela estava fazendo ali? Eu entendi que ele ia resolver essa questão.

— A porra dos meus braços vão despencar! — disse ela em voz alta.

— Muito bem, sua boca suja! — Tom riu. — Agora só falta a escada! Bíceps Bartholomew! Droga, estamos atrasados! O carro vai chegar aqui para buscar as coisas dentro de cinco minutos. Vamos!

Eu me virei e os vi subindo a escada com dificuldade, ele carregando duas caixas de cerveja que quase o impediam de enxergar à frente, e ela, diversas sacolas de alça barulhentas, bufando com o esforço. Largaram tudo no chão no exato momento em que Kitty abria o quarto de Tom e revelava um interior totalmente diferente daquele que eu esperava ver. Havia uma explosão de sacos lotados por toda parte, roupas femininas até não poder mais, como se tivessem caído ali como frutas maduras. A cama estava numa posição diferente e o abajur, um tipo muito mais feminino, assim também como as cortinas. Havia um pôster das garotas de *Sex and the City* na parede, e o ambiente recendia a um perfume de baunilha. Era o tipo de quarto que poderia ser o meu quando começara a dividir um apartamento.

Simplesmente não era mais o quarto de Tom.

— Ah, oi! — disse Tom, com uma voz genuinamente acolhedora quando me viu parada olhando. — Você está aqui! E também já conheceu Kitty! Excelente! — Ele olhou para o relógio. — Cadê o Paulo? Essa droga de festa é dele também! Muito bem, o carro para buscar minhas caixas vai chegar em cinco minutos...

Ouviu-se uma buzina lá embaixo.

— Estou vendo que o carro *já* chegou! Certo. Colocamos todas as minhas coisas nele, vamos até lá, descarregamos e voltamos para cá. Ninguém vai chegar antes das 21 horas, de qualquer forma. Desculpe-me estar dando esta festa aqui, de verdade. Devíamos ter dado no seu apartamento, Gretch.

— Oi, Al — Gretchen me cumprimentou com um aceno de cabeça.

— Não foi possível, porque não sabíamos se Alice ia querer voltar para cá, não foi? — Ela balançou a cabeça num desespero fingido. — Posso mandá-lo de volta, se ele estiver me enchendo a paciência? — disse ela em tom de provocação, olhando para Kitty e em seguida jogando uma bolinha de papel tirada do bolso em Tom.

Kitty riu.

— De jeito nenhum. Foi breve, mas inesquecível... Como gosto de todos os meus homens!

Tom ergueu uma das mãos, simulando timidez.

— Certo, certo, moças, já entendi. Você está bem, Alice? — perguntou ele de repente. — Você parece que está enjoada.

— Estou bem. — Forcei um sorriso. — Cansada... da mudança mais cedo. Vou entrar e descansar um pouco.

— Boa ideia — disse ele. — Precisa estar em forma para a festa mais tarde.

Ele riu, um riso um pouco alegre demais, e olhou para Gretchen, que imediatamente falou:

— Ah, com certeza. Vai ser bom ter você na festa.

Consegui me controlar e não chorar até fechar a porta do meu quarto depois que entrei.

Seis horas depois o apartamento estava lotado de pessoas que eu não conhecia, garrafas de bebidas por toda parte e o burburinho da conversa acima do som alto do estéreo.

Eu estava bêbada e tentando me concentrar no rosto de Paulo, que falava animado, enquanto eu tentava atravessar as ondas de humilhação e desespero que avançavam sobre mim sempre que pensava em Tom me convidando para voltar a morar no apartamento dele.

Como pude ser tão idiota? *Eles* iam viver juntos. Ele já havia levado suas coisas para o apartamento *dela*. Tom, Senhor Devagar e Sempre, mudara-se para a casa de alguém com quem estava namorando não fazia três meses? Como podia ser isso?

— Então, não tem nada de estranho em voltar. — Paulo passou as mãos sobre os cabelos. — Tom ajudou Kitty a sair do seu antigo escritório: ele achou que seria muito esquisito para você ficar no antigo quarto de vocês dois. Está tudo mudado! — Ele riu e em seguida se mostrou muito surpreso quando virei minha bebida de vez. — Ele parece feliz com Gretchen, não acha?

Paulo e eu lançamos um olhar a eles. Tom enlaçava Gretchen pela cintura, o que me fez apertar o copo com um pouco mais de força. Gretchen estava animada contando uma história a um pequeno grupo, que escutava com atenção cada uma das suas palavras. Estava toda de preto, e mostrava bastante do busto e das pernas. Eu, na verdade, achava que ela revelava seu lado vulgar, mas tinha de admitir que minha visão não era imparcial.

— Acho que ele está muito feliz com ela, sim — respondi, minha voz frágil e quebrada. Tom deve ter percebido nosso olhar, porque nos fitou e sorriu, erguendo o copo em nossa direção.

— Eu me dei mal — refletiu Paulo e depois pareceu um tanto malandro. — Acho que ainda gosto dela um pouco, sabe? Quando a vi de novo depois... — Ele vacilou, mas eu sabia exatamente a que estava se referindo. — Acho que talvez seja melhor ela não ficar mais aqui. Vou procurar uma paixão em algum outro lugar.

Ah, caramba! Fitei-o com incredulidade, e senti uma vontade urgente de estar longe dali, onde não houvesse nenhum membro do fã-clube de Gretchen. Sem muito equilíbrio, coloquei meu copo vazio sobre a mesa e atravessei a multidão de convidados em direção ao meu quarto. Ao abrir a porta encontrei duas pessoas desconhecidas se agarrando em minha cama, como adolescentes. Eles haviam até se atrevido a remover de lá as minhas caixas.

— Vocês querem fazer o favor de sair daqui? Este é o meu quarto.

A moça suspirou, como se eu estivesse fazendo aquilo só para irritá-los, e tive vontade de bater nela. Ela se sentou, ajeitou a blusa e ao se levantar e sair me lançou um olhar raivoso. O rapaz disse, em voz baixa:

— Desculpe.

E fechou a porta ao deixar o quarto. Eu me sentei na ponta da cama e senti como se tudo desmoronasse dentro de mim. Sob o efeito da bebida, lágrimas me subiram aos olhos, e apenas porque minha porta se abriu suavemente e eu levantei a cabeça, envergonhada por estar chorando, elas foram impedidas de escorrer por minha face.

Tom entrou com uma latinha de cerveja na mão. Usava uma camisa de extremo bom gosto que não reconheci, jeans e tênis. A roupa lhe caía bem, mas não parecia confortável. Suspeitei que Gretchen as tivesse escolhido.

— Você está chorando — disse ele, e contraiu o rosto com ar preocupado. — Eu sabia que não seria uma boa ideia... Eu não teria feito isso se fosse você. Não estou tentando parecer superior, mas... é muito esquisito, não é?

Concordei com um gesto de cabeça, e uma lágrima escorreu de forma irregular pela minha face.

Ele suspirou e empurrou a porta. Ela voltou um pouco e ficou entreaberta. Tom se aproximou e agachou diante de mim, colocando a lata de cerveja com cuidado no carpete.

— Por favor, não chore, Al.

Mas aquilo foi ainda pior.

Sem jeito, ele segurou minha mão e disse:

— Achei que você tivesse entendido e aceitado com tranquilidade quando eu disse que ia me mudar para o apartamento de Gretchen.

E porque estava bêbada, confessei:

— Você não me disse que ia. Só disse que tinha refletido bastante, que sabia o que queria e então me perguntou se eu queria me mudar para cá.

Ele olhou para mim bastante confuso e, em seguida, quando percebeu o que eu estava dizendo, pareceu horrorizado. Expirou e disse:

— Ah, Alice! Ó meu Deus! Você pensou que...

Balancei a cabeça com veemência:

— Não, não. Por favor, não pense isso. Fui eu! Entendi mal. — Mas de repente me senti incapacitada de largar a mão dele.

As pernas dele estavam numa posição incômoda com ele ali agachado, ele então se ajoelhou de frente para mim.

— Quando você estava falando sobre ter certeza do que queria... — disse eu, as palavras saindo aos borbotões de minha boca, porque, se eu falasse devagar, poderia perceber as consequências do que estava a ponto de dizer e então me calar. — Sobre não se apegar ao passado, viver o momento e todo esse papo-furado. Você estava falando sobre ela, não estava? Não sobre mim.

Ele fez um gesto afirmativo de cabeça, e eu sorri em meio às lágrimas.

— Que vergonha! — Tentei dar uma risada, mas eu não estava enganando nenhum de nós.

Ele olhou para mim, e eu não consegui imaginar o que ele estava pensando. Tom parecia tão doce, sério e preocupado comigo que senti um aperto no coração, o que foi seguido por um desejo impulsivo e descuidado de bêbada de beijá-lo. Então beijei-o.

Senti seus lábios, quentes e secos, e por uma fração de segundo eles instintivamente se moveram ao encontro dos meus. Afinal, havíamos estado em posições semelhantes muitas vezes antes e acho que, só por um instante, seu corpo recordou um ponto no passado quando seu coração teria correspondido e suas mãos teriam, satisfeitas, vindo em minha direção. Mas então... nada aconteceu. Ele não retribuiu meu beijo. Foi como esbarrar em alguém numa fila de ônibus... Uma invasão do espaço pessoal que faz a pessoa dar um passo atrás e dizer instintivamente "Desculpe". Percebi isso e me afastei. De início, olhei para ele abalada, triste, mas logo depois olhei à minha frente.

E avistei Gretchen, visível através da abertura da porta, fitando-nos, rígida com o choque.

Ela e eu nos encaramos por não mais que alguns segundos, mas pareceu uma eternidade. Vi quando dirigiu o olhar para o chão e saiu em silêncio. Simplesmente desapareceu.

— O que você está fazendo? — perguntou Tom, confuso. Completamente perplexo, ele recuou e afastou-se de mim. — O que foi isso?

Ele se levantou e passou as mãos pelos cabelos.

— Senti vontade — disse eu.

Seus braços caíram ao lado do corpo, soltos.

— Ah, por favor, não faça isso comigo, Alice. Não agora. Não é justo. Eu estava feliz... Eu *estou* feliz! Todas as minhas coisas estão lá. Eu...

— Não precisam estar! — retruquei rapidamente. — Você pode pegar tudo amanhã. Pode estar de volta aqui na hora do almoço, e tudo voltar ao que era antes! — Mas no momento em que eu disse essas palavras e escutei-as soltas no ar ao nosso redor eu não tinha sequer certeza de que era aquilo o que eu queria dizer.

Tom respirou fundo e olhou para mim.

— Tudo voltar ao que era antes? — murmurou ele, finalmente.

Hesitei e então depressa balancei a cabeça confirmando. Era isso o que eu queria, não era?

— Mas como vou saber que não vai haver outro Bailey?

— Eu prometo que não vai haver! Eu amo você, Tom! — exclamei com paixão, mas fiquei muito surpresa de me escutar dizendo isso. — E sei que você me ama também.

— Eu amei, muito, na verdade — disse ele baixinho.

— Então certamente poderia amar de novo, não? — supliquei.

— Alice, eu fiz um grande esforço para deixar de amar você. Foi a pior época da minha vida... — Sua voz vacilou. Ele parecia lutar contra algo em seu interior, um ar de preocupação cobriu seu rosto, e ele disse: — Responda isso, então. Se Bailey entrasse aqui agora, dissesse que queria que você voltasse e você tivesse que escolher entre um de nós dois, quem você escolheria?

Fitei-o, levada pela imaginação, visualizando Bailey naquele quarto.

— Isso jamais aconteceria — disse eu.

— Mas, se acontecesse, quem você escolheria?

Senti a dor de um nó no estômago e respondi automaticamente:

— Você. — Porque meu coração se acelerou ao imaginar Bailey diante de mim, me desejando de novo. — Você — consegui dizer, por fim.

Ele olhou para mim e em seguida fechou os olhos por um breve instante.

— Você não tem ideia de quanto imaginei isso acontecendo — disse ele, abrindo os olhos e desviando o olhar. — Mas agora é...

Houve o maior silêncio do mundo. Tudo o que escutei foi "mas", e suspeitar aonde aquilo poderia levar só serviu para me convencer totalmente de que eu queria Tom mais que qualquer coisa.

Ele levantou a cabeça, olhou para mim e disse:

— Desculpe, Alice, mas acho que é tarde demais. Se eu não estivesse namorando Gretchen, então talvez pudesse tentar confiar em você de novo... Mas estou. E estou feliz.

— Mas vocês estão juntos somente há... — comecei.

— Eu sei, mas ela é alegre. Nos divertimos muito. Sei que ela tem defeitos, mas sei também o que sente por mim e acho... Acho que quero ver aonde isso pode ir.

Fechei os olhos sob o impacto de suas palavras. Eu havia me oferecido a ele — e ele escolhera Gretchen.

— É melhor eu ir — disse ele. — Sinto muito, muito mesmo você ter interpretado mal a questão da mudança. Nunca tive a intenção de magoar você. Sinceramente.

Fiz um aceno de cabeça silencioso, esforçando-me ao máximo para conter as lágrimas até ele deixar o quarto. Segundos depois, me sobressaltei ao ver outro casal bêbado escancarar a porta, entrar no quarto aos risos, derramando cerveja no carpete, antes de olhar para mim e se entreolhar em seguida, rindo ainda mais, e dizer:

— Desculpe!

Eu não queria participar da felicidade de outras pessoas nem mais um minuto. Levantei-me em um salto, peguei minhas chaves e um suéter e saí pelo meio daquelas pessoas todas. Não conseguia olhar para Tom, que estava de volta à sala de estar, olhando ao redor enquanto se via preso a uma conversa com um rapaz baixo de aparência envolvente. Eu supunha que ele estivesse procurando por Gretchen, mas ela havia desaparecido.

Desci a escada espremendo-me entre algumas pessoas e pulei por cima de uma moça prostrada sobre uma pilha de casacos, e então abri a porta de entrada. Respirando com dificuldade sob o impacto do ar frio em meus pulmões, saí pela lateral do prédio e entrei no jardim, uma faixa longa e estreita de grama alta, contornada por uma cerca de madeira. Havia nos fundos um portão que dava para uma alameda que se estendia por trás de uma fileira de casas, pequenas construções com jardins compartilhados.

Fiquei ali no escuro e no frio, fitando a casa, e fechei meus olhos inchados, sentindo o vento penetrar pelas tramas do suéter e tendo calafrios. Então era isso o que significava estar no fundo do poço. Nesse instante tive um sobressalto quando uma voz atrás de mim disse:

— Oi.

Abri os olhos de repente e me virei. Gretchen estava ali, envolta num casaco, contemplativa, fumando um cigarro e com uma lata de cerveja entre os dedos brancos, seus cabelos voando pelo rosto. O portão atrás dela estava entreaberto e sua maquiagem parecia um pouco borrada; seus lábios em particular. Ela me fitava com atenção. Levantou um braço e afastou os cabelos dos olhos.

— Você vai morrer de frio assim, Al — disse ela, e deu um trago. A ponta do cigarro brilhou com intensidade por um instante, depois desvaneceu. — Boa festa, não é?

— Você viu — disse eu, de repente assustada.

— Você sabe que eu vi, porra! — explodiu ela. — Toda essa merda de mau humor silencioso que tive que aturar. Depois de tudo o que fiz por você!

Tomei fôlego, começando a ficar sóbria.

— Depois de tudo o que você fez? Tem razão! Você não encontrou Tom por acaso em Nova York e se apaixonou por ele! Você contou que eu o tinha traído, depois foi atrás dele e o achou! Você pode enganar todo mundo, mas não a mim.

— Ah, vamos lá. A teoria conspiratória da Alice — zombou ela.

— Não seja idiota, claro que não fiz isso! Você me acha mesmo assim tão manipuladora? Ele foi a única coisa boa na minha vida, Alice. A *única* coisa boa, como você bem sabe. Espero que sejam felizes juntos. Fodam-se vocês dois. Vocês se merecem. — Ela jogou o cigarro no chão e pisou nele, enfiando-o na grama crescida, e o som das folhas cedendo sob seu pé me deixou enjoada. — Eu posso ter namorado seu ex, mas você beijou meu namorado... Então não se atreva a falar de moral. Não quero mais ser sua amiga porra nenhuma. — Ela passou por mim e se dirigiu à casa.

— De qualquer forma, ele escolheu você — disse eu, amargurada. Ela parou e voltou-se para mim. Seu rosto ficou inteiramente pálido com o choque. — O quê? — perguntou ela. — Mas eu vi vocês dois se beijando!

— Você *me* viu beijando *ele*.

Ela perdeu um pouco o controle e colocou uma das mãos sobre a boca.

— Mas ele estava segurando a sua mão!

— Porque eu estava transtornada. Quando ele fez o convite para que eu voltasse para o apartamento, não tinha entendido que ele ia sair de lá para morar com você. Ele me disse que está feliz com você, que ele quer ver aonde isso pode ir — eu falei, desanimada.

— Merda! — Ela riu sem poder acreditar e mordeu o lábio. — Ah, merda! — Ela olhou para o céu e depois disse, devagar: — Você não tem ideia do que acaba de fazer! — Sacudiu a cabeça. — PORRA, Alice! — gritou ela. Em seguida torceu o corpo e lançou a lata de cerveja contra a cerca enquanto deixava escapar um grito. Sob o impacto, o líquido se espalhou por toda parte. — Sua burra idiota — sussurrou ela, seu lábio inferior começando a tremer, enquanto seu rosto se contraía e ela deixava escapar um soluço. Ela cobriu a boca com uma das mãos e correu de volta para a festa.

Fiquei estarrecida com aquela reação. Ela ficara com ele... Tudo o que ela queria. Fiquei ali paralisada no frio. Mas então escutei um ruído atrás de mim, como alguma coisa mudando de posição e tentando não ser ouvida. Dei meia-volta e olhei para o portão, que Gretchen deixara entreaberto. Haveria mais alguém na alameda? Haveria alguém com ela? O que estariam fazendo ali?

— Oi? — disse, soando mais destemida do que estava. — Quem está aí?

Nada. Nenhuma resposta.

Dei um passo na direção do portão. Meu coração disparou. Havia alguém ali, com certeza. Estendi um braço, coloquei a mão trêmula no ferrolho e escancarei o portão com um movimento brusco e repentino, jogando-o contra a velha cerca que nos separava do vizinho. O portão vibrou violentamente sobre dobradiças enferrujadas. Isso e o som da minha respiração foi tudo o que consegui ouvir.

Entrei na alameda e olhei para a estreita passagem. Havia fileiras de latas de lixo velhas, mato, cacos de vidro e o típico saco vazio de batatas fritas. Numa tentativa, agora prendendo a respiração, dei dois passos à frente e olhei à esquerda para uma das construções. Havia outras duas latas de lixo num compartimento escuro e fundo: uma, com uma tampa de plástico velha meio caída, e a outra, com um saco com lixo ao lado, que fora remexido por raposas ou outros animais. Consegui identificar uma caixinha de Weetabix em um dos cantos, com um sachê de chá velho grudado ao lado, mofado e carcomido nas pontas manchadas. Mas nenhum outro sinal.

Eu me virei para a direita e quase gritei quando alguma coisa se mexeu na escuridão, correndo por trás de uma grande folha de telha de amianto que fora abandonada e estava encostada numa das paredes. Teria sido um pé? Estaria alguém escondido atrás da telha? Fiquei paralisada e muda com o susto, sem coragem de olhar ou de dar um passo sequer, tamanho era o meu pavor. Então, quase desmaiei quando um gato, espremendo o corpo por uma abertura da cerca, passou correndo e desapareceu no jardim. Deve ter sido o som do animal movendo-se no meio do lixo que eu ouvira.

Fechei meu casaco e corri de volta para o apartamento, mas quando cheguei ao ambiente relativamente seguro da festa percebi que Gretchen e Tom não estavam em lugar nenhum.

Capítulo Vinte e Sete

Não tive notícias de nenhum dos dois depois da festa, mas também não esperava tê-las. O que mais havia para ser dito? No entanto, eu pensava neles o tempo todo, e me mordia por dentro só de imaginá-los felizes no apartamento de Gretchen, preparando-se para seu primeiro Natal juntos. Por ter morado lá, conseguia visualizar muito bem a cena.

Minha única distração foi o nascimento do filhinho de Frances, na segunda semana de dezembro. Chorei copiosamente ao segurar meu sobrinho no colo. Eu alisava sua cabecinha coberta de uma penugem preta, enquanto ele me fitava curioso, com aqueles olhos escuros zangados. Ele era lindo, mas, para minha vergonha eu não chorava apenas de felicidade.

— Porra, Alice, se controla — disse Frances, sentada na cama com uma expressão exagerada de dor, enquanto Adam colocava uma xícara de chá na mesinha de cabeceira e ansiosamente ajustava os travesseiros atrás dela. — Não foi você que quase precisou de pontos. Tente não apertar o bebê com tanta força. Ele vai ficar superaquecido.

— Já escolheram o nome dele? — perguntei, enxugando os olhos, esperando algo terrível e festivo como Noel.

— Bem, eu gosto de Bailey. — Frances olhou para o bebê. — Sabe, como o daquele rapaz das viagens que você namorou. — Senti meu lábio inferior cair um pouco. — Mas Adam acha que é vulgar e moderno demais. E eu acho que você não gostaria de ficar lembrando daquele cara, não é? — Ela alisou minha mão com carinho e depois se recostou devagar no travesseiro. — De qualquer forma, Adam quer dar o nome do pai dele, então vai ser Frederick. Alice, por favor... Assim vai ensopar o bebê. Adam, pode pegar o bebê e secar a cabecinha dele? O menino vai ter um eczema se ficar todo molhado.

Durante todo o Natal, Frances dominou a cena completamente. Era como se Maria e o próprio menino Jesus estivessem hospedados em casa. Havia fraldas, mamadeiras e cueiros espalhados por todos os cantos, para irritação da mamãe, que se mantinha calada. A parte boa era que todos estavam tão ocupados satisfazendo cada um dos caprichos de Frances e encantados com Freddie que ninguém se interessou em saber por que eu estava tão calada e reservada. Fui deixada por minha própria conta, exceto pelo estranho momento de humilhante agonia. No almoço de Natal, minha mãe — avental e faces da mesma cor do chapéu desbotado de papel — olhava confusa para a mesa enquanto, aborrecidos, esperávamos para ter nossos lugares determinados.

— Fiz alguma coisa esquisita — disse ela, perplexa, olhando para os lugares na mesa. — O que está errado? Adam e Frances, Philip, eu e John, mamãe e papai... — Ela contou mentalmente. — Mas isso foi *exatamente* o que fiz no ano passado e funcionou direito. Um em cada extremidade, três de um lado, quatro do outro... como é que tem um lugar a mais?

— Bem, Tom não está aqui, não é? — disse Frances, franzindo a testa para a mãe quando tirou Freddie dos braços de Adam. — Muita sensibilidade, mamãe. — Todos me encaravam sem graça, e eu olhei para o chão. — Você colocou o lugar dele ao lado do lugar do vovô, no ano passado. Está quente demais aqui, sabe. Não está bom para Freddie.

— É porque ele está de touca, Frances — disse mamãe. — Eu acho que você está errada. Tom não chegou depois do almoço? Ah, não... é isso! Eu me lembro agora, ele trouxe todo aquele champanhe e fizemos um maravilhoso brinde, não foi? Bem — disse ela apressada, vendo a expressão no meu rosto quando Phil visivelmente a cutucou com o cotovelo —, o ano passado ficou para trás. Venha sentar aqui ao meu lado, Alice, assim eu posso servir você um pouco. Vamos nos sentar.

A véspera do ano-novo não foi melhor. Eu me sentei desanimada em frente à televisão, apertada ao lado de vovó, que repetia sem parar ao meu ouvido:

— A BBC faz esse tipo de coisa maravilhosamente bem, não é?

Enquanto todos eles bebiam seus cherries e meu avô dizia:

— Essa não é a moça bonita dos comerciais de M&S? Eu não sabia que ela tocava piano também. Que talento!

Enquanto soltavam os fogos por sobre o Big Ben, e o carrilhão repicava em saudação a 2009, eu me perguntava em que parte do mundo estaria Bailey, quem ele estaria beijando... e em qual festa glamourosa estariam Tom e Gretchen. Imaginei-os num evento social, rindo, taças de champanhe na mão, com um grande grupo de amigos divertidos.

— Agora, então, minha pequena Alice, mudando a guarda no Palácio de Buckingham — disse gentilmente meu avô, interrompendo meus pensamentos —, não fique triste. Venha cá e *me* dê um beijo. Tenha paciência, meu amor, este será o seu ano. — Ele me abraçou, derramando seu cherry sobre o carpete, e mamãe, suprimindo uma exclamação, rapidamente pegou um pano de prato.

Dez minutos depois da meia-noite eu já estava na minha antiga cama de solteiro, embaixo do edredom que tinha desde os 15 anos (bailarinas em roupas de diversas cores, com melancólicos laços pendurados nas costas), lamentando de todo o coração não ter aceitado o convite de Vic para passar o ano-novo em Paris. Como se aproveitasse a deixa, meu telefone deu sinal de mensagem de voz. No fundo ouviam-se os brindes e o clima de alegria geral. "Lembre-se, isso também vai passar!", Vic gritou por cima do vozerio. Isso me fez lembrar da droga da tatuagem de Gretchen. "Feliz ano-novo nunca pareceu mais apropriado! Você é tão corajosa e tenho orgulho de você! Você vai chegar lá... Tenho certeza! Amo você!"

Encerrado, finalmente, o feriado de Natal, voltei ao trabalho. A familiaridade do estúdio era reconfortante. Ao chegar me senti aliviada de ter algo sobre o que voltar minha atenção. Depois de passar uma manhã inteira concentrada na análise de umas fotos bastante complicadas tecnicamente, percebi que não havia pensado nem em Bailey nem em Gretchen, e nem tampouco em Tom, por pelo menos três horas. Foi uma grande revelação.

Mas, como era janeiro, as coisas caminhavam a passos lentos. O proprietário do estúdio apareceu alegre para comunicar que estava aumentando o aluguel. No mesmo dia uma cabeleireira famosa cancelou algumas fotografias importantes. Num momento de paranoia, entrei em pânico achando que talvez Gretchen tivesse alguma coisa a ver com isso, afinal ela mantinha alguns bons contatos. Então, me dei conta, claro, de que isso sugeria que ela se preocupava bastante para se dar o trabalho, quando eu sabia que isso não era verdade. Mesmo assim, me senti melhor quando a cabeleireira telefonou no dia seguinte para marcar uma nova data.

Mas quando eu começava a deixar 2008 para trás Bailey surge em cena de novo, numa quinta-feira, 15 de janeiro, às 17h04.

— Alô? — atendi ao telefone com curiosidade. Era um número confidencial. Fechei o meu laptop.

— Alice?

E apesar de não termos nos falado desde a noite em que ele terminara tudo, reconheci-o imediatamente. Não apenas isso: o mero som de sua voz me acendeu por dentro, e eu, depois de muito sacrifício tentando me manter de pé, tive uma recaída. Como ele conseguia isso? Bastava ele falar?

Bailey nem sequer teve a delicadeza de perguntar "Como vai você?" e "Bom Natal!", foi direto ao assunto:

— Ally, sei que isso é uma verdadeira aparição, e sou provavelmente a última pessoa com quem você deseja falar... essa foi a razão por que mantive meu número confidencial... Mas preciso da sua ajuda. Estou muito preocupado com Gretchen.

Eu quase joguei a porra do telefone do outro lado da sala. Por quê? Por que as pessoas *sempre* recorriam a mim só para falar sobre ela? Ela tinha Bailey e Tom. O que era isso? Pelo amor de Deus, Gretchen parecia ter a droga do *mundo* todo a seus pés. Será que não podiam parar de me procurar e me deixar seguir com a vida? E desde quando ele me chamava de *Ally*?

— Eu fiz a maior besteira. Eu devia estar com Gretchen tipo, agora, mas perdi o voo hoje cedo. Estou na Espanha, entende, e eu telefonaria para Tom, mas ele está em Bath a trabalho e, além disso, ele me odeia. Liguei para Gretchen, mas acho que ela está fora de si. Acho que bêbada. Na verdade, completamente embriagada.

— E daí? — Apoiei o telefone sob o queixo enquanto preparava minha mochila.

— São 17 horas! Eu sei que ela gosta de beber um pouco, mas o que é isso? Será que você pode ir até lá e ver o que está acontecendo? Ela só dizia "Mas você devia estar aqui" repetidamente. Depois ficou muito irritada e me disse que eu era um imbecil e desligou.

— Ah, bem, nesse caso, sim, claro, adoraria estar por perto — falei com sarcasmo.

— Alguma coisa está errada, Al. Eu percebi isso — insistiu ele. — Tem alguma coisa acontecendo.

— Está bem, mas a última pessoa no mundo que ela quer ver sou eu. Ela não é nem de longe minha fã número 1.

— Eu sei — disse ele, sem jeito, e eu me perguntava quanto ela havia contado a ele —, mas ainda assim preciso que você vá até lá. Por favor. Estou preocupado.

— Então telefone para a polícia, se está com tanto medo — sugeri, pegando minhas chaves e desligando as luzes do estúdio. — Ou para os seus pais.

— Eles estão fazendo a peça *Whoops There Go My Bloomers*!, em Little Chalfont. Ninguém atende a nenhum telefone. Não posso ligar para a polícia só porque ela está bêbada... Alice, *por favor* — suplicou ele. — Por favor! Veja somente se ela está bem e depois vá embora. Eu estou implorando. Por favor, faça isso por mim... por favor. — Ele jogou seu trunfo e esperou. — Conto com você. Não me decepcione.

Capítulo Vinte e Oito

Às 18h40, muito irritada e apreensiva, cheguei ao apartamento de Gretchen. Já havia passado em casa e prometido a mim mesma que *não* iria, até por fim ceder e mudar de ideia. Alguém estava entrando no prédio e pude entrar junto, mas bati à porta e toquei a campainha diversas vezes, e ninguém atendeu. Em seguida, suspirando, segurei aberta a portinhola da caixa de correio e me identifiquei:

— Sou eu. Não queria estar aqui, assim como você também não gostaria que eu estivesse, mas prometi a Bailey. Por favor, abra a porta.

Escutei o ruído de pés se arrastando pela sala e vi, por uma abertura bem pequena, uma garrafa de uísque que acabava de girar, o líquido âmbar ainda se espalhando, e finalmente parar. Depois percebi duas pernas descobertas se moverem com rapidez mas com dificuldade vindo em minha direção, e em seguida tropeçarem, já fora do meu âmbito de visão. Houve uma batida forte, como o ruído de uma pessoa caindo. Depois silêncio.

— Gretchen — gritei, preocupada —, você está bem? — Minha irritação foi esquecida naquele mesmo instante. Bati com insistência na porta e, para alívio meu, escutei sua voz:

— Já vou, já vou. Estou tentando. Espere.

Escutei um pesado golpe contra a porta, o som de uma fechadura se abrindo e a porta se escancarando. Ela surgiu oscilando levemente, de camiseta rosa e shorts da mesma cor, do tipo que é vendido em pacotes de três e os rapazes podem imaginar garotas de 16 usando enquanto fazem uma guerra de travesseiros.

— Você está atrasada — disse ela, parecendo agitada, e espirrou ao voltar para dentro do apartamento, deixando a porta para eu fechar. — Ele disse que você ia vir já faz séculos. A cronometragem está toda alterada, eu tive de parar e agora não sei mais em que ponto estou. Isso é um certo problema! — falou ela num tom monótono. — Mas acho que você devia me encontrar no banheiro. Talvez na sala. Não sei! — Ela parecia ansiosa enquanto contorcia as mãos. — Eu nunca planejei isso antes, fiz somente, e agora está tudo embaralhado, graças ao imbecil do meu irmão.

Meu coração se despedaçou. Ela estava perturbada.

— O que você está dizendo não faz sentido. Vá devagar. Você parou a medicação, Gretchen? — perguntei, embora a resposta a essa pergunta fosse óbvia.

— Eu tive que parar, sua idiota! — explodiu ela, uma expressão desvairada em olhos arregalados quando ela veio para cima de mim e agarrou a parte da frente do meu casaco com ambas as mãos, puxando-o para tão perto do meu rosto que fiquei tensa com o choque e me afastei dela bruscamente. O hálito dela exalava um cheiro de bebida e via-se um fio de secreção escorrendo-lhe do nariz vermelho, antes de ela o enxugar com as costas de uma das mãos e me agarrar de novo, ansiosa. — Tem uma coisa que você não sabe. Quero lhe contar um segredo, porque preciso que me ajude com meu plano. Mas só posso lhe contar se você disser que sim. Promete me ajudar?

— Prometo — concordei com relutância, ao tirar meu casaco.

Precisava mantê-la quieta até Bailey chegar, porque não havia dúvida de que ela teria de ser internada de novo... Ela estava se encaminhando para uma grande crise psicótica. Expirei. Eu ia ver Bailey novamente. Se eu soubesse teria usado uma maquiagem qualquer e não teria vindo de tênis e roupa esporte.

Ela me soltou e deu um passo atrás, torcendo os dedos e mexendo nas unhas freneticamente.

— Estou grávida! Ninguém sabe... a não ser você.

Voltei a prestar atenção de imediato, e meu queixo caiu.

— Eu *tive* que parar o lítio, porque prejudicaria o bebê. — Ela começou a andar de um lado para o outro numa pequena área. — Eu disse que não queria ter filho, de maneira alguma, foi em parte por isso que eles me deram essa medicação. Você não pode tomar lítio se quiser engravidar, eles disseram isso, eles me disseram isso. Então eu parei logo, mas, claro, teve aquela noite da festa... Então eu não podia ter tomado, mesmo se fosse normal. Porque ele saberia. E é por isso que você precisa me ajudar. — Ela passou uma das mãos por entre os cabelos. — *Não posso* fazer isso sozinha. — Os olhos dela cheios de lágrimas começaram a brilhar.

— Fazer o quê sozinha?

Ela veio depressa em minha direção de novo, segurou minhas mãos e disse rapidamente:

— Eu tenho um plano. Pensei sobre isso, e vai funcionar. Preciso apenas da sua ajuda. É só. Você não precisar fazer nada... a não ser chamar a ambulância. Era o que o Bailey deveria fazer. Você me encontra e telefona. Vai ser assim, você só precisa *fingir* que me encontrou e pediu ajuda.

— Uma ambulância? O que você...

— Psiu! — disse ela. — Eu explico. Tom está viajando a trabalho... É por isso que precisa ser hoje, ele volta amanhã. Tudo o que temos de fazer é na verdade fazer.

— Fazer o quê?

— Tirar o bebê — disse ela com paciência, como se eu fosse um pouquinho retardada.

Puxei minhas mãos com tanta força que uma das unhas dela me arranhou.

— *O quê?* — perguntei, pensando não ter escutado direito.

— É muito simples — disse ela, mexendo-se sem parar, como se estivesse se aquecendo para uma corrida enquanto me explicava uma receita fácil de fazer. — Já tomei um pouco de uísque e, se tomar bastante lítio, meu coproxamol e beber um pouco mais, eu entro num estado de coma... Aprendi a fazer isso num hospital psiquiátrico. Tenho certeza de que será suficiente para me livrar dele... Acho que estou apenas com sete semanas. Todo mundo vai pensar que tentei cometer suicídio outra vez. Eles todos estão esperando que isso aconteça, de qualquer forma. Em casa, no Natal, encontrei um livro embaixo da cama da mamãe chamado *Como lidar com o maníaco-depressivo*, e ela dobrou a orelha da página numa parte que dizia: "Pesquisas têm mostrado uma alta percentagem de suicídios no período de um ano depois que a pessoa recebe alta hospitalar." Está vendo? Eles todos acham que eu vou fazer isso mesmo. Ninguém vai precisar saber sobre o bebê! Eu preciso que você chame a ambulância, porque não quero morrer. Você vai ter que chamá-la quando eu der sinais de inconsciência porque, se demorar muito, posso ter um ataque cardíaco. — Ela espirrou com violência e enxugou o nariz.

— Você escutou o que acaba de me dizer? — Minha voz estava tremendo. — Você disse realmente que sua pobre mãe teme e espera que isso aconteça e que isso *se encaixa direitinho em seus planos*? E isso é um BEBÊ, Gretchen. O filho de Tom. Você não pode fazer isso! Não vou deixar! É doentio. É mais do que isso... é maldade

— Não é o filho do Tom! Bem, eu suponho que haja uma chance de ser... Mas eu tenho a *impressão* de que não é. Você sabe o que eu fiz naquela noite da festa no jardim. Eu vi você ir para a alameda. Na verdade — os olhos dela brilharam —, isso é tudo culpa sua. Se não tivesse beijado Tom eu não teria achado que vocês dois iam reatar o namoro, e eu nunca ia deixar o Paulo tocar em mim de novo

— Paulo? — perguntei, horrorizada.

— Ah, não seja idiota — disse ela, com desprezo. — Não aja como se não soubesse, e não banque a mocinha bem-comportada e inocente que não quer que a amiga namore o ex porque não gosta disso! — Ela fez um beicinho e bateu com o pé. — Você pode imaginar a minha tristeza, Alice? Eu não parava de chorar, e o Paulo me encontrou, me abraçou e então me beijou e... Eu não quero perder o Tom, Alice. Ele é a única coisa boa na minha vida.

— Mas há outras maneiras. Outras coisas que você pode...

Ela sacudiu a cabeça com veemência.

— Se ele deixou você por causa de um beijo, ele vai me deixar por isso. Eu me esforcei tanto... Eu não me despenquei daqui para os Estados Unidos para nada. Eu já perdi tanta coisa na vida! Não vou desistir dele também.

— Você podia... Espere, o que você acabou de dizer? — De repente entendi o que acabara de ouvir.

— Vou ficar com ele — afirmou ela de forma desafiadora. — E ninguém vai me impedir.

— Antes disso — disse eu, encarando-a.

Ela pareceu confusa.

— Antes de quê? Você precisa parar de falar, Alice. — Ela balançou as mãos de forma esquisita. — Precisamos fazer logo isso!

— Você foi atrás de Tom nos Estados Unidos? — Meu tom de voz estava mais alto do que um segundo antes. Senti um ímpeto de raiva apoderar-se de mim.

— Fui! Quer dizer, não... Eu não sei. E daí se eu fui? — Num impulso, ela se jogou sobre o sofá e pegou um frasco de comprimidos que eu não havia notado e colocou um punhado na mão. Correu em direção à garrafa de uísque, tropeçando no caminho, abaixou-se ao lado dela, tirou a tampa com uma das mãos, tomou um enorme gole e depois jogou os comprimidos na boca. Engoliu-os, uma expressão de dor cobrindo seu rosto quando forçou a deglutição. Tomou outro gole de uísque, tossindo ofegante. Limpou a boca com as costas da mão e disse: — Está vendo? Você não pode mais recuar. — Ela sorriu como uma louca, um brilho de triunfo nos olhos.

Fiquei horrorizada com aquela situação completamente surreal e aterrorizadora que acabara de presenciar. Eu a vira fazer. Era como assistir à cena de um filme.

Ela fechou os olhos e tomou outro gole do uísque, tão grande que se engasgou e teve de cobrir a boca com a mão.

245

— Eca! — disse ela, desequilibrando-se para a frente um pouco. Ela parou e depois sorriu para mim, seus olhos injetados. — Não posso vomitar.

Meus instintos se acenderam. Corri para o telefone e comecei a ligar para a emergência. Se eu conseguisse levá-la para o hospital logo, provavelmente eles fariam uma lavagem de estômago e, com sorte, conseguiriam impedir qualquer dano. Eu não podia acreditar que ela estivesse esperando um bebê.

— Não! — Ela correu e arrancou o aparelho da minha mão. — Ainda não! É cedo demais! Só vai levar meia hora para eu ficar inconsciente. — Virou mais três ou quatro comprimidos na mão e caminhou de volta para a cozinha. — Acho que agora já chega — disse ela, e achei ter detectado uma fala mais enrolada, como se ela estivesse fazendo mais esforço para falar.

— Você já tinha tomado alguns? — perguntei. Ela confirmou com um gesto. — Quando? Antes de eu chegar?

— Hum... — Ela parecia confusa — Mais cedo, eu acho, um pouco antes de Bailey telefonar e dizer que não ia mais vir para cá.

Ó Deus. Então talvez já fosse um pouco tarde. *O que ela havia feito?* Tomei de volta o telefone e ela tentou pegá-lo de novo.

— Não faça isso! — gritei, e lhe lancei um olhar tão feroz que ela recuou.

Eu estava a ponto de discar para a emergência quando olhei para Gretchen e vi quando ela enfiou uma coisinha branca na boca. Outro comprimido?

— Pare com isso! — gritei desesperada.

Gretchen empalideceu de repente.

— Acho que vou vomitar. — Levantou-se e correu para o banheiro. Escutei um forte estrondo, larguei o telefone e a segui. Ela estava debruçada sobre a privada, ofegante, um monte de frascos, que antes estavam na borda da banheira, derrubados. Vi seus músculos contraírem-se e seu rosto ficar tenso. — Não, não! — exclamou ela. — Se eu vomitar, não vai funcionar!

— Enfie os dedos na garganta... *agora*!

Segurei seu rosto, tentando no desespero enfiar meus dedos em sua boca, lembrando-me de que ela estava doente, muito doente, e que aquele era um plano louco de uma mente desequilibrada... Aquela não era Gretchen. Ela precisava de ajuda.

— Me... larga!

Ela veio para cima de mim e então *bum*! O punho dela explodiu na minha face e me pegou por baixo do queixo. Eu jamais fora espancada, e a dor ardente que se espalhou por minha mandíbula fez com que me sentisse marcada com ferro quente. O choque fez com que eu levasse uma das mãos à face, eu a encarei e disse, o que pareceu óbvio:

— Você bateu em mim!

Ela caiu de joelhos e depois, apoiando-se na banheira, levantou-se, inclinou a cabeça para trás, olhou para o teto e seus olhos reviraram.

— Vou para lá. — Ela seguiu cambaleante para a sala de estar, pegando de novo a garrafa de uísque, e eu a segui. Antes mesmo de conseguir tirar a tampa, ela tropeçou e desabou no chão. O vidro espatifou-se, e o cheiro úmido e ardente da bebida invadiu o ambiente. — Merda! — Os olhos dela encheram-se de lágrimas. — Não tenho outra!

Havia uma grande poça de uísque no tapete, e ela se inclinou e colocou a língua para fora, desesperada.

— Não! — gritei. — Tem vidro por toda parte! — Puxei-a para trás e empurrei-a contra a parede. Ela ficou ali e fechou os olhos, contorcendo a face de dor, apertando a cintura com os braços. — Quero vomitar — disse ela, gemendo. — Está doendo!

— Não se mexa! — disse eu, aterrorizada. — Vamos acabar com isso agora mesmo!

Eu me levantei, peguei o telefone e corri de volta para onde ela estava. Mas, antes que tivesse tempo de discar, ela levantou o corpo e sua cabeça pendeu para a frente. Larguei o telefone, me abaixei a seu lado e segurei seus cabelos.

— Vomite! Não importa se vai sujar tudo aqui. — Minhas pernas estavam estendidas e eu a segurava no colo.

Os movimentos dela se desaceleravam.

— Nããããã...o — insistia Gretchen, tentando me empurrar para longe dela. Estendi a mão para pegar o telefone de novo. — Eu vou lhe contar mais segredos. Escute, escute. Não telefone. Psiu! — Ela colocou os dedos sobre os lábios. — Eu vou lhe contar sobre Bailey.

Eu parei.

Um leve sorriso despontou em seus lábios. Ela ergueu uma das mãos, bamba, e a apoiou sobre meu braço, enquanto tentava levantar a cabeça e olhar para mim.

— Eu disse a ele para não procurar mais você. Eu disse a ele que não queria que ele fosse seu namorado, então ele disse "Está bem" e terminou o namoro. Eu não queria que você tirasse ele de mim.

— Você está mentindo — sussurrei. — Você não fez isso. Você estava nos Estados Unidos. Com Tom.

Eu peguei o telefone. Ela franziu a testa aborrecida e disse com grande esforço:

— Eu *realmente* contei a Tom sobre você e Bailey de propósito. Tom ficou muito triste com você, Alice. Eu tinha que amá-lo muito mais. Muitas vezes. No quarto, na cozinha, no seu apartamento.

— Cala a boca!

Empurrei-a para longe de mim com asco e ódio ao extremo. Suas palavras vis pareciam me queimar por dentro, causando um verdadeiro incêndio.

Sem o meu apoio, ela caiu para o lado. Ficou em silêncio no chão e então seus olhos abriram-se novamente. O telefone estava bem em frente ao rosto dela. Não fiz nenhum movimento em direção a ele dessa vez, e ela deu um leve sorriso de satisfação.

— Você quer ajuda, telefone para eles — apressei-me em dizer, minha voz vibrando e tremendo. De um ímpeto me pus de pé.

— Nãããão! — insistiu ela. — Tem que ser suicídio. Não me abandone!

Ela olhou para o telefone e com um grande esforço levantou um dos braços e o empurrou na minha direção.

— Agora, então — disse ela, metade do rosto amassado contra o tapete. — Faça isso agora, então. Você precisa dizer a eles, Alice. Muitos comprimidos.

— O que eu lhe fiz? — perguntei num sussurro. — Você destruiu tudo, a mim, Tom, Paulo... Eu nem sequer conheço sua pobre mãe, e ela ainda procura nos livros uma maneira de ajudar você... E agora isso. Você disse a Bailey para terminar comigo? Como pôde fazer uma coisa dessas? Você não sabe compartilhar, não é? Tudo tem que ser seu. Você é venenosa. Tudo o que você toca, destrói. Eu confiei em você! — disse com a voz entrecortada, lágrimas ardentes escorrendo-me por minha face. — Eu achava que você era minha melhor amiga! Tom achou que eu estava louca quando disse a ele que suspeitava de você... E você disse que só estava querendo ser delicada comigo, ao me deixar morar em seu apartamento, mas eu *estava* certa! Você só queria que eu ficasse fora do caminho! Como pode fazer uma coisa dessas com Tom? Ele vai ficar arrasado, ele é um amor de pessoa... Um homem tão bom! Por que não nos deixa em paz? Estaríamos muitíssimo melhor sem você! Você não estava doente... Você é má!

Gretchen mal conseguia piscar, e quando eu estava sem energia e sem palavras, ela deu um impulso para se levantar com o que era obviamente o restante de sua força, e caiu sentada.

Ela tentou chutar o telefone em minha direção, mas não conseguiu. Seus movimentos eram insignificantes. Não moveriam uma pena.

Lutou para erguer a cabeça e encarou-me com olhos que se fechavam contra a sua vontade.

— Por favor — disse ela, num suspiro.

— Isso é você! É malvada... nada faz você parar! — Eu comecei a tremer. — Odeio você. Odeio você!

— Socorro — disse ela.

Eu não procurei pegar o telefone. Perdi as forças e me larguei sobre o tapete e fiquei ali imóvel, as lágrimas escorrendo por minha face, segurando os joelhos de encontro ao peito.

Ficamos as duas ali, e ela olhava para mim com olhos vidrados, impossibilitada de falar, mas totalmente consciente do que eu *não* estava fazendo.

Por fim, ainda me fitando, seus olhos fecharam-se e sua cabeça pendeu levemente para a frente.

Comecei a gemer e balançar meu corpo em meio às lágrimas, aflita e assustada. Senti ânsia de vômito e, levantando-me, cambaleei até o banheiro e vomitei violentamente.

Quando voltei, ela não havia se mexido.

Sinceramente, não sei quanto tempo fiquei ali depois disso.

Meus dentes batiam, meu corpo inteiro tremia. Mas por quanto tempo? Não sei... Realmente não sei.

Lembro-me de que o gosto de vômito era insuportável. Acho que voltei ao banheiro, enxaguei a boca, ergui a cabeça e vi meu reflexo no espelho. Gotas de água fria escorriam pelo meu rosto e sob o queixo. O lugar em que ela me batera estava ainda dolorido. Inclinei a cabeça, mas não havia uma marca visível. Olhei para mim, boca entreaberta, paralisada. Eu poderia ter ficado ali por horas.

Mas voltei para onde ela estava. Não a abandonei. E telefonei, *sim*. Eles vieram e nos encontraram.

Ela estava com a razão: todos acham que foi uma tentativa de suicídio de uma maníaco-depressiva que, mais uma vez, parara de tomar o lítio — assim como fizera antes. Todos, exceto aquela enfermeira que está convencida de que eu a ajudei a fazer aquilo, como um ato de misericórdia. Eu não contei a ninguém sobre a gravidez. Ao menos essa promessa eu mantive.

Mas se ela despertar, se sobreviver a essa "complicação secundária", ela vai contar a todos o que de fato houve. E se todos acharem que eu, deliberadamente, não telefonei quando poderia ter telefonado, eu perderei tudo.

Porém, por outro lado, se ela nunca mais acordar, se morrer... será por minha culpa.

Suponha que ela tenha morrido enquanto estou sentada aqui nesta capela. Então, o que vou fazer? Contarei — ou terei de viver com esse segredo para sempre? Será que Tom se voltará para mim em sua tristeza e eu o consolarei durante esse período? Será que, como resultado, nos aproximaremos cada vez mais e terminaremos juntos como se Gretchen nunca tivesse aparecido em nossas vidas? Ou será que Bailey, arrasado com a perda, se apegará a mim como uma das poucas pessoas que compreenderam sua irmã e decidirá que devemos tentar mais uma vez?

Ou nós todos, arrasados pelo que aconteceu, nos tornaremos incapazes de permanecer na companhia um do outro por ser simplesmente muito difícil, nossa dor uma ferida aberta e triste demais para compartilharmos? E se ela morrer, será que, de qualquer jeito, Tom não descobrirá que ela estava esperando um filho? Eles fariam uma autópsia, não fariam? Ó Deus! Isso o mataria e o perseguiria pelo resto da vida. E ainda seria culpa minha.

Bailey tem razão, esta capela cheira mal. Umidade misturada a um ar mórbido e poeira, mas, mesmo assim, eu gostaria de permanecer escondida neste lugar para sempre. A noite que está diante de mim, eu sei, vai ser a mais longa de toda a minha vida. Pela manhã, de acordo com o médico, será possível dizer se Gretchen vai se recuperar ou não.

As únicas orações que faço agora são as de perdão a mim mesma. Estou muito, muito assustada.

Não sei como isso pode estar acontecendo a uma moça normal como eu, que tinha um namorado, um trabalho e uma vida.

Capítulo Vinte e Nove

Embora não consiga enxergar do lado de fora, porque a sala não tem janelas, sei que já deve ter amanhecido. Tom e Bailey estão exultantes, irrequietos em suas cadeiras, buscando energia para se manterem alertas depois de uma noite inteira sem pregar os olhos. É como se tivessem passado a noite viajando e acabassem de descer do avião em seu destino de férias, o que lhes dá um novo alento de vida.

— Eu vi de novo! — exclama Bailey, e aponta para Gretchen. — Ela mexeu os olhos!

A jovem enfermeira sorri e concorda:

— Ela está reagindo muito bem.

Bailey olha para a irmã, como se ela fosse a pessoa mais bonita que ele já vira e como se o mundo fosse realmente um lugar maravilhoso.

— E, me diga de novo, qual é a dependência dela de oxigênio?

— Quarenta por cento! — A enfermeira sorri com benevolência.

— Bom! — diz Bailey, alegre, embora essa seja a terceira vez em uma hora que ele faz essa pergunta. Até mesmo Tom sorri, apesar de seu alívio não ser tão grande.

Sinto-me tão enjoada e assustada que tenho a impressão de que, se me movimentar muito rápido, vomito em toda parte.

— Então, quando ela vai poder escrever e falar? — pergunto.

A enfermeira responde com um aceno de cabeça.

— Ela ainda está muito sedada. No mínimo, amanhã.

Portanto, tenho apenas o restante do dia... Ó Deus meu! O que farei? Vou ter que ir embora... Simplesmente sair daqui. Como vou poder estar aqui quando ela acordar? Do jeito como estão as coisas, temo até falar com as enfermeiras, por receio de que possam ter recebido recomendações para me observar, procurar indícios, uma admissão involuntária de culpa.

— Não seria melhor — diz Bailey — ir para casa, tomar um banho, trocar de roupa ou algo assim? Nada vai acontecer nesse meio-tempo, não é?

Eu *não vou poder* estar aqui quando ela acordar..

A enfermeira hesita.

— Olhem, não há garantias, mas, como eu disse, ela está indo muito bem.

O rosto de Bailey se abre num sorriso.

Tom parece ficar em dúvida.

— Acho que vou ficar.

Bailey faz um gesto firme com a cabeça.

— Tom, ela está fora de perigo. Você não vai querer estar todo desleixado e malcheiroso quando sua namorada despertar amanhã, não é? Tudo o que ela precisa agora é se recuperar. Então, por que não nos reunimos aqui depois do almoço? Damos uma passada em casa e descansamos um pouco?

— Está bem — concorda Tom, por fim. Ele parece arrasado. — Vou trocar de roupa e volto logo. Acho que vou tomar um táxi. Não sei se é seguro ir dirigindo.

Bailey levanta-se.

— Hoje é um *grande* dia! — Ele ri. — Até mais tarde, minha irmã! — Sopra um beijo para Gretchen. — Vamos dividir um táxi — decide ele. — Damos uma volta maior. O taxista deixa você, Tom, depois Al e então me deixa.

O dr. Miles Benedict salta de seu carro. Faz um lindo dia ensolarado de janeiro. Não demora muito e entrará fevereiro — o que significa

Dia de São Valentim, ele calcula. Precisa lembrar-se de reservar uma mesa em algum restaurante, ou ela lhe arrancará os ovos.

Então, qual será a confusão que terá de enfrentar hoje? Há o rapaz que sofreu um acidente de moto — garoto estúpido, caiu de moto a 80 quilômetros por hora apenas de camiseta e jeans, o asfalto literalmente ralou a pele do corpo dele. Quando o ergueram da maca, suas costas ficaram lá. Miles fez uma careta. Talvez não tome o café da manhã. Ele se pergunta distraidamente se a moça da overdose conseguiu atravessar a noite — pouco provável, ela havia ingerido droga suficiente para derrubar um elefante. Então ele resolve pegar um café antes de subir e ver se alguém está disposto a uma partida depois do trabalho. A grama vai estar perfeita hoje.

Vinte minutos depois ele irrompe na UTI, agora num péssimo humor, para fazer a mudança de turno da manhã. Ninguém está livre para jogar golfe mais tarde, o que o deixa muitíssimo irritado, e um idiota qualquer na lanchonete não só derramara café quente em sua mão como, pior ainda, lhe servira um café normal, em vez de descafeinado. Ele só percebeu quando seu copo estava pela metade, e agora já se sentia agitado e com início de uma dor de cabeça. Será que é tão difícil assim conseguir uma *bebida* decente quando sua ocupação é salvar vidas?

Ele entra na sala 5 e, para sua surpresa, encontra a moça da overdose ainda na terra dos vivos. De fato, uma determinação e uma luta impressionantes. Felizmente não há parentes que o obriguem a ser educado. Somente as enfermeiras. Ele olha para o prontuário num silêncio irritado e depois explode:

— Ela está apenas com 40 por cento... Por que ainda está sedada?

A enfermeira mais antiga, que o acompanha, cutuca a mais jovem, que abaixa a cabeça. A mais antiga diz:

— Não tive tempo ainda de chegar até ela.

Será que ele tem que fazer *tudo* sozinho?

— Bem, suspendam o propofol — diz ele. — Acorde-a, vamos extubá-la! Ela é jovem, pelo amor de Deus! Vamos. O mais rápido possível!

Ele olha irritado para a enfermeira nova, que não o encara, e momentaneamente é animado pelo fato de ela ter seios fartos. Pena que o rosto não corresponda, parece até ter sido achatado por uma pá. Fazer o quê!

— Ande, enfermeira. A próxima vítima, por favor.

No estacionamento do hospital nós três aguardávamos um táxi. *Não* vamos no mesmo, porque, apesar do estranho vínculo que desenvolvemos naquela pequena sala de hospital, aqui, de volta ao mundo real e esperando no frio, parece muito esquisito fazer isso.

Estacionamentos de hospitais são lugares estranhos. Por um lado, há recém-nascidos, colocados em carros por pais orgulhosos e protetores e observados com adoração por mães cansadas. Por outro, há pessoas confusas, desorientadas, andando de um lado para outro, fazendo ligações urgentes em seus celulares, dando terríveis notícias que farão com que alguém, onde quer que esteja, deixe de lado o que está fazendo e saia à procura das chaves do carro e de seus sapatos.

Tom, que parece ansioso para ir embora — provavelmente quer chegar em casa e voltar o mais depressa possível —, pergunta se pode pegar o primeiro táxi, e quando o carro para, ele me dá um beijo rápido na região da têmpora esquerda e diz:

— Até mais tarde, então. — Entra no táxi e desaparece na rua.

Ficamos eu e Bailey. Ele acompanha com o olhar o táxi de Tom dobrar à esquerda e desaparecer de vista.

— Ele é um cara muito engraçado. — Bailey balança a cabeça. — É tão correto, em todos os sentidos! É uma pessoa transparente.

Outro táxi chega.

— Sua vez — diz ele, e sorri tão satisfeito, numa onda de excesso de cansaço e alívio, que parece o dono do mundo. — Vá você, sinceramente. A gente se encontra na volta, daqui a pouco.

— E, aí, o que você vai fazer agora? — pergunto, uma das mãos na porta do carro.

Ele boceja.

— Relaxar, tomar um banho e dormir... é isso.

— Venha comigo para o meu apartamento — digo, de forma inesperada e negligente.

Ele parece confuso a princípio e depois sorri.

— Muito delicado de sua parte, Al, mas eu estou bem. Agora que ela dá sinais de recuperação, vou ficar bem sozinho, garanto. Até daqui a pouco. — Ele me joga um beijo.

Forço um sorriso e entro no táxi. O banco de trás é forrado com uma imitação de camurça marrom de mau gosto, enrugada, e cheira a cigarro e ao renovador de ar no formato de uma árvore de Natal que gira, pendurado no espelho retrovisor. Reprimo as lágrimas que me chegam aos olhos. Não foi isso o que eu quis dizer, Bailey.

— Para onde, então? — pergunta o taxista, embora eu não veja os lábios dele se mexerem, apenas seus olhos inquisitivos refletidos no espelho. Dou o endereço, e ele em silêncio gira o volante, deixando o hospital. Não volto meu olhar para Bailey, apesar de vê-lo de soslaio quando acena para mim.

Resta-me somente hoje para ficar com ele e com Tom, é só. Amanhã, ela vai estar acordada, poderá escrever, talvez falar, certamente capaz de dizer a todos que eu, deliberadamente, não a ajudei. Tom e Bailey acreditarão que eu desejei que ela morresse. Hoje é só o que me resta.

Toda a noite passada, enquanto aguardávamos e ficou claro que o pior já passara, quando reduziram o nível de oxigênio dela e todos comemoraram que os olhos dela se mexeram, tudo o que eu pensava era: não tenho escolha, vou ter de ir embora. Fazer as malas e ir embora. Amanhã *vai* chegar e ela *vai* acordar. Sinto-me muito aliviada porque ela não vai morrer, mas assustada pelo que possa acontecer comigo.

Estou um frangalho, aterrorizada de pensar que pude fazer algo tão assustador a uma pessoa a quem dei a mão — enquanto lhe garantia que não havia nada que ela pudesse fazer que me impedisse de ser sua amiga. Vou ter de ir.

O que resta, afinal, que me faça ficar? Tenho um apartamento alugado, um estúdio que alugo quando preciso realizar um trabalho, não tenho namorado nem vínculo algum. Fran agora tem sua família, minha mãe e meu pai estão ansiosos para ver Phil fora do ninho de modo que possam dar início à própria vida, e não demora até Phil, entediado, sem ter nada para fazer, decidir que quer construir uma vida mais interessante. Eu os amo muito, e sei que eles me amam, mas não estou certa de que me conheçam mais do que pareço conhecer a mim mesma. Todos eles têm vidas bastante agitadas. Somos o protótipo da família moderna, geograficamente fragmentada e freneticamente ocupada. Faria, de fato, tanta diferença assim se eu tirasse um tempo para mim? Tenho sido forçada a enfrentar verdades muito desagradáveis — talvez isso não seja uma coisa ruim. Eu poderia apenas pegar minha câmera e partir. Fazer escolhas, parar de deixar que as coisas aconteçam a mim. Nunca desejei magoar ninguém, muito menos as pessoas que amo. Será que eu poderia recomeçar? Construir uma nova vida... Em algum outro lugar, longe de Gretchen?

— Podemos dar uma parada num banco no caminho? — pergunto ao taxista. — Preciso tirar algum dinheiro.

Deixarei um mês de aluguel para Paulo. Ele pode simplesmente jogar fora as coisas que eu deixar para trás. É o mínimo que pode fazer. Talvez eu faça o que deveria ter feito desde o começo: ir para a casa de Vic por uma semana e ver o que acontece a partir disso. Ela tem sido maravilhosa: me escuta, aconselha, conforta. Mas como posso contar-lhe sobre isso? Pela primeira vez na vida há algo que ela não poderá saber jamais. Não posso contar a ninguém. Agora estou totalmente sozinha.

O que vou dizer a Tom e a Bailey? Que vou sair de férias? Que recebi uma oferta irrecusável de trabalho? Acho até que acreditariam se eu dissesse que tinha de ir para Plutão neste momento, em especial agora que Gretchen está fora de perigo. Tudo em que eles conseguem pensar é nela.

E, quanto a ela, se acordar e descobrir que não estou lá, talvez não diga nada, a princípio — talvez aguarde uma oportunidade, espere pela minha volta para que seu relato do que *de fato* aconteceu tenha o máximo de impacto. Mas eu, simplesmente, não vou voltar. O momento passará e seguiremos nossas vidas, da melhor maneira possível.

O táxi passa sobre um quebra-molas, e a suspensão chia. Então dobramos à direita numa rua mais movimentada e paramos em vários sinais de trânsito. À minha esquerda, há um ponto de ônibus. Uma mulher está ali, mãos nos bolsos, uma sacola pendurada em um dos pulsos. O olhar dela é vazio, de pura resignação, o que me faz concluir que ela espera por esse ônibus todos os dias, desde sempre. Por trás dela há uma loja em cuja vitrine se lê PROBLEMAS DE CRÉDITO? TROCAMOS CHEQUES!, ao lado de um restaurante de kebab chamado Big Joe's, que, por sua vez, é vizinho de uma lavanderia que anuncia LAVAM-SE EDREDONS! Onde haverei de estar quando estiverem trocando seus cheques, cortando seus espetinhos engordurados e lavando suas roupas, na próxima semana, no próximo mês, até mesmo no próximo ano?

Passamos em frente a uma floricultura, que está fechada, a vitrine já coberta de corações em preparação para o Dia de São Valentim. NÃO ESQUEÇA O DIA 14 DE FEVEREIRO! uma faixa que é sustentada por uma figura de pomba aplicada em cada um dos lados anuncia.

Esquecer? Como eu poderia?

Bailey não é bem aquele que eu perdi, porque vejo agora que nunca foi meu, por mais que eu o ame. Mas ele é, sem dúvida, aquele por quem eu poderia passar anos da minha vida esperando. Ele é a pessoa que me faz agir de forma negligente. Se ele tivesse entendido o que eu tinha em mente hoje de manhã, talvez estivéssemos neste táxi juntos, indo direto para a minha cama. E aonde isso teria me levado depois que *ele* fosse embora? Porque ele teria ido.

Não sei se é possível algum dia esquecer alguém como ele. Talvez não seja, talvez tudo o que a pessoa tenha a fazer é permanecer afastada até que sua mente tenha a bondade de lhe permitir esquecer o sentimento obsessivo que nutre por pessoas como ele, até que sua dor seja aos poucos suavizada. Não foi bom para mim vê-lo de novo com tamanha proximidade quando ele é ainda tão inacessível, ao menos para mim. Sei que menti para Tom quando me perguntou quem eu escolheria — ele ou Bailey. Seria sempre Bailey. Espero um dia dar de novo um beijo como aquele que demos na Leicester Square, mas em alguém que me ame também.

E quanto a Tom... Há homens, e então há Tom. Eu o guardo na mente como um exemplo único de bondade humana. Deus gosta das pessoas esforçadas, e eu tenho certeza de que Deus, assim como eu, gosta de Tom. Ele se mantém firme em suas convicções e só vê o lado bom das coisas, além de ser gentil, amoroso e verdadeiro.

Se meu mundo estivesse se acabando, eu desejaria que Tom estivesse lá... E desejo muitíssimo. Não sei de que forma — sei que nunca viveremos algo como "e foram felizes para sempre" —, mas acho que aceitaria qualquer coisa, até que ele estivesse com ela, desde que eu pudesse de alguma maneira tê-lo fazendo parte da minha vida.

Mas é claro que ela não permitirá isso, e, portanto, está chegando a hora de dizer adeus a ambos.

Não sentirei falta de Gretchen. Apenas daquela que eu achava que ela fosse.

Capítulo Trinta

Bailey está ao telefone com sua mãe já faz mais de uma hora e meia, tentando convencê-la a ir ao hospital. Ela alterna a histeria com o alívio e a calma com a raiva. Não pode essa noite, insiste ela, porque está exausta com a apresentação que fez como protagonista de *Whoops There Go My Bloomers!*, e, de qualquer forma, Gretchen só vai despertar amanhã.

Essa seria exatamente a ideia, pensa Bailey, cansado. Venha e a veja — grite e esbraveje enquanto ela não pode escutar. Mas a mãe, com sua teimosia, se recusa, e Bailey entrega os pontos. Quando desliga o telefone, ele olha para o relógio. Catorze horas. Precisa voltar para o hospital. Sente-se melhor por ter dormido, mas, para se livrar do último resíduo de estresse e tensão que resta em seus ombros, decide fumar um baseado rápido, e ao encontrar o fumo numa latinha na cômoda, resolve também telefonar para Annalisa, de cuja cama ele se arrastou com relutância na manhã anterior. Merda, teria sido ontem ainda que acordara na Espanha? Loucura — loucura total. Obrigado, meu Deus! Eu lhe devo uma.

Tom acorda às 15h14, de bruços na cama dele e de Gretchen, totalmente desorientado. Leva cerca de um minuto piscando e fazendo conjecturas antes de seu cérebro começar a funcionar e ele entender que fechou os olhos para cochilar um minuto há mais de *quatro* horas. Ele diz um palavrão qualquer e pula da cama. Estava muito cansado ao chegar em casa e encontrar o apartamento cheirando forte a bebida, e com cacos de vidro por toda parte. Quando afinal conseguiu limpar tudo, apanhar os pedaços da garrafa de uísque e embrulhá-los em jornal, depois esfregar o tapete, apanhar os comprimidos espalhados, recolher os frascos no banheiro e limpar os resíduos de vômito, *precisou* deitar-se. Não tinha escolha.

Dez minutos depois já está de banho tomado, roupa trocada e pronto para sair. Pega as chaves e dá uma olhada no saco de lixo, que está bem fechado, do lado de fora da porta da frente. É melhor levar o restante, se vai descer com esse. Enfia as chaves e a carteira no bolso de trás e vai até a cozinha.

Retira o saco da lata, mas a droga do saco fica preso quando ele puxa, o que o rasga de tal forma que parece ter sido talhado pelo bisturi de um cirurgião. O lixo explode por aquela abertura como se saísse de um intestino, e Tom, a essa altura desejoso de não ter se dado esse trabalho, está prestes a enfiar o saco de volta e fechar a tampa — mas então trinca os dentes, pensando, se é para fazer um trabalho... e pega *um outro* saco de lixo, abrindo uma gaveta onde eles são guardados. Levanta o saco rasgado e tenta colocá-lo dentro do outro, já aberto, sem deixar que toque em suas calças ou que vaze. Infelizmente, o saco gira no ar e expele um rolo de papel higiênico vazio, fechado nas extremidades com lenços de papel, uma latinha de sopa e — Tom tem ânsias de vômito — uns ossos de galinha e uma bandeja de isopor que antes continha duas trutas frescas. O mau cheiro impera. Ele contrai os músculos da face e apanha os ossos primeiro. Depois se volta para o rolo de papel higiênico e nota que o lenço de papel se desprendeu de uma das pontas quando o rolo caiu, e que há algo branco enfiado no tubo.

De início ele supõe que seja um aplicador de absorvente interno — mas é longo demais, e, além disso, é de plástico. Percebe, então, que está diante de um teste de gravidez.

Estupefato, ele apanha o objeto e o inspeciona com cuidado.

— Oh, meu Deus! — diz Tom em voz alta. Em seguida corre para a porta.

Desço do meu segundo táxi do dia, de volta ao hospital, às 15h15. Fiz as malas do que planejo levar comigo hoje à noite, e está tudo pronto à minha espera no apartamento. Telefonei para Vic, falei com meu pai, e não há mais nada para fazer... Exceto me despedir de Bailey e Tom. Tenho certeza de que já estarão no hospital ao lado do corpo silencioso e em rápida recuperação de Gretchen.

Passo pelas placas que indicam a capela, pelo café, pela sala de raios X, contorno a escada e entro pelas pesadas portas duplas da unidade de terapia intensiva pela última vez. Não há ninguém no setor de enfermagem. O corredor tem a mesma aparência que tinha pela manhã. A porta para o quarto onde se encontra Gretchen está aberta. Sigo em direção a ela, viro-me para entrar e tenho um sobressalto, ficando imediatamente paralisada de horror.

Gretchen está sentada na cama. Consciente e olhando-me de frente, como sempre imaginei em meus pesadelos — só que dessa vez é real.

— Surpresa — diz ela, com uma voz sofrida. Ela não está sorrindo.

Capítulo Trinta e Um

Cravo nela os olhos. Não consigo falar. Não sinto meus pés, e minha bolsa escorrega do ombro e cai no chão. Meus dedos mexem-se de maneira desordenada para evitar a queda, mas estou horrorizada, paralisada, diante de seu rosto inexpressivo, encarando-me de volta, seus olhos analisando minha face como se quisesse se lembrar de mim.

— Como... Por que você está aqui? — pergunta ela, forçando cada palavra, e essa frase específica me faz ver que ela se lembra de tudo.

Antes que eu possa dizer qualquer coisa, uma nova enfermeira coloca a cabeça na abertura da porta e pergunta:

— Tudo bem? — Ela dá um sorriso aberto, então, não deve estar sabendo de nada. Gretchen confirma com gesto veemente. — Não exagere — diz a enfermeira. — Você está muito cansada. Tente falar pouco, deixe que sua amiga fale. — Ela pisca um olho para mim e desaparece, fechando a porta com delicadeza.

— Boa ideia — sussurra Gretchen com esforço, quando a enfermeira vai embora.

Mas continuo calada. Não consigo. Como pode ser isso? Eles disseram no mínimo amanhã...

— Você me abandonou — diz Gretchen em seguida. — Não telefonou para eles. — Incomodada, ela muda de posição na cama e depois espera.

Meu coração dispara.

— Eu pedi a você para chamar uma ambulância e você não chamou.

— Chamei, sim — insisto. — Vim na ambulância com você. Estive aqui o tempo todo!

Ela franze a testa, confusa.

— Eu vi você — ela diz a palavra com cuidado — *recusando-se* deliberadamente a telefonar. — A voz dela enfraquece no final, e ela tenta sentar-se um pouco mais ereta e pegar um copo de água que está a seu lado. Levada pelo instinto, dou um passo à frente para ajudá-la, e ela me lança um olhar como quem diz "Você deve estar brincando", então eu recuo. — Quanto tempo você esperou? — Ela sente dor ao engolir e desaba sobre o travesseiro.

— Não me lembro.

— Não importa. A questão é que esperou. Você fez de propósito. — Ela fecha os olhos, cansada.

— Eu... — começo a falar.

— Vá embora — diz ela, abrindo os olhos, virando a cabeça e me encarando. — Vá. Não chegue nunca mais perto de mim. Fique longe de mim, de Tom e fique longe do meu irmão.

— Eu já ia embora mesmo. — Meus olhos enchem-se de lágrimas. — Estou indo hoje à noite.

— Para onde?

— E isso importa? — Dou de ombros com um meio sorriso, abrindo os braços em vão.

Ela pensa um pouco.

— Na verdade, não.

— Gretchen... — Estou a ponto de dizer que sinto muito mesmo.

Ela me interrompe e diz com o máximo de energia que consegue:

— Vá embora, agora.

— Eu só quero me despedir de Tom e Bailey — digo. — Qual é o mal que isso pode causar?

Apoiando-se na cama, levanta-se determinada e faz um gesto negativo com a cabeça.

— Não, eu quero que você vá embora.

— Mas eu vou, de qualquer maneira. Será que você não...

— Se tentar ficar — diz ela com voz rouca —, eu conto a eles o que você fez. Você decide.

Olho para ela sentada ali, um pequeno tubo ainda enfiado no braço, os cabelos engordurados grudados na cabeça, olheiras violentas, frágil como uma teia de aranha e, ao mesmo tempo, da mesma forma que estava quando contou sobre ter forçado Bailey a terminar comigo e confessou ter seguido Tom até os Estados Unidos.

— Você perdeu o bebê, Gretchen?

— Que bebê? — pergunta ela.

— Seu bebê. O que você... — Expiro forte. — O que você queria que eu a ajudasse a abortar. Você disse que achava que não era de Tom, disse que eu sabia o que você tinha feito na alameda com Paulo, no dia da festa.

— Que diabo você está dizendo? — Gretchen tosse em grande sofrimento, colocando a mão no pescoço e procurando a água de novo.

Olho para ela com um ar de incredulidade.

— Você se lembra de eu não ter chamado a ambulância, mas não se lembra do que levou a tudo isso? Bailey me telefonou dizendo que não ia poder chegar na hora combinada e que você parecia muito perturbada. Cheguei na sua casa e você estava bêbada, havia tomado alguns comprimidos e me disse que estava grávida, não sabia de quem era o bebê e tinha um plano para se livrar dele. Você queria que parecesse uma tentativa de suicídio, disse que todos iam achar que tinha sido. Eu só precisava fingir ter encontrado você para evitar o pior, mas deixar ir longe o suficiente para você perder o bebê. Eu tentei impedir você... Implorei para que não fizesse isso... E você me deu um soco e me disse que sempre gostou de Tom, que tinha contado a ele sobre

Bailey de propósito e feito Bailey terminar o namoro comigo... — Fico com a voz embargada e começo a tremer sob o efeito da adrenalina.

— Eu não tenho a menor ideia do que você está falando. Não existe *bebê*, Alice. Nunca houve bebê nenhum! Pergunte à enfermeira que acabou de trocar meu absorvente, se não acredita em mim.

Eu me retraio diante de comentário tão explícito e sinto grande tristeza.

— Então você perdeu o bebê? — pergunto. — Como queria?

Ela não move um músculo.

— Não tinha nada para perder! Eu sou maníaco-depressiva, e às vezes tenho alucinações. Eu sou doente! Você sabe disso. — Ela se inclina e toma outro gole de água. — Você não pode acreditar em nada que eu digo quando tenho uma crise... Eu perco a razão!

— Você não parecia estar fora de si, ontem! Certo, você estava tendo um surto, mas parecia ter calculado exatamente até onde ir!

Ela se recosta, fecha os olhos outra vez e diz:

— É muito simples. Parei de tomar a medicação porque estava feliz, achei que não precisava mais. Obviamente, eu precisava. Desculpe por ter batido em você, mas eu, com certeza, não estou grávida. Nunca estive. E vou lhe dizer do que me lembro: de você, racional, sóbria e em perfeito uso de suas faculdades mentais, deliberadamente não querendo me ajudar quando *precisei* de você. — Ela diz as últimas palavras com muita energia.

Perco um pouco o equilíbrio.

— Eu... eu não queria que você morresse, Gretchen — digo logo em seguida. — Só estava horrorizada com o que eu achava que você tinha feito. E não queria que Tom tivesse de passar por isso, e fiquei com muita, muita raiva... Você me disse coisas horríveis.

— Então? Isso não justifica o que você fez! — diz com rispidez. — Eu quase morri por sua causa!

Ela tem razão, não há absolutamente desculpa para mim.

— Eu telefonei para eles! Telefonei, sim... Não abandonei você!

— Vá embora! — diz ela com violência. — Vá embora, ou eu chamo uma das enfermeiras.

Penso na enfermeira do dia anterior, já desconfiada e pronta para o ataque com o que eu deixei escapar sobre não querer que Gretchen acordasse.

Ela ameaça tocar o alarme, e meu coração quase salta do peito.

— Última chance — diz ela. — Vá agora e não conto a ninguém.

— Está bem, está bem! — digo. As lágrimas começam a rolar por minha face e eu pego minha bolsa com violência. — Mas o que você vai dizer a Tom e a Bailey?

— Vou pensar em algo.

Capítulo Trinta e Dois

Saio correndo pelo corredor, sem enxergar nada por causa das lágrimas. Num determinado momento, esbarro em alguém que diz com raiva:

— Ei! — Mas não paro e digo soluçando: — Desculpe!

Disparo corredor afora... Chego ao estacionamento e ao ar frio de janeiro. Desesperada, dirijo-me às pressas para o ponto de táxi. Graças a Deus há um carro lá. O taxista, ao ver que me aproximo, dobra o jornal à espera, se mexe no assento e abaixa o vidro. Vejo que ele franze a testa quando chego perto.

— Está bem, querida? — pergunta. Ele percebeu que estou chorando. Aceno afirmativamente com a cabeça, meio anestesiada, lhe digo o endereço, e ele fala com delicadeza: — Entre, deixo você lá num instante.

Com um giro um tanto brusco do volante ele sai do estacionamento e entra na rua. O sinal de trânsito à frente está amarelo e no último minuto ele decide parar, metendo o pé no freio e me jogando para a frente, fazendo-me levantar o olhar com o choque.

— Perdão! — diz ele. — Gasolina suja. — E olha envergonhado pelo espelho.

Tudo o que vejo, no entanto, é um táxi que se aproxima pela esquerda e dobra em nossa direção. Dentro dele um homem olha ansiosamente para seu relógio, diz algo ao motorista e então aponta para o hospital à sua esquerda.

— Tom! — exclamo, e seguro no apoio de cabeça do assento do passageiro, inclinando-me para a frente com ansiedade. O táxi passa lentamente a nosso lado e vejo Tom passar por mim sem perceber.

— Quer parar? — pergunta o taxista, a mão de prontidão no indicador. — É um conhecido seu?

Abro a boca para dizer "sim", porque certamente essa é a maneira de Deus me perdoar só um pouquinho, me oferecendo a oportunidade de me despedir de Tom. Mas Gretchen tem razão, não mereço ser perdoada — ela é doente, precisou de mim, e eu, de forma deliberada, me recusei a ajudá-la. Que tipo de pessoa faria isso a um estranho, que dirá a um amigo. O que quer que eu achasse que estava acontecendo, qualquer que fosse meu julgamento, momento de loucura, ciúmes, raiva, eu deveria ter usado aquele telefone. Deveria ter pedido ajuda, não importa o que ela tivesse feito a mim. Deveria ter sido superior, mas não fui. Estou extremamente envergonhada pelo que fiz, e sinto repulsa de mim mesma.

— Não — respondo. — Pode continuar.

Desesperada, me viro para olhar de novo. Avisto-o saindo do táxi, pagando, ficando menor e menor e... Não vou vê-lo nunca mais. Ao menos por um tempo muito longo. Apenas um adeus! Se eu o alcançar antes que ele entre, Gretchen nunca vai saber.

— Pare! — eu grito. — Preciso voltar, só...

Porém o taxista já está a postos. Pisa no freio e por isso recebe uma buzinada de um BMW que se aproxima, e que ele ignora por completo. Dobra bruscamente à direita, acelera seguindo o táxi de Tom e freia com um cantar de pneus. Mas Tom já havia pagado e por alguma razão está correndo em direção ao hospital.

— Espere aqui! — digo quase sem fôlego, a mão já na porta, e pulo para fora. — Tom! — grito.

Ele não me escuta.

— TOM! — berro a plenos pulmões.

Dessa vez o som chega até ele, e ele se volta, me olha surpreso, mas então, freneticamente, faz um sinal com a mão para que eu vá a seu encontro. Começo a correr, ciente de que algumas pessoas, tremendo de frio em seus roupões, fumando do lado de fora, nos olham com curiosidade.

Alcanço-o e, respirando com dificuldade pelo esforço, não consigo falar.

— Não, não! Não pare de correr! — diz, segurando minha mão e me puxando em direção à porta.

Eu resisto.

— Tom! Pare! — digo desarvorada. — O que você está fazendo?

— Al... Ela está grávida! Eu não sabia! Temos que dizer a eles para que façam alguma coisa. Antes que seja tarde demais!

Isso me deixa profundamente triste, então digo:

— Ah, Tom, ela...

E quando estou prestes a dizer "Imaginou tudo isso", de repente me dou conta de que ele nem sequer sabe que ela retornou à consciência. Ele acaba de chegar. Então como diabo sabe sobre a gravidez, ou melhor, a não gravidez?

— O que você quer dizer com "ela está grávida"? — pergunto com cuidado, enquanto uma mecha de cabelo voa pela minha face e afasto-a dos olhos.

— Encontrei um teste! — diz. — Foi mero acaso, o saco de lixo estourou e o material caiu no chão... Ela enrolou bem enrolado num lenço de papel. Deu positivo!

— Você tem certeza? — pergunto.

— Claro que tenho! Eu vi com meus olhos! Preciso ir até lá, preciso avisar, porque eles não estão sabendo! Ela deve ter parado de tomar lítio porque sabia que ia fazer mal ao bebê, mas isso desencadeou a crise maníaco-depressiva, e ela ficou confusa. Temos que fazer algo! Rápido! — Ele me encara, ansioso, com um olhar assombrado.

E então percebo que ela mentiu completamente, mentiu demais, para mim. *Havia* uma criança e *havia* um plano. Ela conseguiu de novo.

Assim vai ser Gretchen para o resto de sua vida, fazendo o que for preciso para conseguir tudo o que deseja, por qualquer meio que seja. Ai daquele que ficar no caminho, mas...

Ela é, com toda a certeza, doente. Não resta a menor dúvida. Será cruel esperar que siga as mesmas regras que nos guiam os passos quando é inteiramente incapaz de fazê-lo? Quando tudo isso deixa de ser uma manipulação doentia por parte dela e se torna desculpável — ou ao menos explicável —, porque ela não está bem? Onde é possível estabelecer um limite para alguém assim?

Tudo o que sei é como *eu* agi: o que *eu* fiz.

— Alice, vamos! — Tom grita. — Por que está parada aí? — Ele segura minha mão de novo, mas eu resisto. Recuo e de repente sei exatamente o que preciso dizer.

— Pare! — digo, um pouco hesitante, mas respirando fundo. — Tom, preciso contar uma coisa a você

Levo-o para um banco, e apesar de estar gelado sentamo-nos e começo a lhe contar tudo. Absolutamente tudo, da forma como ocorreu. Não omito nada.

Tom não se move enquanto eu falo. Em vários momentos ele fecha os olhos com o choque e, em seguida, com raiva — num determinado instante, quando começo a chorar, forçando-me a continuar, segura a minha mão, mas então começo a dizer coisas que o fazem recuar, e ele olha para mim atônito e horrorizado.

Mesmo assim, continuo. Eu preciso, porque é a verdade, e sei que agora isso é tudo que nos resta, a mim e a ele, e é a única coisa que pode nos... libertar.

Este livro foi composto na tipologia Kepler Std
Regular, em corpo 10/14, e impresso em papel
off-white no Sistema Cameron da Divisão
Gráfica da Distribuidora Record.